起手有回小女子 2

風 文創 647

笙歌 著

風 文創 647

目錄

第三十二章　重生後的相遇

天一亮，林氏和林方氏就起來了，兩人幾乎是同時出現在房間裡。

林方氏手上端了一碗清粥和兩個包子進屋，放到了角落裡的炕桌上，對林劉氏道：「娘，您忙了一宿了，先吃點東西，去我們屋裡睡一會兒吧。」

林劉氏也不推辭，點了點頭就端著碗吃了起來，換林方氏守著赫連軒逸。

林氏見這裡沒自己什麼事，就退了出去，看到女兒趴在桌子上睡著了，忙走過去輕輕將她搖醒。「阿瑤，妳回去休息吧。」

林莫瑤被林氏搖醒，迷迷茫茫地喊了一聲。「娘……」

這孩子，昨天夜裡叫她回去睡覺硬是不肯，這會兒見她這樣迷迷糊糊的，倒是讓林氏有些心疼。

「娘，赫……那人還燒嗎？」林莫瑤恍惚間，差點喊出赫連軒逸的名字，幸好及時糾正過來了。

林氏也只當是林莫瑤剛剛睡醒打呵欠的聲音，沒有在意，搖了搖頭，道：「不燒了。妳外婆和大哥守了他一夜，這會兒妳大舅母在裡面照顧呢。」

林莫瑤往房裡看了一眼，正好林劉氏端著碗出來，正碰上林莫瑤擔憂的目光。

看著林劉氏疲憊的臉色，林莫瑤心裡閃過一抹愧疚，連忙走上前將人給扶住，道：「外婆，辛苦您了。」

林劉氏輕輕搖了搖頭，但也沒有逞強，說道：「唉，人真是不服老不行！阿瑤，扶我去妳舅舅房裡歇會兒吧！」

「誒，好！」林莫瑤領命，連忙扶著林劉氏回去補覺。

過了中午，赫連軒逸醒了，當他睜開眼睛時，發現自己躺在一個陌生的地方。他動了動身子，疼得厲害，只得重新躺了回去。

林紹安連忙上前，道：「你別亂動，你身上的傷可厲害了。你等會兒，我去叫人。」說完，就跑了出去。

赫連軒逸連問一句「這是哪裡」都沒來得及。

不一會兒，屋子裡就進來不少人。

林劉氏率先坐在炕沿上，心疼地看著赫連軒逸，溫聲問道：「孩子，你叫什麼名字？怎麼會讓人傷得這麼重，丟在山上啊？」

赫連軒逸躺在炕上，身子雖然不能動，可是頭和眼睛能，他的目光輕輕地掃過屋子裡的眾人，見他們的打扮應該是普通農家，每人臉上都帶著關心的神色看著自己，讓赫連軒逸心中一暖。想到自己如今的處境和情況，赫連軒逸在心中嘆了口氣，希望自己別連累這一家人才好。

赫連軒逸張了張嘴，想開口說話，卻發現口乾舌燥，發不出一點聲音。

林劉氏見狀，連忙對旁邊的人喊了一句。「快倒點水來，拿個勺子。」

林莫瑤離門口最近，連忙跑出去倒了水端進來。碗和勺子都是提前準備好的，林莫瑤端著水，三步併兩步地走到炕邊，睜著一雙眼睛看著赫連軒逸。儘管內心不停地警告自己不能露出破綻、不能露出破綻，她還是忍不住露出心疼和擔憂的神色。

林劉氏用勺子舀了水，一點點地餵給赫連軒逸喝。

幾勺下去之後，赫連軒逸終於感覺嗓子不那麼難受，這才輕聲問道：「我這是在哪兒？」他記得自己為了躲開殺手，鑽進了一片林子，護衛將他藏好之後，帶著人將殺手給引開，他則因為傷勢太重暈了過去，後面的事就不知道了。他怎麼會到了這裡？侍衛們呢？

林劉氏用帕子輕輕地替赫連軒逸擦去嘴角的水漬，這才溫聲答道：「孩子，別怕，這裡是我家。我孫子和孫女兩個人在山上發現了你，怕你被野獸叼了，這才把你給揹回來。」林劉氏的話剛說完，就察覺赫連軒逸想動，她眼疾手快地攔住，將他按回炕上，這才皺著眉頭道：「孩子，你可不能亂動。大夫說了，你這七天都不能亂動，否則傷口就長不好。」

赫連軒逸一聽，果然乖乖地躺了回去，只是再次開口，聲音就變得有些急切。「那他們發現我的時候，我周圍沒有其他人嗎？」

林莫瑤和林紹安對視了一眼，同時搖了搖頭，道：「沒有，只有你一個人。」

赫連軒逸一聽兩人的話，就知道侍衛們應該是還沒有回來。若是他們回來後發現自己不見該怎麼辦？就這麼一會兒的工夫，赫連軒逸腦子裡就把這些問題都思考了一遍。

若真如他們所說，自己是被他們救回來的，等侍衛們回到原地，一定會發現有人來過的痕跡，救了自己的兩人年齡都不大，他們肯定能跟著線索找到自己。想到這裡，赫連軒逸突然就不慌了，從內心裡，很感激救了自己的這一家人。

「謝謝你們救了我，我叫徐軒逸，京城人氏，一直隨著父親住在邊關，這次是準備回家看奶奶的。我們家有個遠房叔叔，他一直惦記著我爹的家產，我是我爹唯一的兒子，這次出門我帶的隨從又不多，這才著了他的道。現在我和我的隨從們走散了，也不知道他們如今到底是死是活……」說著說著，臉上顯現傷心的神色。

林劉氏嘆了口氣。又是一齣豪門的爭奪大戲，她一開始就覺得這個少年身上的衣著料子不同尋常，怕不是普通人家的孩子，沒想到還真被她猜對。這種事情林劉氏是絕對不想參與進去，只是現在人都已經救了，難道就半途撒手不管了嗎？她捫心自問，這樣的事不光是她，就是老林家任何一個人都是幹不來的。所以，也只能走一步看一步。

想到這裡，林劉氏抬起手，輕輕給赫連軒逸掖了掖被子，這才說道：「孩子別怕，我們村子裡就六十幾戶人家，就算有外人來，我們肯定第一時間就能發現，你就安安心心地待在這裡養傷，別的事暫時不要想。船到橋頭自然直，會有辦法的。至於你的那些隨從……」說到這裡，林劉氏頓了頓，才道：「我們都是普通農民，實在是幫不了你去找他們。」

林劉氏這話很明顯了——我們救你已經是極限，至於其他人，我們顧不上。

赫連軒逸也是聰明人，瞬間就明白林劉氏這話的意思。「老夫人放心，他們若是還活著，會自己來找我的。」

林劉氏點點頭。只要不讓他們家扯上麻煩就行，至於那些人怎麼能找到眼前的少年，就不是她能多問的事了。

不過，想到給赫連軒逸安排的身分，林劉氏還是叮囑道：「我們村子裡很少有外人來，為了你的安全著想，我們幫你找了個說辭。這是我兒媳婦，娘家姓方，我們對外說你是她娘家的遠房姪子，家裡遭了難，到這裡來投奔她的。」說著，林劉氏指了指旁邊站著的林方氏。

赫連軒逸往林方氏的方向看了一眼，腦袋輕輕地動了動，算是應了。

林莫瑤站在旁邊，聽著幾人的對話，在赫連軒逸說自己叫徐軒逸時，就略帶深意地看了他一眼。這人沒說實話。不過轉念一想，這也是人之常情，現在的赫連軒逸並不認識她，在他看來，他們一家不過是山腳下的一戶農家而已，隱藏姓名很正常。林莫瑤這時候才想起來，赫連軒逸的外祖家好像就是姓徐，他說他姓徐，好像也不完全算是說謊。

林劉氏又說了些讓他安心的話，林莫琪就端著熬好的稀粥進來了。林劉氏餵了一些給赫連軒逸吃下，見他又開始昏昏欲睡，這才打發人離開。

就這樣，赫連軒逸在林家待了下來。沒過幾天，村子裡都知道了，方氏娘家的一個姪子來投奔她，結果剛到這裡就病了，那大把大把的藥跟不要錢似的往家裡搬，因此紛紛都在感慨這個親戚的好命，更多的人則是在說林家的人大義。

赫連軒逸受傷的第七天，李大夫前來換藥，查看了一下傷口的癒合狀況後，微微地點了點頭，道：「身子骨不錯，傷口已經長好了大半，接下來可以勉強起來坐一會兒了，只是切記，不可亂動，特別是胸口的位置。傷口雖然癒合，可要動得太厲害還是會裂開，記住了嗎？」

「謝謝李大夫。」赫連軒逸由衷地說道。

李大夫揮了揮手，看著少年已經恢復血色的臉。之前還不覺得，這會兒細看之下發現，眼前的少年長相頗為清秀俊朗，周身氣質不俗。另外，他在把脈的時候查看過少年的手，手上有繭，身上也有一些舊傷，一看就是習武留下的。

李大夫一邊收拾東西，一邊頭也不抬地道：「你會武吧？」

赫連軒逸一愣，隨即釋然。作為一個大夫，自然能看出他手上的老繭和一些舊傷是習武留下的，所以赫連軒逸沒有否認，而是輕輕點了點頭。

李大夫笑了笑，這才慢慢說道：「林家一家子都是心善之人，林老爺子在世之時也沒少做有益鄉民的事，而林家村民風淳樸，村民敦厚老實。公子，你生病的這段時日，村子裡的人可是送了不少補身體的東西過來。」說完，李大夫抬起頭，意味深長地看著赫連軒逸。

這少年身上的傷非一般利器所傷，他當初一眼就看出來了，留下他只會是個麻煩。可不管是林家也好，他也好，都做不到見死不救，現在，只希望這個少年不要給村子和林家帶來麻煩才好。

接觸到李大夫的目光，赫連軒逸沈默了一會兒，這才開口道：「大夫放心，等小子能動了，會立即離開這裡的。」他看得出來，這個大夫是怕自己給這個村子和這家人帶來麻煩。

李大夫聽了他的話，臉上掛著笑，輕輕地點了點頭，揹起藥箱，道：「好了，三天後就能拆下傷布，到時候你也能下地勉強走動幾步，但是切記，不可強撐。」

「是，謝謝大夫。」

李大夫一走，外面便走進來兩個十五、六歲的少年，兩人一進門就先恭敬地向赫連軒逸行禮。

「少將軍。」

聽到這個稱呼，赫連軒逸的眉頭輕輕皺了皺，看向剛才開口的、身量略高一些的少年，道：「司南，跟你說過多少次，在外面不能這樣叫我。」

聽了赫連軒逸的話，司南沒什麼表情地重新躬身行禮，改口喊了聲。「少爺。」

赫連軒逸張了張嘴，最終什麼話也沒說，化為一聲嘆息，看向另外一邊臉上帶著笑的少年。和司南相似的樣貌，卻不似他那般木訥，雖說是雙生子，可是司北的性格樂觀，平時總愛帶著笑，這倒是讓人們方便分辨他們——愛笑的是弟弟司北，而整天拉著個臉的肯定是哥哥司南。

赫連軒逸半躺著看著兩人佈菜。

三天前，就在赫連軒逸醒來的第二天，司南和司北帶著其他的侍衛，回到他們將赫連軒逸放下的地方，可是早已經看不到他的人影。

司南和司北兩人察看地上的痕跡，循著痕跡找到了林家，並趁著夜色一探究竟，這才發現他們的少將軍被這家人給救了。原本兩人當天就要帶赫連軒逸離開，可看了他身上的傷，又不能隨意移動，只能將他留了下來。兩人回到侍衛隊伍裡，和侍衛長商量之後，決定偽裝成僕人來尋赫連軒逸，留在林家保護和照顧赫連軒逸的生活起居。

兩人從赫連軒逸口中得知他現在的身分，所以兩人走了之後，先是換上平民舊衣，這才尋到了林家。

林方氏打開門看到兩個少年時，先是一愣，隨即問他們找誰？

司南臉上沒什麼表情，可司北卻已經哭開了，一邊哭一邊嚎道：「表姨太太，我們終於找到您了……」司南和司北進村時不少人都看見了，見兩人朝著林家的方向來了，一些好奇的人也跟在後面，司北正是看到這些人跟過來，這才抱著林方氏的腿大哭。

司南嘴角抽了抽。雖然不能像司北這麼誇張，但還是跟著他一起跪在林方氏的面前。這家人救了他們少將軍，這一跪也當得起。

林方氏被兩個少年突然跪下的舉動嚇了一跳，剛要喊「這是幹什麼」，就聽見司北的一聲「表姨太太」，緊跟著司北又悄悄地伸出手拽了拽她的袖子，林方氏這才反應過來，佯裝意外地盯著兩個少年，大聲問道：「你們是軒逸那孩子的隨從啊？」

司北一聽，就知道林方氏明白過來，連連點頭，道：「是啊！表姨太太，您家可讓我們好找啊！」

林方氏這會兒也知道兩人的身分了。她這個赫連軒逸的表姨本來就是假的，哪能真的讓人家的隨從跪自己？連忙把人從地上拉起來，一邊拉，一邊大聲道：「快起來、快起來！你們少爺在裡面呢，快跟我去看看他吧！」

司北也上道，跟在林方氏身後大聲應道：「是，謝謝表姨太太！」

直到林家的大門關上，跟過來看熱鬧的人這才反應過來。原來，來投奔林方氏的這家親戚還是有錢人家啊！瞧瞧，還有隨從呢！

也有不少人在心中盤算著，幸好之前得知林方氏家的親戚生病了，他們還帶了東西來看望，這要真是有錢人家的少爺，那等人身體好了，他們也能收到一些回禮吧？

就這樣，司南、司北光明正大地在林家留了下來，平時就負責照顧赫連軒逸，兩人都一直在赫連軒逸身邊伺候，照顧起來肯定比林家的人順手得多。

林莫瑤在見到司南和司北時也是一愣，這兩人她認識，是赫連軒逸身邊的親隨，兩人武功高強，那次赫連軒逸衝進敵營救她的時候，就是這兩個人跟著去的。

想到這裡，林莫瑤心中又是一痛。當初為了幫自己和赫連軒逸成功逃離，那個叫司南的木頭臉獨自一人去引開一批追兵，最後卻沒有再回來；而總是笑呵呵的司北，在敵營時就為了給他們爭取更多的逃跑時間，被人亂刀砍死了。

其實，她林莫瑤也欠著眼前的兩人一條命呢！

司南和司北的到來讓林家更加確定赫連軒逸的身分不簡單，林方氏和林泰華從堂屋直接搬到了西廂，林劉氏也住到了林莫瑤家。

兩邊人雖然住在一起，卻除了見面的時候打聲招呼，其他時候都是各過各的，只是，當林劉氏看見司南、司北做給赫連軒逸吃的飯後，就再也不肯讓他們兩個人做飯給赫連軒逸吃。林劉氏心軟，見不得病人受罪，司南、司北兩個大小夥子就算了，讓一個傷重的人吃那黑漆漆的、看不出是什麼東西的食物，這個林劉氏不能忍。

後來，在吃過幾次林劉氏做的飯菜，司南、司北決定他們再也不做飯，正因為這樣，兩人和林家人的關係才稍微緩和一些。

但兩人也不是吃白食的，司南性子穩重，平時沒事就會上山幫著林家砍些柴回來，看見林泰華和林紹遠幹活需要幫忙也會搭把手。

至於司北，他早已經跟村子裡的人打成一片，一口一個「嬸子」，一嘴一個「大娘」、「大爺」，直把村裡的人都給哄得高高興興；再加上他平時身上總是揣著一些小零嘴和糖果，村子裡的孩子們也總喜歡跟在他後面，幾乎是每次司北從縣城回來，一進村都會有一群孩子跟著，送他到林家，然後他就會拿出糖果分給這些孩子。

而且，林家現在吃的飯菜，食材幾乎都是司北去縣城買來的，買得多了，林劉氏就會變著花樣地給他們做，就是林家人也跟著改善了伙食。

赫連軒逸看著面前桌子上的一桌菜，嘆了口氣，對司北道：「以後不要再買這麼多東西了，他們吃什麼我們就吃什麼。」

司北不明所以，問道：「啊？少爺，難道是這些食物不合您胃口嗎？」

林劉氏曾經做過大戶人家的丫鬟，做出來的飯菜雖說比不上京城府裡的廚子，卻比在邊關他們吃的飯菜要好上許多，可是幾天下來，赫連軒逸就發現，凡是司北買回來的食材，統統都上了他們的桌子，而林家那邊，除了會留下一點點肉給家裡幾個孩子打牙祭之外，卻是一點都沒動。

赫連軒逸這個時候已經能坐起來，只見他坐直了身體，面色沈穩地看著司南、司北，開口道：「林家於我有救命之恩，可是你們呢？你們就是這麼報恩的嗎？別以為我平日躺在床上什麼都不知道，你們可曾對林家的人有過尊敬之心？」

司南、司北立即起身跪到了地上。「少將軍恕罪！」

赫連軒逸冷哼了一聲，繼續道：「別以為我不知道你們怎麼想的，你們是不是覺得沒有林家的人，你們也能尋回我、治好我的傷？」

司南、司北跪著，沈默不語。他們確實是這麼想的，也根本就沒有把林家的人當回事，這個時候被赫連軒逸教訓，兩人都有些心虛。

兩人從赫連軒逸很小的時候就跟著他了，見兩人這樣，哪裡還能猜不到他們在想什麼？他臉色又冷了一分，俊秀的少年此刻神情冷漠，渾身流露出一股肅殺之氣，冷冷地看著地上跪著的兩人，繼續道：「你們可知我當時傷得有多重？若不是林家的二子和林二姑娘發現我，等你們回來，我就算沒被野獸啃了，也會因失血過多而死；就算不死，也不會這麼快就能得到救治。」

「少將軍，小的知錯了。」兩人同時開口，臉上因為羞澀脹得通紅。

赫連軒逸冷冷地掃了兩人一眼，冷哼道：「林奶奶心疼我的傷勢，不忍心我吃你們做的食物，並不代表你們能把林奶奶當下人使喚。司南，我一直覺得你穩重，可是幾天下來，你竟然沒有任何阻止司北的意思，甚至平時跟林家其他人說話，你們也都漸漸表現出高人一等的姿態。這一次就算了，下次若還讓我看出你們對林家的人有任何輕視之心，休怪我軍法處置。」

司南、司北身子一震，連忙應聲道：「是！」

第三十三章 以身相許吧

第二天一早，林方氏剛從廚房準備好早飯出來，就看到司北推開堂屋的門，連忙扯了扯嘴角朝對方笑了笑。這段時間，他們兩邊雖然看似相處融洽，但林方氏很清楚，像這些高高在上的人家，是看不起他們這些農戶的，也幸好雙方沒有什麼過多的交流，現在林家的人只希望徐軒逸傷好之後趕緊離開。

林方氏像從前一樣，跟司北打了招呼之後就準備去忙別的。家裡人馬上就要起來了，她得把早飯端到飯桌上去。堂屋讓給了赫連軒逸主僕三人，他們一家吃早飯的位置就挪到了東廂。林方氏轉身剛準備走，那邊司北就迎了過來，笑著打招呼。

「夫人，早啊！今天吃什麼好吃的？」

林方氏沒想到司北今天會主動找她說話，一時也不知道該如何接話？

倒是司北彷彿沒有看到林方氏臉上的尷尬之色一般，主動鑽進廚房問道：「夫人，這些是要送到屋裡嗎？」司北指著林方氏盛好的、放在灶台旁邊的早飯問道。

林方氏點了點頭，輕輕地應了一聲。「嗯。」

隨著林方氏話落，司北就主動端起其中一份，道：「我來幫您吧！」說完，就端著早飯走了出去。

林方氏趕緊跟上，剛出門就見司北已經踏進東廂的門，將早飯和碗筷擺在桌上，熟練的分配，做完這一切，又倒回來把小的那一份送到了堂屋裡，給赫連軒逸和司南。

林方氏看著他忙碌的身影，心中覺得莫名其妙，但也沒有多想，叫醒了家裡人吃過早飯，大家就該幹活了。天氣越來越冷，林泰華和林紹遠得趁天冷下來之前，去山上多打些柴回來，否則這個冬天就沒法兒過了。

吃過早飯，林泰華和林紹遠剛準備上山，司南就跟著上前，木頭臉依然沒有表情，只說道：「我跟你們一起去。」

林泰華只是略微看他一眼就帶頭走了，反正司南幫忙也不是第一次，三人就這樣結伴上了山。

司北吃過早飯後，將赫連軒逸從炕上扶下來，在門口幫他放了把椅子，就開始拿著掃把打掃環境，且不管林方氏和林劉氏要做什麼，他都能眼疾手快地跑去接過，然後麻利地做完。

這下，別說林方氏了，就是林劉氏都發現不對。

「小兄弟，這些事情我們自己來做就好。」林劉氏道。

赫連軒逸坐在廊下看著這一切，聽見林劉氏的聲音就笑道：「林奶奶和姨母不用跟他客氣，這本就是他該做的。」

司北連忙笑著應是。

林劉氏和林方氏對視一眼，特別是林方氏，徐軒逸的這一聲姨母叫得她挺不自在的。見家裡沒什麼事可幹，林方氏乾脆一甩手，上林莫瑤家幫忙去了。

林方氏過去，林莫瑤就乘機跑來了。

這幾天她幾乎每天都來查看赫連軒逸的傷勢，見他一天天好起來，林莫瑤自己也高興。

赫連軒逸這幾天也發現了，這個小姑娘看自己的眼神總讓他覺得怪怪的，但當自己看過去的時候，她卻又恢復了一副天真活潑的模樣，這讓赫連軒逸很是困惑。

林莫瑤進了院子，先跟林劉氏打了招呼，這才跑到赫連軒逸的身邊，搬了張板凳坐在他旁邊，撐著腦袋看著他，問道：「你傷好了？」

赫連軒逸很想說：妳不是天天都過來看嗎？還問？

可是，儘管心裡這麼吐槽，面上卻依然客氣地答道：「已經好多了，多謝林姑娘的救命之恩。」

林莫瑤看著他已經恢復正常的臉色，一對大眼睛就滴溜滴溜地來回在他臉上看。眼前的赫連軒逸雖然稍顯稚嫩，但不難看出這張臉長大後該有多麼的帥氣，當初若不是自己眼瞎著了李響和渣爹的道，怕是也會對這個為了自己出生入死的少年動心。

赫連軒逸被林莫瑤盯著看，慢慢地臉上就染上一抹不自然的紅暈，心中不由得想，前面幾天這個丫頭都是看過就走，今天為何會這麼直接地盯著他看？這讓一直長在軍營的赫連少將軍開始害羞了。

林莫瑤看著他臉上浮起的紅暈，笑得更開心了，腦子一轉，就想調侃他兩句，遂笑道：「我救了你，你準備怎麼謝我？」

赫連軒逸原本還在想，該怎麼化解現在的尷尬，就聽見林莫瑤來了這麼一句，他突然一愣，看著林莫瑤問道：「妳想要我怎麼謝妳？」

林莫瑤還是頭一次見到這麼呆萌的赫連少將軍，嘴角扯得更開了，身子突然往前一傾，整張臉就湊了過去。赫連軒逸的傷口不能大動，也不能久坐，所以林泰華幫他做了張有靠背的椅子，這會兒椅子靠背正靠在牆上，好方便赫連軒逸靠著。

林莫瑤湊過去的時候，赫連軒逸本能的想往後退，卻發現自己的背抵在椅背上，動彈不得，只能緊張地看著林莫瑤的臉到了近前。

看著近在咫尺的巴掌小臉，赫連軒逸第一次說話打結了。「妳……妳要、要幹麼？」

林莫瑤笑，道：「我救了你，要不你就以身相許吧！話本上都這麼寫。」

赫連軒逸沒想到林莫瑤會說出這麼一句話，直接愣住。「妳說什麼？」他必定是聽錯了。

司北一直注意著那邊的動靜，猛地聽見林莫瑤這句話，嚇得他手上的掃把都直接丟了出去。

林莫瑤說話的聲音沒有刻意壓低，院子裡正在做衣服的林劉氏也聽到了，嚇得針都直接扎在手上。她把手指放進嘴裡吸了吸，這才開口訓斥林莫瑤。「阿瑤！妳胡說八道什麼？」

個姑娘家的，也不害臊！」

林莫瑤這才坐直了身子，調皮地吐了吐舌頭，說道：「話本上不都是這麼說嗎？英雄救美，然後美人就以身相許了。我救了你，你以身相許給我不是應該的嗎？」

赫連軒逸那稚嫩的臉上重新染了一抹紅暈，而且比之前更紅了。

赫連小將軍，能上戰場殺敵，也能上山剿匪，卻從來沒有碰見過女人。現在，他居然被一個鄉下丫頭給調戲了，而且還是一個毛都沒長齊的黃毛丫頭！赫連軒逸憋了半天，卻一個字都說不出來，最後終於憋出了一句冷哼，扭過頭不看林莫瑤了。

林莫瑤見狀也不惱，哈哈大笑，搶在赫連軒逸發火之前，直接蹦蹦跳跳地往後門走去，一邊走，一邊頭也不回地對院子裡的人揮了揮手，喊道：「外婆，我回家啦！」

赫連軒逸在林莫瑤離開之後，臉上的紅暈才慢慢褪去，腦海裡不停地迴蕩著林莫瑤說的那句話，最後受不了，猛地甩了甩頭，把林莫瑤的胡言亂語給甩出了腦袋，黑著臉喊道：「司北，送我回房！」

司北只當自家少將軍被調戲之後心情不好，吐了吐舌頭把人送回了房間。對比之下，他還是覺得臉紅紅的少將軍比較可愛。

司南、司北開始幫著林家做事，一開始林家眾人還有些不習慣，漸漸的也就放開了。司南因為不善言辭，又總是黑著一張臉，大家也就沒有湊過去自討沒趣，倒是愛笑的司北跟林家人漸漸混熟了，林紹傑更是每天跟在他身後「司北哥」來、「司北哥」去的。

全是因為有一次司北用輕功幫著林泰華修了房頂，林紹傑就對他崇拜起來，且自從那日過後，整天纏著司北要學功夫。

司北被他纏得沒辦法，就答應教他一套簡單的拳法，在那之前，要求林紹傑打好基礎，學習扎馬步。這本是司北用來讓林紹傑知難而退的，結果這小子竟然真的堅持下來，司北只能說到做到，開始教他拳法。

林莫瑤依然每天都往這邊跑，每次來，都會給赫連軒逸帶一些小東西，要嘛是路邊摘來的一朵小花，要嘛就是自己做的點心。

幾天下來，林家眾人發現，林莫瑤似乎對這個外來的公子太過熱情，林氏決定要好好和林莫瑤談一談。

「阿瑤，站住。」在林莫瑤再一次想往林泰華家跑的時候，林氏出聲了。

林莫瑤今天可是準備要帶已經能下床走走的赫連軒逸，去看她買下的那塊地，然後跟他好好講講自己的偉大抱負呢，所以，被林氏突然喊住，林莫瑤有些奇怪。

「娘，怎麼了？」林氏表情無比嚴肅地看著她，讓林莫瑤突然覺得，自己是不是做錯什麼事被林氏給發現了？

林氏見她這樣，就嘆了口氣，道：「阿瑤，妳過來，娘有話要問妳。」

林莫瑤只能鬆開扒著門的手，回到林氏的身邊，奇怪地看著她。

林氏拉著林莫瑤的手，上下將她打量了一番，道：「我的阿瑤長大了。」

林莫瑤突然有些不祥的預感，問道：「娘，您到底要說啥？」

林氏笑得溫和，問道：「阿瑤，妳跟娘說，妳是不是喜歡徐公子？」

「啊？」林莫瑤一愣。被人說中心事，她的雙眼不自覺的就有些閃躲起來，說：「娘，您問這個做什麼？我才多大啊！」

林氏嘆息一聲，說：「娘跟妳說正經的。妳要是不喜歡他，為什麼總喜歡給他送東西，還老跑到人家面前去晃悠？」

被拆穿了，林莫瑤乾脆來了個低頭不認。

林氏一看，如何不明白？嘆息道：「阿瑤，徐公子的身分不簡單，不是我們這樣的人家能夠高攀得起的。娘知道他人不錯，可是，他遲早要離開我們家。阿瑤，娘也希望妳能找個好人家，可並不希望妳在不切實際的事情上浪費心思和時間。」

林莫瑤愣愣地看著林氏，心中暗道：你們不知道他的身分，可是我知道啊！我也知道現在的我配不上他，所以一直在努力啊！可是，這些，林莫瑤都不能告訴林氏，只能低著頭沈默。

林氏見她這樣，以為林莫瑤這是被她的話刺激到，傷心了，連忙安慰道：「阿瑤，沒關係的，娘以後一定會幫妳找一個好人家的。」

就在這時，林莫瑤突然抬頭看向林氏，眼中有著從未有過的堅毅，道：「娘，我今年才八歲，我還有六年的時間，六年以後，我一定能夠配得上他。」我已經錯過了一世，這一世，我不能再錯過他了。

林氏驚呆了。

林莫瑤看著她，堅定而又肯定的再次開口道：「娘，我會努力，我會努力讓自己能夠配得上他的。」

林莫瑤的堅持說動了林氏，不過，林氏也擔心林莫瑤太過執著，所以和她約法三章，若六年後赫連軒逸已不是良配，那她就必須另外找戶好人家成親生子。

林莫瑤無奈，只能應下。

林家正房裡，赫連軒逸聽了司南的彙報，眉頭一皺。

「你是說，林姨本是杜忠國的元配夫人？」赫連軒逸將手上的水杯慢慢放下，皺著眉頭問道。

司南點頭。剛查出這件事的時候，他也很意外，沒想到多情的狀元郎居然也是拋棄糟糠之妻的人。

赫連軒逸若有所思。杜忠國是五年前的狀元郎，後來娶了秦相的三女兒而一步登天，許多人只知道他是寒門學子，和秦三小姐在京城更是傳出一段郎才女貌的佳話，卻沒有人提起他從前的事情。看來，這些事應該是被秦相給掩蓋了。

「另外，我們的人還查出，前段時間杜大人和杜夫人曾派了人來想接大姑娘和二姑娘去京城，但被兩位姑娘拒絕了。」司南繼續道。

「喔？可打聽到為什麼？」赫連軒逸問。

司南搖搖頭，道：「聽村子裡的人說，杜大人是想接林夫人去做妾室，兩位姑娘不願意，這才拒絕去京城的，來接人的人還想動手。奴才聽他們的意思，這幾個來接人的時候，似乎主要目的是兩位姑娘，至於林夫人，她們並不是太在意。」

赫連軒逸的嘴角浮起一絲冷笑。林莫琪今年十三，再兩年就能許配人家，在京城那樣的大染缸裡，各家各戶的女孩存在的意義，不過就是幫著家裡多拉一層關係，杜忠國打的怕也是這個主意吧？

兩年的時間，足以把一個農村女孩培養成大家閨秀，更何況林莫琪的氣質本來就不差。至於林莫瑤……想到那個每天都要來調戲一下自己的少女，赫連軒逸的心突然就跳了一下，感覺臉上有些發燙。為了不讓司南發現自己的異樣，他假裝咳嗽兩聲，以掩蓋自己的尷尬。

「少爺？」司南聽見赫連軒逸咳嗽，以為他又有哪裡不舒服。

赫連軒逸平復下了心情，道：「我沒事，你繼續說。」

「另外，二姑娘似乎還跟興州府的蘇家有生意上的來往。」對於這一點，司南其實也覺得很奇怪，但是他們的人查出來的消息確實是說林家的「二姑娘」。那個丫頭今年才八歲吧？

赫連軒逸也是同樣的想法。八歲的丫頭，蘇家確定腦子沒壞？

「你確定是二姑娘，不是林姨或者其他人？」赫連軒逸皺著眉問道。

司南點點頭，肯定道：「確定。」

赫連軒逸若有所思。

不一會兒，院子裡傳來了動靜——

「司北，你家少爺呢？」

是林莫瑤的聲音。

司北見是林莫瑤，就提高了聲音道：「是二姑娘啊，我家少爺在裡面，我這就幫您叫他！」

聽見林莫瑤來了，主僕二人的對話也停了下來。

赫連軒逸對司南低聲囑咐道：「把調查的人都召回吧，保護好林家的人。至於京城那邊，若是杜大人或杜夫人來找她們的麻煩，就替她們擋回去。注意，別暴露了身分。」

「是。」司南低聲應道。

不待司南應完，赫連軒逸已經從椅子上起身，慢慢朝外面走去。

司南連忙跟上。

第三十四章 地主家的傻姑娘

赫連軒逸一開門，就看見林莫瑤高興地站在門口，手裡拿了根狗尾巴草，一晃一晃的。見到赫連軒逸，林莫瑤就說：「走吧，說好了今天帶你出去轉轉的！」說完，上前拉著他的手就要走。

赫連軒逸幾乎是在林莫瑤碰到自己的一瞬間，就把手給閃到旁邊去了，但臉上還是出現一抹不自然的紅暈。「我自己能走。」赫連軒逸說道。

林莫瑤看他臉紅了，嘴角的笑容更大，也不糾結，率先下了階梯往後門走，走了幾步見赫連軒逸沒動，就停下來，喊道：「走啊！」

赫連軒逸這才帶著司南、司北慢慢跟上。

剛出門，林莫瑤就指著自己面前，一直到不遠處河邊的一整塊空地，對赫連軒逸道：「看見沒，從這裡到那裡，這一大片全都是我的！」語氣中的自豪尤為明顯。

赫連軒逸順著她的手看過去。因為季節的緣故，眼前的這塊地看著一片荒涼，到處都是枯黃的雜草，絲毫看不出這塊地到底好在哪裡，能值得林莫瑤拉著他特意過來看。但為了不至於太傷林莫瑤的心，赫連軒逸還是配合的淡淡「嗯」了一聲。

林莫瑤聽見他這聲「嗯」，笑得更加開心了，抬腳就往前走，三人跟上。赫連軒逸的傷才剛好，司南、司北不敢讓他過多勞累，林莫瑤也深知這一點，所以走在前面的她也刻意放慢了腳步，一邊走，一邊跟赫連軒逸搭話，不過，大多數時候都是她說他聽。

「這是我賺的第一筆錢買的，很大吧？我跟你說啊，我都已經打算好了，以後就在這裡建一套很大很大的房子……」

林莫瑤就這樣走在前面，一直不停地說著自己對未來的規劃和想法，絲毫不在意赫連軒逸是否有回應。她其實只是單純地想跟他說這一切，和他分享自己的快樂。

赫連軒逸跟在林莫瑤的身後，聽著她說的每一句話，腦子裡不自覺的就跟著她的話語勾勒出了一幅畫面。

或許覺得這樣背對著赫連軒逸沒意思，林莫瑤直接轉過身來倒退著走。這樣就能看見他了！只見她雙手背在身後，一邊後退，一邊歪著腦袋看著赫連軒逸，問道：「你喜歡什麼樣的房子？是小樓還是庭院？喜歡大的還是小的？」一邊說，一邊思考了一下，又道：「你喜歡窗戶朝南還是朝北？喜歡什麼花？對了，你習武，你想不想要一個練武場？」

赫連軒逸聽著她噼哩啪啦地說出這些話，一副想要連自己的院子都蓋的模樣，本想開口說「我有地方住」的，可話還沒說出口，就看見林莫瑤身後的一塊大石頭，他臉色一變，忙一把抓住林莫瑤的肩膀，把她往回一帶。

林莫瑤正在往後退，卻猝不及防地被赫連軒逸一拉，結果重心不穩，眼看就要撲到他的身上，害她臉色大驚。赫連軒逸的胸口還有傷，她要是這個時候撲撞上去，那他剛剛癒合的傷口絕對會裂開！

腦子裡的想法剛剛掠過，林莫瑤的身子就跟著動了，只見她一把推開赫連軒逸的手，身子一歪，就往旁邊倒去，雖然避開了赫連軒逸的胸口，卻實打實的撲倒在地。

這一切發生得太快，司南、司北本能地護著赫連軒逸，只聽見一聲重物落地的聲音，司南、司北臉色一變，同時看向旁邊的地上，就見林莫瑤整個人趴在地上，一動也不動。

「二姑娘！」司北快速跑過去想要將林莫瑤給扶起來。

林莫瑤趴在地上，胸口被地上的小石子硌得生疼。幸好天氣變涼，她身上的衣服穿得多，否則被這些石頭硌這麼一下，不破也要青了。

「我沒事，拉我一把。」林莫瑤試圖用手撐起身體，卻發現手掌好疼，翻過來一看，手掌上都已經破了，一些碎小的沙石正卡在肉裡。

司北扶著她的肩膀，將人給扶坐起來。除了身上衣服髒了之外，就只有手掌破了，司北微微鬆了口氣。沒事就好。

林莫瑤齜牙咧嘴地甩了甩手，剛想問赫連軒逸有沒有事，耳邊就傳來一聲喝斥——

「妳能不能小心一點？走個路也不看，好心去拉妳還把我推開，真是好心沒好報！哼，活該妳摔倒！司南，扶我回去！」

林莫瑤愣愣地抬起頭，就看見赫連軒逸冷冷地看了她一眼，冷哼一聲，在司南的攙扶下，轉身就要往回走。

林莫瑤滿腹委屈。不知為何，在接觸到剛才赫連軒逸那道冰冷的眼神時，她心裡莫名一痛，眼淚立即就蘊滿了雙眼。

在赫連軒逸轉身的一瞬間，身後傳來一道帶著哽咽的聲音——

「我只是怕碰到你的傷口，這才躲開的，我不是故意要推你的……」

赫連軒逸腳步一頓，然後頭也不回地道：「……司北，你送二姑娘回去清理傷口。」

「是。二姑娘，我先扶您回去上藥吧？傷口不處理好，沙子會留在肉裡的。」司北扶著林莫瑤，想把她從地上拉起來。

林莫瑤就著司北的手站了起來，發現膝蓋也有點火辣辣的疼，不知道是不是破了？但是手腳的傷都比不上這會兒心裡的疼。看著赫連軒逸離開的身影，林莫瑤的眼淚再也控制不住地落了下來，一滴一滴地滴落在地。

饒是平時能說會道的司北，這會兒也不知道該說什麼好了？只能無聲地陪在林莫瑤身邊，看著她落淚。

就在林莫瑤哭得正傷心時，前方突然傳來一聲暴喝——

「司北，你還愣著幹什麼？還不快帶她去治傷！」

司北嚇了一跳，連忙高聲應道：「我這就去！」說完，便討好地看向林莫瑤，哄道：「二姑娘，要不，我們先回去處理完傷口您再哭？」

林莫瑤在聽見赫連軒逸的聲音時就已經不哭了，她擦乾眼淚，在心中不停地安慰自己，對自己說：他還是關心我的，只是他不懂得表達。沒關係的、沒關係的，想要他重新愛上自己不會這麼容易，這點小挫折算什麼？比起他前世為我受的，這都不是個事！

當林莫瑤慢慢走回林家時，赫連軒逸的身影已經看不到了，看著那緊閉的房門，林莫瑤幽幽地嘆了口氣，讓司北把她送回自己家。

林氏看到她的傷，又是一頓訓斥。

林莫瑤聽著她的唸叨，思緒早就不知飄到哪兒去了……

因為受傷，林莫瑤倒是消停下來，一連兩天都沒有跑去林家看赫連軒逸，這讓半個月來，每天都能看見林二小姐的赫連公子不習慣了。

司北站在赫連軒逸的身後，看著自家主子的眼神不知第幾次往外飄之後，一個沒忍住，直接開口道：「少爺，二姑娘今天沒來。」

心事被人拆穿，赫連軒逸狡辯道：「誰在看她了？我是在看司南回來沒有！」

司北默默地翻了個白眼，道：「是，看司南行了吧？司南是去準備我們離開的事宜，沒這麼快回來的，少爺啊，您就別老往外瞅了。」

「好你個司北！敢調侃起我來了？」赫連軒逸瞪著司北，咬牙道。

司北笑了笑，道：「我的少爺欸，我哪敢啊？只是，我們過幾天就要走了，您確定不跟二姑娘說一聲？」

赫連軒逸的臉上閃過一抹不自然，淡淡道：「我們要走，跟她有什麼關係？」

司北往前湊了湊，問道：「少爺，您別跟我說您看不出來啊！」

「看不出來什麼？」赫連軒逸繼續裝無知。

司北朝著林莫瑤家的方向努努嘴，道：「二姑娘對您的心思唄！」

見司北越說越離譜，赫連軒逸直接沈了臉色，道：「胡說八道什麼？別壞了人家姑娘的清譽！再說了，她一個八歲的小丫頭片子，她知道什麼？」最後一句，連他自己都沒察覺出來裡面竟然有一絲的失落。

是啊，她才八歲，知道什麼呢？或許只是看自己新奇，這才對自己這麼上心吧？赫連軒逸心道。然後又想到這幾天林莫瑤都沒過來，是不是自己那天對她太凶，嚇到這丫頭了？自己都快走了，是不是要去跟她道個別或者道個歉什麼的？

赫連軒逸越想越亂，索性就不想了，直接站起來往外走去。

司北連忙跟上。「少爺，您去哪兒啊？」

赫連軒逸頭也不回地說道：「我自己出去轉轉，你別跟著。」

司北邁出去的腳步又停了下來，看著赫連軒逸慢慢走向後門的方向，扯著嘴角拉長了聲音應了聲「喔~~」。

赫連軒逸出了後門，站在門口卻不知道往哪邊去？那邊，林家的攤子上，林氏正帶著胡氏在忙，不少人坐在攤子裡有說有笑地吃著東西；在攤子旁邊，一男一女兩個小孩正在你追我跑的玩鬧，赫連軒逸認識，那是胡氏家的妞妞和林紹傑。

將茶攤打量了一遍，沒有發現自己想見的人影，赫連軒逸心中閃過一抹失落，將目光收回，重新打量起林莫瑤引以為豪的這一片土地，只見上面除了荒蕪的雜草外，什麼都沒有。他記得，林莫瑤說過，要在這塊地上蓋一座大房子。

沒找到人，赫連軒逸就想在這附近轉轉，不知不覺走到了河邊。河灘上，一個熟悉的小小身影正在忙碌著，似乎在尋找什麼東西。

看著她忙碌的身影，赫連軒逸有些失落。難道她是覺得天天對著自己無趣了，才會獨自跑來玩，而不再喊他了嗎？

直到這個時候，赫連軒逸才有些後悔。自己之前是不是對她太冷淡了？畢竟林莫瑤也沒有做過什麼不好的事情，她所做的一切不過也都是為了哄自己開心而已。

就在赫連軒逸胡思亂想時，林莫瑤看到了他。

「呆子，你還站著幹麼？快過來啊！」林莫瑤對著他大喊。

赫連軒逸聽著這個稱呼，臉色又沈了下來。他也不知道林莫瑤為什麼總是喜歡喊他呆子，他呆嗎？心裡雖然這麼想，他還是朝著林莫瑤的方向走了過去。

待走近赫連軒逸才發現，林莫瑤手上拿著不少的鵝卵石，各種顏色、大小都有，不由得奇怪地問道：「妳撿這麼多石頭幹什麼？」

林莫瑤拉著赫連軒逸坐到旁邊，獻寶一般地把手上的兩塊石頭遞到赫連軒逸面前，道：

「好看嗎？」

赫連軒逸看著林莫瑤手上的兩塊石頭，除了形狀有些怪異之外，沒看出哪裡好看了。

林莫瑤也不勉強他回答，繼續說道：「這可是我找了兩天才找到最好的兩塊了！」

赫連軒逸有些驚訝，問道：「妳這兩天沒去妳舅舅家，就是為了找這個東西？」

林莫瑤呆萌地點了點頭。「對啊！」

虧他還一直以為這丫頭是不是生自己的氣，搞了半天，人家根本就是在忙別的事情！

林莫瑤猶沒發現他一臉黑線，繼續道：「這可是我專門找來給你的，你把這個帶著，這樣就算你離開這裡，以後看到這個石頭也能想起我了。」

赫連軒逸一聽她說這個石頭是給自己的，心情才稍微好了一些，問道：「妳知道我要走了？」

林莫瑤點點頭，手上也不知從哪裡拿出來個東西，在石頭上磨著，一邊磨，一邊說道：「你的傷已經好得差不多，而且這還有一個月就要過年，你肯定得回家啊！」

林莫瑤也不希望赫連軒逸回京城，可她記起來了，前世時，赫連軒逸是奉命回京看望重病的祖母，替他父親盡孝的；然而，他進京後沒多久，赫連家的老太君就去世了。正因為這件事情，赫連軒逸被迫留在京城守孝三年，這才有了和她的接觸。

也正因為想起了這些，林莫瑤才回憶起來，前世也差不多是這個時候，赫連軒逸在回京的路上遇刺，當時拖著重傷的身體回到京城，一時間將軍府人仰馬翻，他的祖母因為擔心孫兒的身體，這才病情惡化，剛剛熬過過年就走了。
一想到這些，林莫瑤看赫連軒逸的目光就帶了些傷感。她明知道他這次進京之後會失去至親，卻無法開口安慰，這種感覺真的太難受了。
林莫瑤這副神情落在赫連軒逸的眼裡，就成了她捨不得自己離開而難過了。
「放心吧，我不會忘了妳的。」赫連軒逸開口。
林莫瑤原本傷感的情緒被他這麼一帶，瞬間什麼傷心難過都沒了，嘴角簡直快咧到耳根，笑道：「真的嗎？那你一定不能忘了我！」
赫連軒逸點了點頭，算是應下。
林莫瑤這下高興了，手上的動作不停，並且還加快了速度，只見她放下打磨的工具之後，又不知道從哪裡摸出一把很小的刻刀，然後抱著石頭，一筆一劃地在上面刻字。
林莫瑤在石頭上用刻刀寫下自己的名字，等到最後一筆落下，她吹了吹上面的灰，一塊刻有「林莫瑤」三個字的桃心鵝卵石就做好了。
林莫瑤滿意地看著自己的作品，欣賞了一番，這才把石頭遞給赫連軒逸，鄭重地叮囑道：「送給你，你一定要收好，不能丟了，這可是我的心！」
握著石頭的手一緊，少年只覺得內心有根弦「蹦」的一聲，斷了，整個人的心跳都漏了半拍。

第三十五章　矜持什麼的見鬼去吧

好不容易按下心中這股異樣的感覺，赫連軒逸拿著石頭翻來覆去地看了看，奇怪地問道：「這明明就是一塊普通的石頭，妳怎麼能說是妳的心呢？」

林莫瑤拿出另外一塊沒有刻字的石頭，對著赫連軒逸比了比，道：「你看這像不像一個人的心？」

赫連軒逸這才仔細打量起手中的石頭，回想從前在書上看到的心臟的樣子，倒也真的有幾分相似。「是有那麼一點點像。」

林莫瑤見他肯定了自己的說法，連忙繼續道：「對吧對吧？你看，我在上面刻上了我的名字，這就是我的心了！我把我的心給了你，你可得好好保管，千萬不能弄丟了，知道嗎？不然我會很難過的！」

赫連軒逸第一次覺得自己手裡的東西這麼沈重，只見他又握緊了一些，點點頭，猶如誓言般地對林莫瑤說道：「嗯，我一定不會把它弄丟的！」

林莫瑤這下開心了，此時此刻什麼「女孩子就應該矜持、應該讓男孩主動」等話，在她眼裡全都是放屁，沒有什麼能比這輩子緊緊抓住眼前這個少年更重要了！

就在這樣一個早晨，兩個懵懂的少男少女，定下了他們之間的第一個約定。

自從赫連軒逸收下石頭之後，兩人就都不怎麼開口了，只是安靜地並排坐在一起，看著前面的河水湍流。

赫連軒逸突然咳嗽一聲，引起了林莫瑤的注意，忙問道：「怎麼咳嗽了？是冷了嗎？」

赫連軒逸搖搖頭，盯著林莫瑤看了一會兒，便伸手從脖子上取下一根紅繩，紅繩上掛著一塊不是很大的玉墜，上面雕刻了一些古老的紋路。

玉並不是什麼好玉，只是這個墜子的意義卻是非同一般。其他人或許只覺得這塊玉墜是一個普通、不值錢的東西，可林莫瑤卻是認識它的。

這塊玉墜不是別的，正是前世李響費盡心思也要弄到的赫連軍的兵符！

在邊境，赫連將軍手下有一支鐵騎，雖僅五千，卻讓敵國聞風喪膽，但凡赫連軍鐵騎出現，必所向披靡、無所不入。

也正因為如此，李響一直都想把這支軍隊抓在自己手裡。也不知他是從哪裡得知赫連軍的兵符在赫連軒逸身上，在得知赫連軒逸對自己的情意之後，居然讓自己將赫連軒逸的兵符給騙了過來。一想到這裡，林莫瑤的心裡就是一陣後悔。

心中雖然震驚，她面上卻是一點也不顯，迷茫地看著赫連軒逸將玉墜掛在她的脖子上。

「這是什麼？」林莫瑤假裝不知地問道。

赫連軒逸最後看了一眼掛在林莫瑤脖子上的玉墜，開口道：「這是我爺爺去世前留給我的禮物，我現在把它送給妳。」

林莫瑤一聽，臉上立即迸發出開心的笑容，寶貝一般地捧著掛在自己脖子上的玉墜，不停地點頭。「嗯嗯，我一定會好好保存的！」

赫連軒逸猶豫了一會兒，才抬起手，輕輕放到林莫瑤腦袋上摸了摸，笑著點了點頭，道：「嗯，我相信妳。」

林莫瑤臉上的笑容更大了，可只有她自己知道，她這會兒心裡已經哭成了淚人。眼前的人還是那麼傻，那麼輕易就相信她，她在心裡一邊哭，一邊大喊：傻瓜、傻瓜……

赫連軒逸沒有察覺到林莫瑤的異樣。

林莫瑤在心裡把自己譴責一番之後，又恢復了正常，將玉墜寶貝似地放進衣服裡，貼身藏好，這才歪著頭看向赫連軒逸，問道：「逸哥哥，你走了以後還會不會回來看我？」

林莫瑤這突如其來的稱呼讓赫連軒逸先是一愣，隨即笑了。

林莫瑤這才發現，眼前的少年笑起來居然有個小小的酒窩，平添了幾分可愛。

「嗯，我回去處理好家裡的事情就來看妳好不好？」赫連軒逸道。

「嗯，我等你回來。」林莫瑤笑著點頭。

從頭至尾，林莫瑤都沒有問過赫連軒逸要去哪裡、他的家又在哪裡；而赫連軒逸也沒有主動提起林莫瑤的身世問題。

過了一會兒，林莫瑤突然出聲道：「逸哥哥，你還有幾天離開？」

氣氛因為林莫瑤的這一句問話，又變得有些沈重。

赫連軒逸沈默了一會兒，才開口道：「應該就是這幾天了。」說實話，他其實挺捨不得離開林家的。在這裡，每個人對他都很好，可是，奶奶生病了，他得回去京城替父親盡孝，照顧奶奶。

「好，你要走的時候我送你，你們要從興州府走嗎？」林莫瑤問。

赫連軒逸點頭。「嗯，興州府是必經之路。」

林莫瑤點了點頭，道：「嗯，你走的時候我送你到興州府。我和興州府的蘇家合夥開了間酒廠，這幾天是第一批酒出廠的日子，正好給你帶些走。」

赫連軒逸一愣。「酒？」他在軍營時，父親從來不許他喝酒，倒是父親好像挺喜歡喝的，而且總是聽他抱怨現在的酒就跟水一樣，喝多少都不夠味。

林莫瑤本來就不打算對赫連軒逸有任何隱瞞，直接把自己跟蘇家的合作，還有以後打算做的事，一股腦兒的都說了。

聽到最後，赫連軒逸嘴角噙著一抹微笑，看著林莫瑤笑問：「妳就不怕我知道這些秘密之後把妳關起來，或者再開一家酒廠，搶了你們的生意嗎？」

林莫瑤笑咪咪的，絲毫不帶猶豫就脫口而出道：「你不會的，我相信你！」

我相信你。這四個字猶如敲在赫連軒逸心頭上的第二記重錘，讓他的心又輕輕的顫了顫，一股暖意由內而外流淌開來，嘴角的笑意也更濃了。赫連軒逸伸出手，再次摸了摸林莫瑤的腦袋，沒有說話。

兩人又在河邊坐了一會兒，林莫瑤擔心赫連軒逸的傷，這才扶著他慢慢走了回去。

當天傍晚，司南回來了，跟著他回來的還有一輛馬車，馬車上拉了各種各樣的禮物。村子裡的人站在自家門口看著這一大車送到林家，一個個羨慕得眼珠子都快瞪出來了。

林劉氏和林方氏看著這一院子堆著的東西，有些不知所措。

「徐公子，你這是？」林劉氏最先反應過來，扭頭去看旁邊站著的徐軒逸。

赫連軒逸抱拳對林劉氏作了個揖，道：「林奶奶，你們於我有救命之恩，我無以為報，只能送些東西以表敬意。而且還有一月就要過年了，這年禮我也讓司南提前準備，還望林奶奶不要推辭。」

林劉氏心想：不推辭不行啊！你這些綾羅綢緞，我們這些鄉下人哪用得上啊？

「不是，這實在是太貴重，我們不能要。」林劉氏看著面前堆著的東西，除了一些上好的布疋之外，就是一些山參、鮑魚之類的補品，這些東西她雖沒吃過，可也是見過的，隨便一樣東西都能讓他們這些農戶過上一年了。

最後，在赫連軒逸的堅持下，林劉氏還是留下了一部分，至於其他的，林劉氏直接讓司南和司北拿回縣城換成他們農戶能穿的普通麻布，還有一些肉和點心、糖果之類的。

東西換回來之後，林劉氏又作主分配了一番，幾乎村子裡每家每戶都收到了禮物。一些在赫連軒逸重傷時來探視過的，禮就會重上一些，多上一尺的布料或者一盒點心等等；村長和族長卻是每人得了一疋錦緞。

就連林泰立家那邊，林劉氏都讓幾人送了一疋麻布過去。就算不為大人著想，兩個小的畢竟是她親孫子。

林家眾人知道林莫瑤要送赫連軒逸，然後去興州府蘇家看看這一批出來的酒如何？商量之下，還是讓林紹遠陪著她一道兒去。

就這樣，在一個陽光高照的日子，在全村人相送的目光下，赫連軒逸和林莫瑤同坐一輛馬車，林紹遠和司北趕著另外一輛馬車跟在後面，離開了林家村，駛向興州府。

幾人離開林家村不到一里路，馬車旁邊突然多出一些騎著馬的高大侍衛。

這些人的出現把林紹遠嚇了一跳，手下一個不穩，差點驚了馬，幸好司北眼疾手快，及時拉住了套馬繩。

「大公子莫怕，這都是自己人。」司北笑道。

林紹遠鬆了口氣，趁著行走的時候偷偷看了幾眼旁邊跟著的侍衛，只見他們人人身上都有一股肅殺之氣，根本不似一般人家的隨從侍衛，倒像是之前偶然見過的、從他們村子前路過的行軍之人。

從軍的？林紹遠一驚。這個姓徐的到底是什麼人？

一行人到了興州府後，也不急著走，赫連軒逸和司南、司北等人去了客棧安頓；林紹遠帶著林莫瑤去了蘇家。林莫瑤說了，要給赫連軒逸帶幾罈酒的。

客棧裡，司南、司北看著赫連軒逸，總覺得他們這位少將軍在興州府多停留一天，並不光是為了等林莫瑤送酒這麼簡單。

看著面前和自己從小一起長大的兩個隨身侍衛，赫連軒逸略微沈吟了一會兒後才開口道：「司南、司北，我想讓你們留在興州府，留在林家。」

「什麼?!」兩人一驚，不敢置信地看著赫連軒逸。「少將軍，我們得護衛您進京——」他們已經讓赫連軒逸遇刺一次，怎麼敢讓他孤身上路？

赫連軒逸抬手打斷了兩人的話，說道：「身邊這麼多人，你們不用擔心我。而且他們失手一次，過了興州府，不會再敢對我下手了。」

「可是……」兩人還想說什麼，被赫連軒逸冷眼一看，直接閉嘴了。

「我將兵符送給了阿瑤。」赫連軒逸丟下一記重彈，直接驚呆了兩人。

司南、司北一聽，倏地跪下。「少將軍，兵符並非兒戲，怎麼能這麼輕易就送人呢？」

司南說的這些，赫連軒逸都想到了，只是，他願意賭一次，賭自己對這個女孩的信任。

司南繼續道：「而且林二小姐和杜侍郎的關係非同一般，杜侍郎可是秦相的女婿。」

「我相信她。」赫連軒逸嘆息一聲，接著冷冷道：「而且，秦相真的以為拿到了我赫連家的兵符，就能指揮赫連軍了？呵呵，他實在是太天真了。這兵符若是在我赫連家的人手裡，那自然是兵符，若是在外人手裡，那就是一塊普通的玉墜罷了。」

二人垂首不語。這一點他們當然知道，只是讓他們留在林家，兩人實在有些不能接受。

赫連軒逸看了兩人一眼，說：「你們以後就跟在阿瑤身邊吧。」

「是。」到了這個時候，兩人再不願意也只能應下了。

赫連軒逸扭頭看向窗外。到底是一個州府的府城，繁華自不必說，夜幕落下，街上依然人聲鼎沸。他這一走，也不知道什麼時候才能再見了。

林莫瑤到了蘇家，跟蘇鴻博說明來意後，蘇鴻博二話不說，直接讓人將剛出爐的第一批酒，送了幾罈到林莫瑤所說的客棧。

林莫瑤道了謝，趕回客棧陪赫連軒逸吃晚飯。

吃飯的時候，林莫瑤直接讓人拆了一罈酒，分了一些給赫連軒逸的侍衛們之後，又拿了一小瓶到赫連軒逸面前，說：「這是蘇家酒廠裡出來的第一批酒，你要不要嚐嚐？」

赫連軒逸搖搖頭，道：「我爹不讓我在成年前喝酒。」

林莫瑤收回了手。赫連將軍一輩子英明，最後卻毀在自己手上，她現在只要一想到這件事就心塞得不行。

她岔開話題，道：「你不是說你爹喜歡喝酒嗎？我這次從蘇家直接搬了五罈給你，放到後院的馬車上了，剛才讓司北拿了一罈出來，剩下的你回頭讓人給他送去。」

林莫瑤關心自家親爹的喜好，這讓赫連軒逸很高興，給林莫瑤挾了一筷子菜，讓她趕緊吃飯。

看著碗裡赫連軒逸給自己挾的菜，林莫瑤開心了。

吃過飯，林莫瑤才知道，赫連軒逸要將司南、司北留在她身邊的事，直接驚得站了起來。「逸哥哥，你把他們留在我這裡，你怎麼辦？」秦相是不會輕易放棄赫連家的兵權，沒了司北、司南的護衛，赫連軒逸要怎麼辦？

赫連軒逸只當林莫瑤擔心他再遇到危險，想到自己之前對林家人撒的謊，赫連軒逸就道：「過了興州府，離京城就不遠了，我們一路上只走官道，不會有事的。那些想害我的人，總不能在光天化日、大庭廣眾之下動手吧？」

林莫瑤還是有些不放心。

為了不讓她繼續揪著這件事情不放，赫連軒逸扭頭看了一眼外面的街道，突然說：「阿瑤，我陪妳出去逛逛吧。」不等林莫瑤回神，赫連軒逸拉著她就出了門，司南、司北只能跟上。

上次來興州府的時候，林莫瑤沒能好好逛逛，這會兒站在人聲鼎沸的街上，又有赫連軒逸陪著，林莫瑤決定暫時不想司南、司北留下的事了。

林莫瑤和赫連軒逸，男的俊朗，女的嬌俏可愛，兩人年紀不大，再加上身後跟著長得一模一樣的司南、司北，四人走在街上也引起了不少側目。

兩人並排走著，林莫瑤時不時地看看小攤上的玩意兒，凡是她喜歡的，赫連軒逸都會掏錢買下，一路下來，司南、司北二人手中已經拎了不少東西。

前世裡，李響也不是沒有陪她逛過街，可沒有一次比這次還逛得開心。

不知不覺就走到了蘇家門口，赫連軒逸掃了一眼蘇家大門上的牌匾，說：「到了。」

林莫瑤看著他，沈默不語。

赫連軒逸輕笑一聲，抬手將林莫瑤耳邊的一綹碎髮給別到了耳後。「進去吧。」

林莫瑤抬起頭，定定地看著他，眼中有著不捨。「逸哥哥，你一定要保護好自己。」她阻止不了赫連軒逸留下司南、司北，那就只能希望他在路上平安無事。

「妳放心吧。」赫連軒逸點頭，說：「我一定會安全回家，我一到家就給妳寫信。」

縱使有萬般不願，林莫瑤也只能點頭，抬腳走向蘇家。

「逸哥哥，你明天等我去送你！」林莫瑤站在臺階上對赫連軒逸大喊。

赫連軒逸點頭，應道：「好。」

直到蘇家大門關上，赫連軒逸才轉過身。「走吧，回客棧。」

第三十六章　確定目標

林莫瑤回了蘇家後，並沒有回自己休息的院子，而是跟著來尋她的一個下人去了蘇家的花廳。

「大官人，你找我？」林莫瑤問。

蘇鴻博笑了笑，指著旁邊的椅子讓林莫瑤坐下，這才把下午有個客棧老闆上門來買酒的事說了。

林莫瑤先是一愣，隨即了然，應該是赫連軒逸他們住的那家客棧的老闆。蘇鴻博給的酒她在那間客棧就拆了一罈，那客棧的老闆肯定也聞到了酒香，跟那些人一打聽，不就知道這酒是蘇家的了？

林莫瑤有些歉疚，道：「大官人，我沒壞了你的事吧？」畢竟，蘇家的酒還沒開始往外賣呢！

蘇鴻博不以為意地揮揮手，道：「這個倒是無妨，反正第二批酒已經釀好了，這幾天就能上市，有人主動找上門，總比我們去求人家的好。」

林莫瑤懸著的心一鬆。沒壞事就行。

蘇鴻博乘機就將自己打算加蓋酒廠的事說了，見林莫瑤皺著眉頭，就問：「阿瑤有什麼意見嗎？」

林莫瑤輕輕搖頭，說道：「大官人，我覺得擴建酒廠這事不妥。」

「為何？」蘇鴻博一愣。蘇家的酒只要一出來，絕對會引起很大的迴響，不趁著這個機會加蓋酒廠大賺一筆，還要等到什麼時候？

可林莫瑤不這麼認為。就算蘇家將蒸餾術保護得再好，終有一天會流出去的，到時候，蘇記不再是獨一份，這擴建的酒廠也就變成了負擔。

為了不讓蘇鴻博生出間隙，林莫瑤說道：「大官人，不管什麼東西，都是貴精不貴多，你我都很清楚，蒸餾術藏不了多久，與其到後面和大家一樣，那麼多人爭這一塊肉，不如我們從一開始就把方向給定好，就算是同一頭豬，身上的肉也有好壞之分呢！」

蘇鴻博皺了皺眉，卻沒有反對。「妳繼續說。」

林莫瑤繼續道：「真正的有錢人，都不差那幾個酒錢。大官人，你想想，是賺這些出手闊綽的人的錢容易，還是賺平民百姓的錢容易？」

蘇鴻博毫不猶豫地說道：「那自然是出手闊綽的有錢人了。」

林莫瑤兩手一攤，說：「就是這個道理。既然你想做的是這些人的生意，那你擴建酒廠，增加產量的意義在哪兒？」她相信，以蘇鴻博的聰明，一定能明白她話中的意思。

蘇鴻博陷入沈思中，林莫瑤也不打擾他，自己退出花廳，回了休息的院子。她今天得早點睡覺，明天還要送赫連軒逸離開呢！

第二天一早，林莫瑤在林紹遠的陪同下，來到和赫連軒逸約定好的城門口，為了避免分別的憂傷，雙方只略微說了幾句話，赫連軒逸就揮手讓隊伍前行了。

司南、司北一直將人送到城外五里處，才驅馬回到蘇家，和林莫瑤、林紹遠一起回了林家村。

當林家眾人得知司南、司北不會離開時，還高興了一番，畢竟相處這麼長時間，都是有感情的。

最高興的就是林紹傑。他早已經把司北當成自己的師父，司北突然就走了，他昨天還哭了一整天呢！「師父，你還走嗎？」林紹傑眨著大眼睛問道。

司北一頭黑線，卻也只能搖頭，道：「不走了。」

這下，林紹傑高興了，屁顛屁顛地跟在司北身後。

對於他要學武的事，林方氏也懶得管了，只要他不調皮搗蛋就行。

林氏倒是生出了些別的想法，趁著幾人不注意的時候，拉過林莫瑤問道：「阿瑤，徐公子這是什麼意思？」司南、司北是他的親隨，這怎麼說把人留下就留下了？

林莫瑤知道林氏還在擔心她和赫連軒逸的事，就說道：「娘，逸哥哥留下他們不好嗎？」

「這……」林氏自己也不知道這是好是壞？「算了，妳自己的事，妳自己看著辦吧，娘不管妳了。」

林莫瑤笑了。她能理解林氏的擔心，可是，這一世讓她放開赫連軒逸，是萬萬不可能了。

司南、司北要留下，就得安排住的地方。林家老宅房間有限，又只有母女三人同住，司南、司北若是留在那邊，難免會落下話柄。

最後，只能把人安排在林泰華家。這樣一來，林紹傑跟著司北習武也方便多了。

七天後，林家村迎來今年的第一場雪。

瞧見窗外飄落的雪花，林氏將林莫瑤和林莫琪都叫醒了。「阿瑤、阿琪，快起來，下雪了！」一喊完，林氏就去廚房忙了。天氣越冷，她們家的攤子生意就越好。

胡氏也來得很早，剛進門不久，林氏就瞧見一個人影從林泰華家後門出來，往她這邊走，待走近了，才發現是司南，風雪太大，司南沾了一身的雪。

林氏連忙把人拉到廚房的灶台後面烤著，一邊說道：「你這孩子，咋出來也不知道穿件簑衣？」

司南順手撿起一旁的柴火就往灶膛添，回道：「屬下見下雪了，心想夫人可能需要幫忙，就過來了。」

對於這屬下、夫人的，一開始林氏也不習慣，但糾正了幾次都糾正不過來，林氏也就隨他去了。猜想他還沒吃早飯，林氏就趕緊拿兩個熱包子遞給司南，說道：「你這孩子，叫你跟他們一樣喊我林姨就好，你非不聽。還沒吃早飯吧？先吃點東西墊墊肚子，待會兒林姨再給你下碗熱騰騰的湯麵。」

司南手裡握著兩個熱包子，心中也不由得覺得暖暖的，只是他這個人習慣了現在這樣，不知道該如何表達，於是硬邦邦地說了一句。「謝謝夫人。」

「唉，你這孩子。」林氏見還是糾正不過來司南的稱呼，嘆了口氣，繼續去忙了。慢慢來吧。

等到天色大亮，林莫瑤才從炕上爬起來。外面的雪漸漸小了，地面上也堆積了些雪，入眼之處都是一片白、一片黃的。

林氏和胡氏早已經去攤子了，司南也跟著過去幫忙，林莫瑤跑進廚房，隨手抓了個包子就往攤子上去，路上碰見剛練完武的司北和林紹傑。

兩人還沒到攤子上呢，聲音就先響了起來。

「林姨，有吃的嗎？」這是司北。

「姑姑，我要吃麵！」這是林紹傑。

兩人幾乎天天早上都會來吃早飯，林氏也早早地給兩人備下了。

司北無視司南那黑沈的臉色，帶著林紹傑就坐下大口吃麵。

林莫瑤隨後到了，跟他們坐在一起，感嘆了一句。「這都下雪了。」

司北一碗熱湯麵下肚，渾身都暖洋洋的，聽見林莫瑤的嘆息聲就說道：「二小姐，要不，我帶您上山打兔子吧？這雪剛剛下下來，兔子窩裡的兔子要趁現在出來找吃的，一逮一個準！」

林莫瑤雙眼一亮，驚道：「真的？那我們去打兔子吧！」

林紹傑一聽，嚷嚷著也要去，可是他太小，這又是下雪天，林方氏他們不會同意他上山的。最後林莫瑤和司北拉上林紹遠就跑了，跟他保證，回來的時候，給他帶兩隻漂亮的小兔子。

三人進了山，果然碰到不少出來覓食的兔子。司北撿起路上的石頭，一砸一個準，將兔子全都敲暈了，林莫瑤和林紹遠就負責上去拴繩子、揹兔子。

一圈下來，除了幾隻嚇跑的，也讓他們逮到五隻大肥兔，這已經收穫頗豐了。這個天再往裡走就有些危險，於是三人便直接回家。

還沒到家，就碰到出來尋他們的司南。

「二小姐，蘇家來人了。」

林莫瑤一回到攤子就看見蘇鴻博坐在那裡，正在喝茶，連忙跑了過去，問道：「大官人，你怎麼來了？」莫不是酒廠出事了？不然蘇鴻博怎麼這個時候來了？

蘇鴻博微微一笑，道：「路過，順便給妳送點東西。」

「喔！」林莫瑤鬆了一口氣坐下。

蘇鴻博這才笑著從懷裡拿了一個錢袋出來，遞給林莫瑤。「給妳，這兩個月的分紅。」

林莫瑤接過錢袋打開，看見裡面放著四個五兩大小的金元寶，一下子就驚呆了。

「怎麼會這麼多？」林莫瑤張大了眼睛。二十兩黃金啊！一成的紅利竟然這麼多嗎？

「大官人，你是不是算錯了？」林莫瑤有些不信。

蘇鴻博搖了搖頭，道：「沒有算錯，這裡確實是第一批酒的紅利分成。妳別忘了，我們蘇家自己的酒樓裡也在售賣這種酒呢！」

林莫瑤挑了挑眉，道：「蘇家自己的酒樓也算？」她還以為蘇鴻博會把蘇家酒樓排除在外呢！

蘇鴻博見她這樣，嘴角的笑意就更真誠了，笑道：「蘇家酒樓也是做生意的，也是從酒廠拿酒，為何不算？」

「好吧！」林莫瑤感嘆了一聲。反正你是老闆，你說了算！

收好了錢，林莫瑤又想起了另外一件事，直接跟蘇鴻博說道：「大官人，我還有個建議，你想不想聽聽？」

蘇鴻博眉頭一挑，道：「說來聽聽。」

林莫瑤就把自己的打算告訴了蘇鴻博。蒸餾器就算蘇家保密工作做得再好，終歸是瞞不了多久，反正現在蘇家已經決定走精品路線，那這蒸餾的技術不如就直接公開售賣。「……

只要你出錢，那我們就賣，反正早晚也會被人研究出來，乾脆我們主動一點，放出去。」

蘇鴻博聽了林莫瑤的建議，略微思考了一下，就問道：「那按照阿瑤的想法，這蒸餾技術賣多少適合？」

林莫瑤想了想，試探性地問道：「五百貫？」

蘇鴻博也想了想。這件事情還得回家跟父親商量一下才行。就對林莫瑤說道：「這件事情我回去考慮考慮。時辰不早，我就先走了。」

林莫瑤連忙起身送蘇鴻博出去，看他帶著福伯走了，就將攤子上的事情交代給胡氏，把林氏叫回家。

林莫瑤一家三口在裡屋，司南、司北守在外間。入冬之前，林泰華砍了不少竹子，給兩家都燒了許多木炭，這會兒兄弟兩人就坐在廳裡烤著炭火。

司北還跑去攤子上拿了兩個饅頭，切成了片，放在木炭上烤著，不一會兒滿屋都是饅頭的香味。這是林莫瑤教他的，把饅頭切片，放到炭上烤黃，撒上一些鹽，可好吃了。

「哥，你嚐嚐？」司北將一片烤好的饅頭片遞給司南，笑道。

司南看了弟弟一眼，單手接過饅頭片放到嘴裡，一邊吃著，一邊還要注意屋內的動靜。他可時時都記著自己的任務。

裡屋，林莫瑤母女三人坐在炕上，林莫瑤這才把蘇鴻博今天送來的錢拿了出來，對兩人說道：「現在咱們家有錢了，我想，要不要抓緊時間蓋房子？」

林氏從未見過這麼多錢，而且都還是一個個的金元寶，兩隻眼睛都直了，雙手不停地摸著炕桌上的金元寶，問道：「阿瑤，咋會有這麼多啊？」

林莫瑤笑得有些無奈。「我沒想到，蘇大官人會把蘇家酒樓的酒錢都算在紅利裡，一開始拿了這麼多，我也挺意外的。」

林氏聞言，就不停地說蘇大官人是好人、好人有好報之類的話。林莫瑤只是笑笑，沒有接話。蘇鴻博人確實不錯，但自己給他帶來的利益和聲譽，可不是金錢能夠衡量的，他第一次就送來這麼多錢，可見他還不笨。

等到林氏高興了，林莫瑤才重提剛才的話。「娘，您看現在家裡多了司南、司北，我們這小院子也住不下，總不能讓他們一直住在舅舅家吧？時間長了也不好。」

林氏聽了這話就陷入了沈思。司南、司北是徐軒逸留下來給林莫瑤的，這說明什麼？他心中是記掛著阿瑤的。不管兩人將來的事情能不能成，現在這份情誼就難得了，他們也總不能老讓司南、司北待在自己娘家，這說不過去。想到這裡，林氏突然也覺得蓋房子是刻不容緩，可現在離過年就一個月的時間，來得及嗎？

「這樣吧，我待會兒去問問妳舅舅，這又趕上下雪，不好施工啊！」說完，林氏掃了一眼窗外。雪已經停了，地上積了淺淺的一層積雪，看著到處白花花的一片。

聽了林氏的話，林莫瑤就道：「娘，我們也不必年前全部都蓋好，暫時先把司南和司北住的屋子給建好；其他的就算只挖了地基，過了年到春耕的時間還有一個月呢，前後加起來兩個月肯定夠了。實在不行我們就多給點工錢，定能找著人的。」

林氏聞言，輕輕地點了點頭。「也只能這樣了，我現在就去妳舅舅家一趟。對了，阿瑤，咱們都是普通人家，這金元寶也沒地方花，妳找個時間讓小南、小北去一趟縣城換成碎錢吧。」

林莫瑤嘴角抽了抽。這要是全換成銅板，那得換多少啊？不過林氏說的也是事實，如果要蓋房子，這個錢確實得換開了才行。

商量完畢，林氏當即就穿了鞋子要去林泰華家，找他商量蓋房子的事。一開門出去就看見司南和司北坐在爐子旁邊，司北正往嘴裡塞著烤饅頭。

林氏看了他手裡的饅頭一眼，說道：「現在吃這麼多，晚上還能吃下飯嗎？」

司北把剩下的饅頭三兩下地塞進嘴裡吃光，這才笑呵呵地對林氏道：「林姨，您放心，我吃得下，嘿嘿！」

林氏嗔笑了一聲。「好好好，知道你能吃！晚上我給你們燒紅燒肉，剁碎了夾在饅頭裡，可好吃了！」

一提到吃的，司北的眼睛就發光，笑道：「好！」

第三十七章　寫信

林氏一走，司北就湊到林莫瑤的身邊，好奇地問道：「二小姐，剛才我聽見您說要蓋新房子？」

「嗯。」林莫瑤點點頭，看著司北，突然想到了什麼，問道：「小北哥，你是不是從小就在逸哥哥身邊了啊？」

「是啊！」司北應了一聲，說道：「我和我哥還有少爺是從小一起長大的。」

林莫瑤眼前一亮，問：「那小北哥，你能跟我說說逸哥哥的事情嗎？」

司北一聽，面露難色。

林莫瑤哀求道：「沒事，你就挑一些他小時候好玩的事情說給我聽，好不好？」

司北這下是真的為難了，尷尬道：「二小姐，屬下實在是不敢在主子背後胡亂議論主子的事。」

林莫瑤也知道這有些強人所難，但還是忍不住覺得失落。

司北見她這樣，有些不忍，就說道：「二小姐，您要是真的想知道我們少爺的事情，幹麼不親自問他啊？」

林莫瑤毫無生氣地趴在桌子上。「誰知道我下一次什麼時候才能見到他？」

司北笑了笑，就說：「雖然見不到，可是您能跟他寫信啊！」

聽了司北的話，林莫瑤猛地從桌子上坐了起來。「你說什麼？」

司北笑道：「我說，您能跟少爺寫信啊！我可以幫您拿去縣城，找驛站的人送過去。」

林莫瑤眼前一亮。對啊，她怎麼忘了？雖然見不到赫連軒逸，但是她能給他寫信啊！雖然現在她「不知道」赫連軒逸的真實身分和地址，可是司南和司北知道啊！

想到就去做，林莫瑤當即就跑回屋裡，準備拿紙筆給赫連軒逸寫信。

司北見她火急火燎的，就跟了過去，勸道：「二小姐，您看今天都這麼晚，而且快要吃飯了，您現在寫信，待會兒要是被林姨她們看到怎麼辦？」

林莫瑤拿著筆的手一頓。對啊，萬一被林氏她們看到，笑話自己怎麼辦？想到這裡，林莫瑤就沒有下筆，只是，紙筆都拿出來了，乾脆做點什麼好了。

突然，林莫瑤靈光一閃，房子！既然要蓋房子，那總得先好好設計一下房子的構造吧？她就先畫一張平面圖出來好了！

現在村裡的房子大多數都是一進的，林莫瑤想了想，不能建得太大，他們家總共就三口人，就算加上司南和司北，一進的院子也夠住了。可林莫瑤不想侷限於此，想來想去，就決定建一座兩進的四合院。

正房給林氏住，她和林莫琪住東廂，西廂用來招待客人，司南和司北就住在進門的倒座，這樣一來，兩進的院子還能空出來許多房間。就先放著唄，說不定以後有用呢。

等林氏和林泰華商量好回來時，林莫瑤的圖也畫好了。

「娘，這個地方是倒座，以後就給司南和司北住。這裡是廚房，這裡是茅房，這邊是東廂、西廂；還有這兒，我打算建個書房，書房旁邊是娘住的正房。這裡，建個庫房，然後從這裡到這裡，就做後院，在這個位置挖地窖，你們看行嗎？」林莫瑤指著圖紙一一介紹。

林氏盯著圖紙看了半天。這個設計她是很滿意，只是，如今家裡的錢也不知道夠不夠？兩進的院子，蓋起來也要費很多時間的。

「房子好是好，但是就我們幾口人住，會不會太大了些？」林氏說。

林莫瑤搖搖頭，指著圖紙說道：「娘，哪裡大了？您看，倒座這裡我打算多蓋幾間，然後東廂的房間也蓋上兩間，我和姊姊一人一間，西廂就留著招待客人。另外，娘，您的正房也蓋上兩間房間，到時候外婆可以來住住；廚房要蓋大一點，茅廁旁邊再建個浴間吧！」

林氏越聽越喜歡，就點頭，說：「好，就聽妳的吧。」

林莫瑤扭頭去看司南和司北，問道：「你們呢？有什麼想法嗎？」

司南明顯愣了一下。

司北的反應快，伸手指著倒座和二門之間的空間，說：「二小姐，能不能在這裡建個練武場啊？」

林莫瑤看了看，就指著地圖上，後院園子旁邊的一個位置說道：「我原本打算把練武場建在這裡的。」

林氏幾人湊過去看了一眼，司南就開口道：「後院是夫人和兩位小姐住的地方，我們哪能在那裡習武。」

好吧，把這個忘了。林莫瑤把後院那塊地給劃去，重新在司北指的地方標注上練武場，一座兩進的四合院就設計好了。

「明天等舅舅來再看看，若是能在這幾天動工，那就先把倒座建好，另外的能趕工就趕工，不能就等過了年再建。」林莫瑤對著幾人說道。其實優先建倒座完全是為了方便司南和司北。

兩人也知道林莫瑤這麼做是為了他們，自然沒有異議。

第二天，林泰華給幾人帶回了消息。因為臨近過年，村子裡的青壯年倒是都沒有出去做工，就算去，也都是在縣城，他們聽說林莫瑤家要蓋房子，紛紛都表示願意來幫忙。只是蓋房子得有一個大工掌控全域，好在林泰華認識一個，就在離他們不遠的村子，待會兒讓林紹遠趕車，兩人去請一趟就行。

而且，林泰華還特意去族長家問過，若是真要趕在年前動工，那就得在這兩天開始，進了臘月再動工就不好了。後天就是冬月二十八，宜動土。

興州府地勢偏北，屋裡要燒炕，但一些桌椅、板凳，還有櫃子、箱子都得找人另外打。這個時候，林莫瑤就想起好久不見的章老三來。

「娘，我去請章三叔幫咱們家打櫃子。」林莫瑤說道。

林氏應了一聲，道：「嗯，讓司北陪妳去，馬車讓妳大舅和大哥用了，你們上村長家借他家的驢車去。」因為要蓋青磚房，林泰華和林紹遠一早就趕著馬車出去買磚、請大工了。

林莫瑤點了點頭，帶著司北去村長家借了驢車後，直接就朝章老三所在的村子去。

林莫瑤這一去就是一整天，弄到好晚才回來。一進家門，顧不上說話，就先讓林莫琪給她燒了水，好好洗了個澡。

林氏等她洗完澡才知道這孩子幹什麼去了，頓時一陣後怕，指著林莫瑤教訓道：「妳這孩子，膽子怎麼這麼大？那孩子得的是麻疹，妳要是被傳染，妳讓娘怎麼辦？」

林莫瑤和司北原本是去找章老三打家具的，結果卻碰上章老三家的大兒子得了麻疹，林莫瑤不忍心看著這麼小的孩子早早的就死了，所以和司北一起，把人帶到了李大夫家裡，求李大夫給看了。

聽了林氏的話，林莫瑤縮了縮脖子，這會兒知道自己的行為欠妥了。「娘，救人一命勝造七級浮屠，我當時也沒想那麼多。再說了，李爺爺也給我開了藥喝了，他說，只要喝了這個預防的藥，我是不會被傳染上的，您就放心吧！」

林氏這才嗔怪地瞪了林莫瑤一眼。正因為李大夫給她開了藥吃，確定不會被傳染上，林氏這才放心，不然，她非得揍林莫瑤一頓不可。

不過，一想到章家那孩子小小年紀就差點死了，林氏又覺得可憐起來，怪林莫瑤的心思也就沒了。

林莫瑤忙了一天，這時候才有空問起家裡蓋房子的事。

林氏忙對她說：「妳大舅下午帶人來看過了，咱們就挨著妳大舅家後面蓋，那一片的地質堅硬，最適合蓋房子。」

林莫瑤點點頭，統共就這麼大一塊地，對於她來說，蓋在哪兒都行。

「那磚呢？」林莫瑤問道。

「妳大舅找了兩家，現在他們家裡也有一些存貨，蓋好倒座倒是夠了。妳大舅把咱們家的要求跟他們說了，兩家人一起燒，年前能出多少是多少，剩下的年後出也行，兩家也答應趕工，就是這工錢和材料錢得先結。」林氏繼續道。

工錢和材料錢先結？這個林莫瑤倒是第一次聽說，因為一般都是先做工後結錢的。

林莫瑤還沒開口問，林氏就主動說起原因。「年關近了，家家戶戶都等著錢過年，若是幹完活再結，他們怕是忙活到年前都拿不到錢。誰都想過個好年，他們也說了，不用全付，只要給一半就行。我已經讓妳大舅應下了，回頭妳把錢給妳大舅送去，讓他去找人算。他找的這兩家都是厚道人家，不會有問題的。」

林莫瑤點點頭。她其實沒什麼意見，只要能把房子蓋好就好。

既然說起工錢，林氏就想到另外一件事情。「妳舅讓我問問妳，這請人來幹活準備開多少工錢？」

林莫瑤茫然地看向林氏。「娘，這我哪知道啊？讓舅舅自己作主唄！」

林氏好笑地戳了戳林莫瑤的腦袋，笑道：「妳這孩子，真是打算什麼都不管了？」

林莫瑤兩手一攤，表示自己無能為力。「娘，我又沒有請過人蓋房子，哪知道工錢要給多少？」

「大工師傅一天是一百文，小工是五十；一般的勞力有給三十的，也有給二十的，管一頓飯。」林氏向林莫瑤解釋道。

林莫瑤考慮了一會兒，就說道：「這樣吧，娘，這都快過年了，我們現在手頭也寬了，不差這麼點，大工師傅一天給一百二十文；小工給七十，至於幹活的人，一天就給四十吧，就管一頓中飯，頓頓管肉，妳看行嗎？」

林氏略微盤算了一下。這樣一來，工錢和吃飯的錢就差不多要去掉三十貫，現在家裡的錢有兩百多貫，剩下的錢用來買材料什麼的，絕對夠了，就點了點頭，道：「行，就按妳說的來吧。」

在動工的第二天，工地上來了一個不是很受歡迎的人。

「大哥……」林泰立站在林泰華的身後，有些侷促。他能明顯感覺到身邊的人看他的眼神有些怪異，可是，一想到家裡現在的情況，林泰立沒有辦法，只能硬著頭皮過來了。

林泰華聽見這個聲音時，還微微愣了一下，一回頭就看見許久不見的弟弟，手足無措地站在自己面前，林泰華的眉頭不由得一皺，問道：「你怎麼來了？」

「我……」林泰立支支吾吾的。

林泰華見了又氣又心疼。這個弟弟從小被他們保護得太好，導致性子成了這樣軟綿；現在倒好，被媳婦拿捏得跟自己親娘和大哥都生分成這個樣子。

林泰華不悅地皺了皺眉頭。「有事就說！」

見大哥發火了，林泰立這才鼓起勇氣把要說的話說出口。「大哥，我想來幫忙。」

林泰華挑了挑眉。來幫忙？林張氏那個潑婦會肯嗎？心中冷哼，說道：「你要來就來吧，來的話就跟其他人一樣，一天四十文的工錢，管一頓飯。」

林泰立一聽，急道：「不，大哥，我不要工錢，我就是想過來幫忙。」

林泰華微不可見的冷哼了一聲，道：「不要工錢？那就不要來了！」說完，也不管他，自顧自的轉身幹活去了。

「大哥……」林泰立喊了一聲，見林泰華鐵了心不理他，乾脆嘆了口氣，自己去找活幹了。

接下來的幾天，林泰立幾乎天天都來，林莫瑤看到了，也只是打了聲招呼，其他的話並不多說，只是單獨和林泰華在一起的時候，叮囑了一句，結算工錢時，一定要把錢結給林泰立。

其實並不是林莫瑤要跟他分得這麼清楚，主要是因為林張氏那樣的人，根本就不能跟她有太多的牽扯。現在是因為他們有把柄握在林莫瑤的手裡，若她因為這件事對他們家的態度有所鬆動，按照林張氏那厚臉皮的程度，絕對會死皮賴臉貼上來，到時麻煩肯定不少。

林泰華聽了林莫瑤的話，心裡其實不大高興，那畢竟是自己的親弟弟。可是，林泰華一想到就是這個親弟弟的兒子，差點害死了眼前的這個小姑娘，他心裡就更加不是滋味了。

他不能強迫林莫瑤不再怪罪他們，可自己卻做不到真的徹底斷了這層關係，所以能幫林泰立的地方，他都會儘量的幫一幫。

不知不覺，十天過去了，林莫瑤再一次見識到了鄉村勞力的偉大，短短十天時間，整間倒座就建好了，只是剛剛建好的房子濕氣有些重，林莫瑤乾脆就讓司南和司北連燒了兩天的大炕，硬生生用火力把房子給烘乾了。

章老三家的大寶和二丫，在吃了李大夫開的藥過後三天，一個的燒退了，也不咳嗽；一個發了疹子之後就好轉，沒有再出現其他症狀。章老三這才鬆了口氣，將兩個孩子交給章李氏照顧，自己先是把族長家的板車重新做了一輛，這才揹著工具到林莫瑤家，開始幫她們打家具。

所以，司北一把房子烘乾，新的家具就能搬進去放著了，兄弟倆當天晚上便住進了新房。

第三十八章　過年

一轉眼，就到了臘月二十。終於，繼之前那一場小雪之後的第一場大雪，下下來了，這樣一來，工程就必須停下。正好還有幾天就過年，林莫瑤乾脆讓大家過了年再繼續。反正都已經建好一半，也不急於這一時半會兒。

當天，林泰華就把所有人的工錢都給結算清楚，最後給到林泰立的時候，他卻怎麼都不肯收，林泰華冷哼了一聲，道：「你以為我不知道是張氏遣你來幹活的？你要是不拿點錢回去，你這個年能過得舒心嗎？」

林泰立沈默了。

林泰華看著垂頭無措的弟弟，嘆了口氣，把手裡的錢袋塞給了他，裡面除了給他的工錢之外，還有他和林劉氏悄悄放進去的一些錢，只想著讓他們這個年過得好一些。

這些事情林泰立不知道，直到回了家把工錢交給林張氏，這才發現多出來這麼多。

林張氏看著桌上的錢，高興得嘴都合不攏了，一面卻又抱怨林劉氏和林泰華小氣，只給了這麼點。

林泰立終於坐不住，自成親以來第一次對林張氏拉長了臉，不悅道：「妳有完沒完？娘和大哥給多少是他們的事，妳別不知好歹！」

林張氏這會兒看見錢心情好，也懶得跟他計較，只是翻了個白眼，嘟囔了一句。「知道了，不說了。」然後就繼續抱著錢罐子數銅板。

林泰立心裡不舒服，坐到門口，吧嗒吧嗒地抽旱煙。

臘月二十一，書院放假的日子。外面的雪下了一天一夜，幸好從林家村到縣城的官道一直都有馬車和行人走過，不至於被積雪覆蓋，林紹遠這才能趕著馬車去縣城，把林紹安和林紹平接回來。

原本臘八節時就應該好好慶祝，只是那時候家裡還在趕工蓋房子，所以當天林氏直接煮了一大鍋臘八粥，分給了來做工的人。

接回林紹平和林紹安後，接下來臘月二十三小年要請灶神，二十四要打掃，二十五又要接玉皇。

臘月二十六這天，按照風俗，是要殺豬割年肉的，只是整個村子裡統共也沒有幾家人養豬，林莫瑤乾脆讓林泰華去隔壁村屠戶那裡，直接拉了一頭足足兩百斤的大豬回來，就在村子祠堂門口的大場壩裡宰了，幾乎每家都分到一條年肉。

為了這個事情，村子裡的人無不誇獎林莫瑤、誇讚林氏，就連林劉氏和林二老爺、林二奶奶都滿面笑容的。

二十七洗浴，二十八蒸饅頭，林莫瑤這幾天早已經被折騰得累死了。本來以為終於可以好好睡一覺，可是二十九的這天早上，林氏居然比前幾天更早就把姊妹倆從被窩裡給揪了出來。

「娘，您就讓我多睡一會兒吧！」林莫瑤不理林氏，使勁地往被子裡鑽，卻被林氏死死地逮著衣服，不許她鑽進去。

林氏見拉不動她，沈著臉斥道：「妳這孩子！趕緊起來，今天要去祠堂祭祖！」

「娘，怎麼還沒完啊？過個年怎麼感覺比平時還累！」林莫瑤不甘不願地從被窩裡爬起來。沒辦法，祭祖這種事情在現在的社會可不是小事，她要是敢去晚了，族長絕對能扒了她的皮！

林氏一邊幫她穿衣服，一邊教訓道：「待會兒到了祠堂那裡，這些話妳可千萬不能說，小心得罪了祖先！這祭祖可是大事；再說了，每年過年都是這樣的，以前怎麼沒見妳喊累？」

林莫瑤心中嘀咕：那是以前的林莫瑤，又不是我。只是，她也只敢在心裡想想。

等母女三人跟著林泰華一家到了祠堂，門口的場壩裡早已經站滿了人。林泰立一家和林二爺一家已經等在那裡了。雖然說已經分了家，可祭祖時還是要站在一起的。

林泰立看見林劉氏等人來了，連忙走上前打招呼，林劉氏淡淡地應了一聲，就去跟林二奶奶站在一起說話，林泰立有些尷尬。

林泰華見狀揮了揮手，道：「行了，一起站著等吧。」

林張氏遠遠地拉著林紹強和林紹武站在一起，林莫瑤往他們那邊瞟了一眼，就看見兄弟倆正滿臉怨毒地看著自己；林莫瑤也不怕他們，狠狠地瞪了回去，對著林紹強直接張了張嘴，無聲地道：小心我喊人抓你！說完，還抬手做了個抓人的動作。

林紹強原本怨毒的雙眼立即轉為害怕，縮到林張氏的身後去了。

林張氏也怕林莫瑤真的把林紹強送到官府，只能認栽地拉著大兒子和小兒子乖乖地站到林泰立的身後。

祭祖的過程肅穆又乏味，林莫瑤站得腿都麻了。一開始還能認真聽族長說話——無非就是一些祈禱上蒼，祈禱祖先保佑林家村風調雨順、明年大豐收等等的話——但只聽了一會兒，林莫瑤就開始打起瞌睡。她睡得迷迷糊糊，直到被身邊的林氏拉了一下。

「好了，走吧，我們回去準備一下明天除夕要用的飯菜。」

林莫瑤一鬆。總算是結束了。

林莫瑤家的新房還沒蓋好，年前沒辦法住進去，只有司南和司北暫時住在倒座；而林家老宅又太小，這個年最後就決定在林泰華家過。

今年的年，林劉氏看得特別重，特意交代了林二老爺一家明天也過來。至於林泰立一家，林劉氏原本也想叫，最後還是林二老爺出面攔住了她。

「過年是開開心心的日子，還是不要觸楣頭了吧，誰知道張氏來了之後會鬧出什麼事？妳要實在過意不去，那就讓大華給他們送一桌子菜過去吧？」

林劉氏深知林二老爺說得有道理，最後嘆了口氣，終究是沒有喊林泰立一家，只讓林泰華給他們送了一桌菜過去，這個年就算過了。

另外一邊，林泰立坐在屋裡，時不時的抬頭往林泰華家的方向看，只是等了許久，都沒有人往這邊來。

林張氏見狀，陰陽怪氣地說了一句。「當家的，你在幹麼？你不會還指望大房的人來請你回去過年吧？嘖嘖，人家現在過的是什麼日子，會看得上你嗎？」

林泰立聽了這話，也沒動，依然往那邊看著，終於，路上出現了一個黑影，漸漸地變得清明。林泰立眼睛一亮，認出那是林泰華，連忙笑著迎了出去。

只是，當林泰華越走越近，林泰立臉上的笑容也漸漸消失。

「大哥，你這是？」林泰立看著林泰華手裡提著的兩個食盒，喃喃問道。

林泰華把食盒往林泰立的面前一放，道：「這是娘親自燒的菜，讓我給你們送來明天除夕吃的。」

林泰立站著的身子微微踉蹌了一下，看著林泰華道：「大哥……」

林泰華嘆了口氣，不打算多說，拍了拍弟弟的肩膀。「行了，飯菜送來了，我先回去了。」

一直等到林泰華走遠，林泰立都還呆立在門口一動也不動。他以為，大哥是來叫他回家一起過年的……看著面前擺著的兩個食盒，林泰立內心五味雜陳。

倒是林紹強和林張氏，在看到食盒之後就跑了過來，把食盒拎回屋裡，打開之後看見又是肉圓子、又是大扣肉的，口水都流了下來。

林泰立聽見屋裡妻兒的歡呼聲，突然覺得這聲音好刺耳。

好在林張氏並不是太沒良心，見林泰立還站在那裡不動，就對著屋外喊了一聲。「當家的，你還站在那兒幹麼呢？快回屋，外面多冷啊，別給吹生病了！」

林泰立這才回身看了一眼屋內的妻兒，又看了看林泰華離開的方向，最終嘆了口氣，退了回去，將大門給關上。

過年，一直以來對孩子來說就是最開心的事情，不但是因為有了假期可以隨便玩，另外一方面也是因為能吃到許多平時不能吃的好吃東西。

雖說這半年來，林家的日子一天比一天好過，可是像今天這樣，有魚有肉、有雞有鴨的日子還是非常難得，所以到了飯點，剛剛入夜，孩子們就迫不及待地撲到了桌子旁。好在林家的教養一直不錯，幾個孩子雖然眼饞，卻沒有動手，一直等到林劉氏等人都落坐，林劉氏宣佈可以吃了，幾個孩子這才你爭我搶的開始吃。

吃過年飯，林劉氏作為長輩，就挨個給幾個孩子發了紅包，連司南和司北都得了一個。兩人還是在京城的時候，曾跟在夫人身邊才拿過壓歲錢，到了邊境，胡人時不時的來犯，有時候過年都不一定能見到將軍，或者就是跟著將軍在軍營裡度過，壓歲錢，真有許多年沒收到過了。

兩人恭敬地給林劉氏磕了個頭，這才領了紅包，跟著林家的其他孩子一樣退到一邊。

領完壓歲錢，接下來就要守歲。林劉氏把林二老爺一家打發回自己家去守歲，林莫瑤家因為只有母女三人加上司南、司北幾個，就乾脆留在林家一起守。

除了林紹傑熬不住，在子時之前睡過去了之外，其他人都一直守過午夜，這才在林泰華的帶領下，燒了幾根竹子，以示迎接新年了。

大年初一的早上，林莫瑤是被村子裡傳來的各種各樣的爆竹聲吵醒的，噼哩啪啦的雖然不如鞭炮那麼響亮，聽起來卻也挺熱鬧。

林莫瑤麻利地從被窩裡爬了出來，跟著林莫琪一起跑去給林氏拜年；司南和司北也一早就過來了，四人跪在地上，先是給林氏磕了頭，緊跟著又說了一些吉祥話，這年就算是拜完了。

林氏笑呵呵地取出準備好的四個紅包。這個和壓歲錢又不同了，這是新年紅包，比壓歲錢要多一些。

四人高興地拿了紅包，就朝著林泰華家去。

司南和司北雖說已經十六，可說到底放在後世時也只是國中生，司北早已經樂得笑開了花，就連一向黑著臉的司南都露出好幾次笑容。

新年總是孩子們最開心的日子，給林劉氏和林二老爺家分別拜了年之後，林紹安和林紹平就各自帶著弟弟去村子裡找小夥伴們玩耍。兩人自從上了書院，就很少和村子裡的人在一起了，趁著過年的機會，自然要好好的玩一玩。

林莫瑤畢竟是活了三世的人，便沒有跟著去，只和林莫琪走了幾家關係比較近的人家，拜過年之後，就帶著司南、司北回了林家，陪著林氏、林劉氏等人。

幾人剛進門，迎頭就撞上來給林劉氏拜年的林泰立一家，林莫瑤原本還在和林莫琪說笑，在看到這家人之後，周身的氣息一下就變了。

「二舅好。」林莫瑤和林莫琪手拉著手站在一起，淡淡地喊了一聲，但也僅僅叫了林泰立，壓根兒就沒有將林張氏放在眼裡，更別說林紹武和林紹強。

林張氏顯然很不高興姊妹倆的無禮，直接衝二人翻了個白眼，冷哼了一聲，拽著小兒子昂著頭走了；林紹武陰狠地瞪了一眼林莫瑤，抬腳跟上。

等到妻兒走遠了，林泰立才對姊妹倆賠了笑。「阿瑤，妳別跟妳二舅母一般見識——」

林莫瑤沒等林泰立說完，就打斷了他的話，淡淡道：「二舅，沒事的話我和姊姊先進去了，外面冷，我落水之後身子不好，李爺爺說了不能著涼。」

林泰立在聽到林莫瑤說落水的時候，臉色變了變。

林莫瑤見狀，嘴角浮起一絲冷笑，對林泰立行了個禮，就拉著林莫琪轉身進屋。

林泰立是她的親舅舅，林紹強故意推她下水的事情，整個村子都知道了，他怎麼可能會不知道呢？可是，自己這個二舅卻從來沒有表示過什麼，甚至連帶著兒子上門道歉都沒有。林莫瑤不管這是他自己的意思，還是林張氏的意思，總之，她和這個二舅的情分本就不多，這下，就真的只剩下面子上的了。

若不是這個時代孝大過天，她連面子都不想做。

接下來的三天，林家村裡到處都是歡聲笑語，林莫瑤一家也過了三天熱鬧的日子。到了年初四，陸陸續續的就有人上門問林泰華，什麼時候開始動工？

林泰華本想讓大家多休息幾天，可是在場的人家裡都並不是那麼寬裕，現在有工錢高、又在本村的活兒，當然想多幹點了。而且再過個把月，地裡的活就要多起來，到時候他們就是想做工，也做不了了。

林泰華也知道大家的意思，在問過林莫瑤後，直接定了初五動工。至於大師傅那邊，林莫瑤給他多加了兩天的工錢，請他提前兩天過來；其他的人則是每人多加了一天的工錢，也算是過年的雙倍工資了。

既然要開始動工，那就得去拉磚。幸好在年前林泰華早就交代了兩戶專門燒磚的人家，儘量多趕製一些，這才能在提前動工的時候接應得上。

因為之前下雪，蓋好的房子和地面上都堆積了一些雪，加上天冷，地上好些土都被凍住，雖說是初五動工，可光清理這些就花了一天的時間。

陰沈沈的天氣，陸陸續續的又下了兩場雪，幸好都不是很大，並不影響大家做工，一直到了初十，才終於看見太陽。

到了上元節這天，林莫瑤給做工的人都放了假，並且還將這幾天的工錢都給結了，為的就是讓大家好好地過節。這畢竟是春節的最後一個節日，過了上元節，就意味著新的一年要開始忙碌。

最重要的，她還打算帶全家人進城玩一天。村子裡的人說，每年的上元節城裡都會很熱鬧，林莫瑤就想去看看！

第三十九章　燈會

到了縣城，林莫瑤直接帶著幾人去了蘇家的酒樓。

蔡掌櫃一見到林莫瑤就高興地迎了上來。「林姑娘，你們總算是來了！東家特意吩咐，讓我一定要好好招待你們的。來來來，這邊請、這邊請！」

林莫瑤抬頭看了看蘇記的大門，對蔡掌櫃道了聲謝，帶著全家走了進去。

在場的人，除了林劉氏之外，也就只有林泰華和林紹遠到過這樣的地方，其他人幾乎都是第一次，像這樣坐在大酒樓裡吃飯的機會，對他們來說是從前從未想過的。

進了酒樓，林莫瑤發現裡面已經坐了不少人，見他們進門，紛紛投來了奇怪的目光，林莫瑤甚至能感受到幾道鄙夷的視線。看著身邊越來越顯侷促的家人，林莫瑤的臉色一時間變得有些難看。

蔡掌櫃就走在林莫瑤前面，她情緒一變的時候，他就發現了，連忙低聲道：「林小姐，請跟我到樓上去吧，我特意留了視線最好的一間雅間給幾位，這邊請。」

蘇記的酒樓一共分為三層，每一層都有兩個夥計在忙活，只一眼就能看出來樓上的這些雅間裡也都是坐滿了人的。

在蔡掌櫃的帶領下，一家人沿著樓梯直接上了三樓，來到了正中間的一間屋子。

三樓的夥計已經候在門口，等幾人到了就輕輕地推開了門。

「請。」

「麻煩蔡掌櫃了。」林莫瑤道了謝，這才抬腳走了進去。

蔡掌櫃準備的這間雅間很大，裡面體貼地擺了兩張桌子，一大一小，一旁的窗戶邊還放了一張小榻，坐在上面完全可以倚窗往外看風景。

蔡掌櫃將人領到，客氣了一聲就退出去，交代廚房準備飯菜。

直到蔡掌櫃離開，林莫瑤才感覺家人稍稍自在了些。

林二奶奶扶著林二老爺慢慢地坐在椅子上後，這才直起身子拍了拍胸口，道：「我的天哪，我還是第一次到這種地方來吃飯呢！你們剛才看沒看見，那大廳裡坐著的人，個個身上穿的衣服料子，一看就是特別好的！阿瑤，在這裡吃飯一定很貴吧？我們要不……要不還是出去吃吧？」

林莫瑤正跟著林紹傑、林紹勝趴在窗戶上，往外看街上的燈火輝煌，聽見林二奶奶這話，噗哧一聲笑了起來，道：「二奶奶，咱們今天吃飯不用給錢，人家蘇記的老闆請客。」

林二奶奶眼睛一亮，問道：「真的？」

林莫瑤點頭，大笑了兩聲就回頭繼續看了。這緬縣的上元節還真是別有一番風味呢！

林二奶奶見林莫瑤回頭去看燈了，也就不再多說。

倒是旁邊坐著的林二老爺和林劉氏笑了笑，說道：「好了，既然出來玩，妳就不要操心這些事情了，今天咱們都沾沾我們阿瑤的光，也到這種高檔的地方大吃一頓！」

「就是這個理！弟妹，妳且安心的坐著，等著吃就行！」林劉氏也笑了起來。

林泰華兄弟三人，林方氏帶著兩個妯娌，還有林氏、林莫琪，這會兒已經全部站到了窗戶旁邊。不得不說，蔡掌櫃挑的這間房真的很不錯，窗戶外面，正好就對著緬縣的整條正街，街上各種各樣的商販，還有花燈、環城河裡的河燈、路上的行人，都看得一清二楚。因為蘇記的位置偏高，從這裡竟然能將整座緬縣的大半風光收入眼底。

「真漂亮啊，沒想到咱們縣城是這個樣子的。」林方氏幾人在一旁發出感慨，就連林泰華兄弟三人都震驚不已。

就在這時，在林莫瑤前面趴著的林紹傑突然大叫起來，指著下面的街道喊道：「是三哥！還有平哥，還有師父！」他一邊大喊，一邊對著樓下揮手。

林莫瑤真擔心他會一個不小心從窗戶上翻出去，只能死死地拽著他的衣服不撒手。

蘇記酒樓樓下，四處嘈雜的環境讓林紹安和林紹平沒有聽見樓上的聲音，可是自小習武的司北卻聽得真切，一抬頭就看到半個身子都露在外面的林紹傑，心臟都要停了，連忙高喊道：「五郎，你在幹什麼？趕緊退回去！」

林紹安和林紹平被司北急切的叫喊聲嚇了一跳，抬頭就看到林紹傑的模樣，嚇得倒抽一口涼氣，剛要跟著喊，就看到林紹傑旁邊探出來一個腦袋，正是抓著林紹傑的林莫瑤。

「你們還在下面幹麼？還不快上來？你們再不上來我就拉不住這個臭小子了！」說完，

還抽空抬起手，一巴掌拍在林紹傑的腦袋上。

樓下的三人嘴角抽了抽，這才邁步走進酒樓的大廳。

林紹安和林紹平身上還穿著書院的校服，顯然司北去接他們的時候沒來得及換，就出來了。

林莫瑤見人都來齊，這才叫了門外的夥計一聲，可以開始上菜。

酒樓裡的菜色跟他們平時在家裡吃的完全不同，看著這一桌子精緻漂亮又好吃的菜，一行人都不知道從哪裡下手，總覺得從哪裡下一筷子，都會破壞整桌菜的美感。

林莫瑤無奈，率先拿筷子替林劉氏和林二老爺、林二奶奶各挾了一塊魚肉，這才道：「外婆、二爺爺、二奶奶，你們吃魚，祝你們身體健康、年年有餘。」

林劉氏和林二老爺夫妻倆聽了林莫瑤的話，又看著碗裡的魚，高興不已，一邊點頭，一邊道：「好好好，有餘，大家都年年有餘！你們快吃啊，都愣著幹什麼？」

眾人聞言都笑了起來，這才開始動筷。

飯吃完，一幫人也都坐不住了，除了林劉氏和林二老爺、林二奶奶覺得老了走不動，懶得下去擠以外，其他人都滿心期待的，想要出去逛逛。

最後，林泰華帶著妻子、小兒子和林氏一路；林泰業夫妻倆帶著林紹勝一路；林泰祿小夫妻倆一路。剩下的，司南、司北和林紹遠護著林莫瑤、林莫琪，和林紹安、林紹平一路。分配好隊伍，約定好時辰，眾人這才出了酒樓，鑽入人頭攢動的街道。

街道兩邊的鋪子門口掛滿各式各樣的燈籠，在燈籠的下方掛著一些竹片，上面寫上了要猜的燈謎。

街道上，有大人帶著孩子，也有年輕的男女走在一起，形形色色，唯一相同的，就是他們每人手上都拎著一盞漂亮的燈，有兔子、有小狗的，也有一些漂亮的花樣，奇形怪狀，五顏六色。

「這些燈真好看！」林莫琪看著街道兩邊的燈籠感慨道。

林紹安和林紹平聽見了，就湊了過來，說道：「姊，妳看上哪個了？我們去幫妳贏回來。」上元節的規矩，這些掛在店鋪門口的燈籠，若是有客人猜中燈籠上的燈謎，這個燈籠就歸對方所有。

林莫琪看著躍躍欲試的兩人，嘴角浮起一絲溫和的笑容，還真的仔細看向街道兩邊掛著的各色花燈。終於，在一家店鋪的門口看到一盞漂亮的蓮花燈，林莫琪伸手一指，道：「喏，就那個蓮花的吧。」

兩人同時扭頭看向林莫琪選中的燈籠，一盞粉色蓮花形狀的花燈，蠟燭放在中間，燃燒的時候，周圍的燈籠壁上還能若隱若現看見一些花紋，也不知是畫上去還是燈籠的紙上原本有的？

兩人興奮地跑過去，就有店鋪的夥計湊過來招呼二人，兩人興致勃勃地湊在一起研究燈謎，林莫瑤看著他們，有些好笑。趁著等待的這會兒，她無聊地四處看了看，結果，卻在人群裡看到一個熟悉的人。

司北早已經跟著林紹安和林紹平湊過去看熱鬧，身邊只剩下司南，林莫瑤的表情一變，他第一時間就發現了不同。「二小姐？」司南疑惑地喊了一聲。

林莫瑤微微側身，伸出手往那邊指了指，低聲道：「你看那個人是不是林紹武？」

司南順著林莫瑤所指的方向看去，果然在萬頭攢動的街道上尋到林紹武的身影，只是，下一刻司南的臉色就變了。

在他們前面不遠處，林紹武跟著另外幾個年齡相仿的少年在人群中擠來擠去，互相打著掩護，而他們所做的事情，竟然是在扒竊路過行人的錢袋，而且不分窮富的下手。就剛才林莫瑤和司南發現的這一會兒，一行人已經下手了三家人，其中兩家看起來生活並不好，衣服上的補丁都看得清清楚楚。

林莫瑤將這一切看在眼裡，冷哼了一聲。

司南觀察了一會兒就低下頭看向林莫瑤，這畢竟是她的家人，該如何做，還得她自己拿主意。

「不要驚動他們，想辦法把巡邏的官兵引到這邊來。」林莫瑤低聲吩咐道，語氣中滿是冰冷。

「是。」司南領命就要走，林莫瑤卻突然出手拉住他的衣袖，司南愣了一下，奇怪地回頭問道：「二小姐？」

林莫瑤看了那邊已經和幾個夥伴湊在一起的林紹武，又看了一眼正和林紹平跟燈謎較勁的林紹安，終究是嘆了口氣，道：「算了，還是不要引官兵過來了。」

司南不解，順著林莫瑤的視線看去，目光落在林紹安的身上，頓時什麼都明白了。

林紹武是林紹安的堂兄弟，儘管已經分家，卻還是同宗，若林紹武被官府抓了，那對以後要參加科舉的林紹安而言，無疑是一個致命的污點。

「就這樣任憑他下去嗎？」司南低聲說了一句。

林莫瑤咬了咬牙。自然不能任憑他這樣下去，否則還不知道有多少人要遭殃呢！想到這裡，林莫瑤對司南招了招手，在他耳邊低聲囑咐了幾句。

司南點了點頭，叫回司北，叮囑他照顧好幾位小姐和公子，自己則越過人群，到了林紹武幾人所在的地方。

林紹武和幾個經常廝混的兄弟，剛剛湊在一起商量今天晚上得手了多少，準備再幹最後一票就收手，然後去找個地方好好玩玩，樂一樂，就連目標都選好了。

只是，當林紹武將手伸向一個婦人的腰間時，卻突然被人一把給抓住！林紹武嚇了一跳，本能的想跑，卻被司南死死拽著手，沒有辦法挪動半分。

周圍的同夥發現情況有變，立刻從四面八方圍到林紹武和司南的身邊。

司南看了一下目前所在的位置，冷冷掃了幾人一眼後，抓著林紹武的手，幾步就竄進旁邊的巷子。

林紹武的幾個同夥見狀，紛紛咬牙切齒地跟了上去。進了巷子，他們這麼多人還怕他一個嗎？幾人跟著進了巷子之後，就聽見林紹武怒罵的聲音——

「你這個狗奴才！你放開我，放開我！」

司南見人都跟進來了，冷笑一聲，猛地一推，直接把林紹武給推了出去，摔到了幾人的身上。

幾人措手不及，紛紛摔到了一起，掙扎幾下站起來之後，當中為首的一位才惡狠狠地盯著司南，吼道：「小子，你想死嗎？敢抓老子的兄弟！」

司南只是冷笑，並不作聲。

為首之人扭頭看向林紹武，冷聲道：「這人你認識？」

林紹武一邊揉著手腕，一邊狠狠地瞪著司南，低聲在為首之人耳邊開口道：「大哥，這人就是我跟你說過的，那個表妹身邊的手下。」

為首之人二十來歲，長得賊眉鼠眼，聽了林紹武這話，就打量了一番司南，見他身上穿的衣服款式雖然普通，料子卻是上好的，更加堅信之前林紹武帶來的消息——他那個表妹，賺了大錢了！

他冷聲喝斥道：「哪裡來的狗東西！敢管大爺的閒事，你是不想活了嗎？」一個下人而已，就算會幾下拳腳功夫又怎麼樣？他們人這麼多，還怕打不過他嗎？

林紹武這時又湊到他耳邊，道：「大哥，這個臭小子在這裡，那個死丫頭肯定也在縣城，我們要不要……」說完，做了一個「下手」的動作。「嗯？」

司南習武，耳力超乎常人，聽見林紹武說的話，臉色沈了沈。這種狼心狗肺的人，他應該直接弄死！

混混頭子聽了林紹武的話，略微沈吟了一會兒就道：「好，先解決眼前這個，再去找那個丫頭。」話落，對著身後的一幫小弟揮手，喊道：「給我上！」

司南面無表情地站在原地，冷冷地看著這些人朝他跑來，他避都不避，只動了動腳，幾人甚至連他動作都沒看清，就被直接撂倒在地。

混混頭子一個哆嗦就往後退，推出林紹武，吼道：「你上！」

林紹武面對司南冷冰冰的眼神，哆嗦著身子，硬撐著道：「你別過來！你不過是我表妹家的一個奴才，你要是敢對我動手，我……我讓阿瑤賣了你！」

司南的目光更冷了。

「你別過來，你再過來我真的動手了啊！」林紹武見司南根本不聽他的，慌了。

混混頭子乘機把林紹武往前一推，轉身就跑。

林紹武一臉驚恐地往司南的方向撲去，眼看就要撞上司南。

司南嘴角浮起一絲冷笑，慢慢抬起自己的右腳，在林紹武驚恐的眼神中，一腳踢中他的胸口，把人踢飛出去。

林紹武慘叫一聲，摔在了地上。

司南這才冷冷地看了一眼跑開的小頭目，眼睛一瞥，腳尖一勾，瞄準方位一踢，剛剛還在牆角躺著的木棍，頓時就朝著逃跑的小頭目飛過去。

咚的一聲，林紹武甚至連慘叫聲都沒有聽見，小頭目就倒下了。

「殺、殺人了……」林紹武張嘴就準備大叫。

司南這個時候走到他的跟前，居高臨下地看著他，冷聲道：「你要是敢叫出聲，我現在就踢斷你的脖子。」

冷冰冰的話語、肅殺的神情，讓林紹武到了嘴邊的尖叫聲硬生生地嚥了回去。

就在這時，司南聞到一股難聞的騷味，眉頭皺了皺，往林紹武的下身看了一眼——

這人居然直接嚇尿了！

林紹武不想死，連忙跪在地上不停的磕頭求饒。

司南滿是嫌棄和厭惡，卻也知道自己今天不能把他弄死，只冷聲道：「要是以後再讓我看到你幹偷雞摸狗的事，我就打斷你的腿，不信，你可以試試。」

林紹武連忙磕頭保證。「不敢了，我再也不敢了！你饒了我吧……」

「滾！」司南一聲厲喝，林紹武連滾帶爬的跑了。

司南回到和幾人分開的地方，低聲在林莫瑤耳邊說道：「事情辦妥了。」

林莫瑤微不可見地點了點頭，看向林莫琪三人，說：「姊，我們到前面去轉轉吧，那邊好像有人在放河燈。」

林莫琪心情正好，聽了林莫瑤的話，想也不想的就應了。「好。」

一行人又有說有笑地邁著步子往前走了，彷彿剛才什麼事都沒有發生一般。

今天晚上的事，林莫瑤並不打算告訴林家人，回到家後，只剩下母女三人和司南、司北，林莫瑤才把今天的事給說了出來。

林氏直接傻了，卻還有些不信。

司南就將他們是如何發現林紹武偷東西，又是怎麼教訓他的都一一說了，就連林紹武和那混混頭子說的話，也都沒有一句隱瞞。

砰的一聲，林氏一掌拍在桌子上，怒道：「這個該死的東西！阿瑤是他的親表妹啊，他竟然能幹出這種事？司南，你當時就應該打死他，氣死我了！」

林氏氣得渾身哆嗦。她原本還有些同情二哥一家，這會兒，就只剩下恨了！

只要一想到他家的兩個兒子，小的把林莫瑤推到河裡差點淹死，現在大的竟然聯合外人打林莫瑤的主意，林氏就覺得自己家肯定和二哥一家犯沖！

司南不善言辭，但看林氏氣得不輕的模樣，不懂得怎麼安慰人的他只能用武力解決了，便說道：「夫人，您不要生氣，我現在就去把他給處理了。」

林氏嚇了一跳，卻又有些好笑，對司南道：「傻孩子，我說的是氣話，殺人是要償命的。你既然已經替我們教訓過他，那以後我們只當不認識這家人，至於下次你若是再碰到，就像你說的，見一次打一次好了，只要不把人打死就行。」

司南點點頭。他想說自己不怕殺人，可一想到兩家的關係，就將這個心思收了。他要殺人，今天晚上就直接動手了，這會兒說出來，不過是為了讓林氏順順氣罷了，現下林氏既然表了態，司南便點點頭，把這事給揭了過去。

第四十章 上梁

正月底二月初，新房子蓋好了，定下二月二為上梁之日。

二月二，龍抬頭，又被稱為青龍節，也有些地方會將這一天叫作春耕節，因為此時的陽氣回升，大地開始解凍，這就代表春耕即將開始，挑在這天上梁，無疑是最適合不過的了。為了以示隆重，席面定了六順席，三葷三素，這在農村已經屬於大席面，人們紛紛誇讚林家出手闊綽。

到二月二這天，天不亮，來幫忙的人早早就到了林泰華家。林家老宅空地有限，就選在林泰華家的院子裡做飯，席面擺在林莫瑤家新房的門口。

除了來幫忙做飯的人，不少人也在天大亮時就湊到林莫瑤家新房那裡準備看熱鬧。時辰一到，在族長的指揮下，帶著林莫瑤母女三人，開始準備上梁。

上梁時，按照規矩，要有男丁壓梁，可林家母女三人情況特殊，就直接在族長的指揮下上上去了。新梁落成，代表林家的好日子就要來了。

看著眼前的一切，林氏感覺自己像是在作夢，大半年的時間，竟然發生了這麼多的變化。

上梁儀式結束，自有大工師傅帶人開始蓋房頂，現在只需等著，再過兩天就能徹底完工。

林氏乘機招呼大家去外面坐席，當席面擺開，人們看著席面上的飯菜，紛紛咋舌。這林家真的是和往日不同了，六順席不說，還都是實打實的大菜，一時間，誇讚聲更多了。

林劉氏帶著林氏遊走席面之間，一面招呼客人，一面喜逐顏開。

林莫瑤待在林紹安的房間裡，隔著窗戶悄悄往外看。在她身邊，坐著平時大門不出、二門不邁的林思意，一旁是林莫琪，兩人正湊在一起繡花。

林莫瑤看夠了熱鬧，一回頭就見兩人又湊到一起拿上繡花針，乾脆兩手一動，一手一個，把兩人拿在手裡的繡繃直接給搶走了。

「阿瑤，妳幹什麼呢？」兩人驚叫。

林莫瑤將繡繃往旁邊一丟，說道：「妳們倆一天到晚就知道繡繡繡，今天這麼熱鬧也不知道出去轉轉！走，我帶妳們去新房那裡看看。姊，我讓章三叔給妳打了個梳妝櫃子，我帶妳去看看唄！」

兩人無奈，只能跟著林莫瑤去新房。

林莫瑤一手一個拉著，跟林氏等人打了聲招呼，就朝著新房子去了，司南、司北隨後跟著。

林家村六十幾戶人家，並不是每個人都心存善意，總有那麼些人見不得別人好。

「欸，妳們看看，林家那三個丫頭走到哪兒，身後都跟著兩個半大的小夥子……」席面上，一個婦人低聲跟旁邊的同伴說道。

能坐在一起的基本上都是些臭味相投的，聽了這話就跟著湊在一起互相使眼色，那模樣，就像是林家的三個姑娘真幹了什麼見不得人的勾當似的。

有人嫉妒就有人護，這些人說的話並不明顯，可那意思卻不是什麼好的。林家三個丫頭，個個生得標緻，林莫琪更是已經定親了，要是這些人的話傳出去，壞了名聲可就麻煩。

所以，在聽見這些好事者議論的時候，同一桌向著林家的人立即就拍桌子，指著三個長舌婦怒道：「吃東西都堵不上妳們那張嘴！愛吃不吃，不吃就滾回自家去！」

被人一吼，三人也不好再多說，只能悻悻地閉了嘴。

新房裡，這個時候已經沒有看熱鬧的人，就連做工的師傅們都去吃飯了。林莫瑤帶著兩人推門進了東廂，裡面早已打掃乾淨，只是剛建好的房子都有些潮氣。

林莫瑤進門之後把門窗全都打開，房間裡頓時透亮起來。

早上上梁的時候林思意沒有過來，這會兒還是第一次看見林莫瑤家的新房子，不由得到處打量。

門對門的兩間屋子，中間是一個寬敞的小廳，林思意看了一圈之後才拉著林莫琪的手感嘆道：「這房子可真大，以後這邊就妳跟阿瑤兩個人住了？」

林莫琪點點頭，拉著她往自己的房間走，一邊走，一邊道：「嗯，妳要是在家無聊，可以搬過來跟我住，咱們還能在一起繡花呢！」

林思意聽了她這話，也不客氣，直接道：「嗯，行，回頭等妳們搬進來了，我就跟我爹說要過來跟妳住，這樣也省得我要找大奶奶的時候還得來回跑。」

林莫琪笑了一聲，伸出手點了點林思意的腦袋。「妳啊，整天待在家裡，也不會發黴，看來我還真不能讓妳來跟我住，否則這離得近了，妳怕是就更不樂意出門了。」

兩人一邊說，一邊到了林莫琪的房間門口，輕輕推開門走了進去。

林莫琪的房間格局比林莫瑤的稍微大一些，知道她喜歡繡花，林莫瑤在靠近院子的位置開了扇大窗戶，窗戶底下留了很大一塊空地，這會兒空地上正擺著章老三幫林莫琪做的一個新繡架。

林思意一進門就被這給吸引住，她快步走到新繡架旁邊，伸出手歡喜地撫摸著。

林莫琪看她圍著繡架轉，就問：「喜歡？」

林思意不假思索地回她。「嗯！」

林莫琪見她這模樣，就掩嘴笑了起來，道：「妳要喜歡，回頭讓章三叔幫妳做一個就是，只是，妳家裡有地方擺嗎？」

這繡架好是好，就是有點占地方，因為做的時候，為了確保繡架的重力和平衡，章老三將底座做得很紮實。

林思意退了兩步，左右打量，粗略估計了一下自己的房間，道：「應該能，我把炕下的那個櫃子搬到炕上去，就能放下了。」

林莫琪點了點頭，道：「行，那回頭我讓章三叔去妳家看看……乾脆就照著妳那個地方給妳做個小一些的就是了。」

林思意一聽，立刻高興地道謝。

參觀完了房間，三人又轉到外面，直到幹活的師傅吃完飯回來，三人才離開。

沒過兩天，新房就徹底蓋好了，家裡有司南和司北上山砍來的大堆柴火，每間屋子連著燒了半個月，總算是將房子裡的潮氣給烘乾，母女三人也迫不及待地搬了進來。

搬進新家沒幾天，蘇家就派人給林莫瑤送了信，酒廠出事了。

原來，上元節過後，廠裡就少了兩個人，其中一個還是樓師傅的親傳徒弟之一。大家一開始只當他們是身子不舒服，請假了，可過段時間還是不見人影。

蘇鴻博得知這個消息的時候，人已經找不到了，連帶其家人也一起消失不見。

蘇鴻博不敢耽擱，當即就找了蘇老爺子想辦法。

與此同時，在距離興州府千里之外的京城郊外，一個莊子裡，一名穿著華貴的老人家坐在椅子上，他旁邊站著一個同樣身著華服的中年男人，兩人一邊喝茶，一邊看著面前的工人在紙上畫圖。

中年男人正是京城謝家的現任家主謝峰，而坐著的老者則是謝峰的父親謝勁松。

謝峰還有一個身分，便是秦氏的表哥，謝勁松和秦氏的母親謝氏是一母同胞的親兄妹。

「爹，能行嗎？」謝峰看著面前正滿頭大汗在畫圖的年輕工人，低聲在謝勁松耳邊問了一句。

謝勁松只是輕輕地抬了抬眼皮子，掃了一眼正在畫畫的人，淡淡道：「別著急，行不行，一會兒就知道了。」話落，謝勁松似乎想到了什麼，目光漸漸變得凌厲起來。

蘇彥啊蘇彥，你想借著酒廠翻身，那就讓老夫看看，你到底有沒有這個本事？

終於，畫畫的年輕人落下最後一筆，這才拿起手上的紙吹乾墨跡，轉身跪在地上，將圖紙高高舉起，遞給了謝勁松，口中回道：「老太爺，圖紙畫好了，現在只要將這個蒸餾器做出來，小的就能釀出和蘇家一樣的酒了。」

這說話之人，正是蘇家酒廠裡樓師傅失蹤的那個徒弟。

蘇家。

蘇鴻博愁眉苦臉地看著坐在上首的蘇老爺子，眉頭都快皺在一起。「爹，您倒是說話啊！」

蘇老爺子抬起頭，看了一眼著急上火的兒子，問道：「查出來是誰把人給弄走了嗎？」

「是謝家！」蘇鴻博咬牙切齒地說道。

蘇老爺子聽到這個消息，顯得淡定許多，他不急不躁地從座位上站起來，背著手，踱步至門口，淡淡道：「我就知道是他。」蘇老爺子站在門口看著外面的庭院，頭也沒回地道：「派人放出話去，我們蘇家公開售賣釀酒技術，凡是想要蒸餾器圖紙的，都可以來買。另外，我們還提供訓練，保證教會派來的師傅這門技術。」

「爹？」蘇鴻博有些意外。這事林莫瑤之前也跟他說過，只是他當時一門心思想著藉這翻身，也認為自己能將這門技術保住，現在看來，還是被人鑽了空子。

蘇老爺子交代完之後，便低下頭，低聲呢喃道：「十二年了，博兒，你大哥和大嫂都去了十二年了，時間過得真快啊……」

蘇鴻博愣在了當場。

蘇老爺子背著手，目光遙遙地看向遠方。十二年了，他到現在都不肯相信，他大兒子身體那麼好的人會突發疾病，而且，居然尋遍整個興州府的大夫，都看不出他究竟是得什麼病？短短幾天的時間，一個活蹦亂跳的大活人變得骨瘦如柴、藥石無醫，最終含恨而死。

當年所有人都說是枯木之症，是一種從未見過的頑疾，可蘇彥不信。他的兒子絕對不是病死這麼簡單，這中間肯定有什麼是他們不知道的。

「博兒，你今天就把這件事情吩咐下去，務必在謝家酒廠建起來之前，大張旗鼓地把釀酒的技術給賣出去。那姓謝的老賊以為拿走了我們釀酒的技術，就能重新把蘇家踩在腳底了嗎？他作夢！這一次，就是死磕，我也要跟他死磕到底！」蘇老爺子冷冷地說道。

蘇鴻博見蘇老爺子主意已定，就立即要下去安排。誠如林莫瑤所說，這個釀酒技術早晚都要拿出來賣，那早點和晚點又有什麼區別呢？

蘇鴻博剛走到門口，就聽見蘇老爺子喊了一聲。

「你等等。」

蘇鴻博聞聲，又退了回來，恭敬地站在蘇老爺子面前等待吩咐。

蘇老爺子居高臨下地看著站在階梯下面的兒子，開口道：「我記得你之前說過，樓師傅研製出了一樣新品種的酒？」

蘇鴻博點頭，道：「是。」

「可起名字了？」蘇老爺子問。

蘇鴻博搖了搖頭。蘇老爺子沈吟了一會兒後，開口吐出一個名字。「就叫蘇醣酒吧。」醣借代並取音糖，代表著甜，這個名字的涵義，便是蘇家即將苦盡甘來。

「蘇醣酒，是個好名字。」蘇鴻博也覺得這個名字不錯。

蘇老爺子抬起手輕輕捏了捏眉心，直到眉頭徹底舒展開，這才對蘇鴻博說道：「賣釀酒技術的消息放出去之後，再放一個消息，我們蘇家新出了一款酒，名喚蘇醣，因為數量稀少，所以先到先得。不管到最後賣得掉賣不掉，名聲先炒上去。」

「好。」蘇鴻博應了一聲，蘇老爺子一揮手，他便離開了院子。

蘇老爺子站在臺階上看著小兒子遠去的背影，眼中閃過一抹淩厲。

謝勁松，老夫就等著，看你還能使出什麼招數？

三月，蘇家送來消息，蘇鴻博把蒸餾術給賣了。林莫瑤知道這個消息時，一點都不意外。原本她就是讓蘇鴻博時隔半年之後就把技術給拋出去，只是現在提前罷了。

林莫瑤猜測，應該是上次酒廠工人失蹤的事讓蘇鴻博提前將蒸餾術拿出來賣的。她突然很好奇，是什麼樣的對手，能讓蘇鴻博就算是捨棄自己的利益，也要讓對方撈不到好處？

不過，讓林莫瑤高興的是，蘇鴻博似乎因為這件事找到了蘇家酒廠的真正定位。現在，他將酒廠定位在只產高端酒，樓師傅所負責的小作坊，每月只出五十罈高端酒；除此之外，酒廠裡依然每月生產其他的酒，供給那些蘇家的老客戶。

林莫瑤本以為這樣紅利會變少，沒想到反而比從前更多了。

手上有了錢，林莫瑤就坐不住，總想著再做點什麼才好，然後她就盯上自家後面的荒地和那片淤泥地。最初她買下這塊地就是想著，將那邊給挖了建個魚塘的，現在有了錢，正是實施的時候啊！

第四十一章 想念

林莫瑤找了林泰華，跟他說了自己的打算。林泰華現在對林莫瑤是言聽計從，她一說要挖魚塘，林泰華立刻就找人開始動手。

這還不夠，林莫瑤又劃了一塊地出來，讓林泰華帶人蓋雞舍。

林氏和林劉氏擔心她顧此失彼，紛紛勸她一樣一樣來。林莫瑤也不知道該怎麼跟幾人解釋立體式養殖這個東西，只丟下一句「你們到時候就知道了」。

林氏和林劉氏勸說無果，只能每天看著她折騰。

林莫瑤趁著林泰華帶人修雞舍和挖魚塘的工夫，跑去找了蘇鴻博。她記得蘇家在江南有生意，幫她找幾個漁民應該不成問題吧？

蘇鴻博在知道她的來意之後就直接答應了，不到半個月就給林莫瑤送來一家人，兩男兩女加一個才三歲的孩子。

蘇力和蘇王氏是夫妻，兒子蘇文，兒媳婦採蓮，小孫子寶兒今年三歲，一家人從前以捕魚為生，後來老家遭了難，賣身到了蘇家。蘇鴻博一聽林莫瑤的要求，就想到了他們一家，便讓人直接送了過來。

在魚塘旁邊的小院還沒蓋好之前，一家人就暫時住在林莫瑤家的倒座裡。

林莫瑤也沒讓他們閒著。魚塘雖然還沒挖好，可雞舍卻已經蓋好了，林莫瑤在林紹遠的陪同下，直接買了兩百隻小雞崽、一百隻小鴨崽，放到了雞舍裡。

蘇王氏和採蓮婆媳平時除了幫忙照顧家裡的活計之外，就是照看雞舍，直到魚塘裡放上水，旁邊用來照看魚塘的小院蓋好，這一家人才搬到了魚塘邊上去住。

這天，林莫瑤帶著司南巡視了一圈雞舍和魚塘之後，才慢慢沿著小路繞到河邊回家，當走過那塊她和赫連軒逸一起坐過的石頭時，林莫瑤突然停了下來，看著那塊石頭發呆。

「小姐？」司南見她半天不動，就喊了一聲。

林莫瑤回神，看向司南，似在問他又似在問自己一般，喃喃道：「也不知道逸哥哥現在在幹什麼？」

司南張了張嘴，卻不知道該如何回答？他也想知道少將軍現在的情況。自從過了年，京城那邊就沒怎麼送信過來了，這都過去了四個月。

儘管如此，司南還是謹記著少將軍離開時的囑咐——保護好林莫瑤，保護好她身上的兵符，以後，她就是你們的主子。

想到赫連軒逸的這句話，司南低下頭看了一眼自己身前的小女孩。他現在幾乎每天都會跟在她的身邊，有些時候，不知道是不是他感覺出了問題，他總覺得這個小女孩身上有一種淡淡的、不符合這個年齡的愁緒，但是等他想一探究竟時，這種感覺卻又消失了。

林莫瑤看著面前的石頭，等了半天沒有聽到司南的回答，回頭看了他一眼，問道：「你們少爺還沒有來信嗎？」

司南搖了搖頭，當看到眼前的少女眼中閃過一抹失落之後，一向不愛說話的他竟然鬼使神差地解釋了一句。「可能少爺這段時間的事情比較多。」

林莫瑤聽了他的話，嘴角扯出一抹苦笑。她其實並不怪赫連軒逸不來信，因為她知道，這段時間會發生什麼事。

少了赫連軒逸遇刺的刺激，林莫瑤本以為赫連老夫人能多活一段時間，只是，看現在的情況，怕也只是多了幾個月的彌留之期罷了。

果然，過了七、八天，林莫瑤家迎來一名特殊的客人——赫連軒逸派來的侍衛。

司南、司北興奮地前來，卻看見對方身上戴了孝，兩人心中咯噔一下。

「老夫人去了。」這是小侍衛見到司南和司北之後開口說的第一句話。

短短五個字，卻重重敲打在司南、司北和林莫瑤的心口。

司南張了張嘴，直接衝京城的方向跪了下去；司北也哽咽地跟著跪下。兄弟二人對著京城的方向連磕了三個響頭，這才慢慢起身。

饒是林莫瑤早有心理準備，還是避免不了突如其來的震驚，她跟著司南、司北一起對著京城的方向，虔誠地鞠了三個躬。

來報信的侍衛見狀，從隨身攜帶的包袱裡，取出一封信遞給了林莫瑤，躬身道：「這是我家少爺給二小姐的信。」

林莫瑤伸手接過，道了謝，卻並不著急打開，而是把信貼身收了起來，對司南和司北吩咐道：「你們倆帶這位大哥去休息一下吧。」

兩人點了點頭，看向來報信的侍衛。

侍衛對林莫瑤又抱了抱拳，說道：「謝謝二小姐，只是小人還有任務在身，不能在此久待。」

「你還要去哪兒？」司北問。

「我們是一個隊伍出來要去給老爺報信的，只是我身上揣了少爺給二小姐的信，這才拐道來了這裡，現在還得去追其他兄弟。另外，少爺說了，你們倆可以不必回京守孝，少爺讓你們保護好林小姐一家。」侍衛道。

司北原本還想跟林莫瑤說一聲，趕回京城給老夫人送孝，被侍衛這麼一說，到嘴的話就給噓了下去。

司南想了一會兒，開口道：「小姐這裡有我就行，司北，你即刻去收拾東西，回京城守孝。」

司北聽了司南的話，本能的就扭頭去看林莫瑤。

司南心中咯噔了一下。他怎麼會忘了，現在他們的主子是林莫瑤，他們的去留也得林莫瑤來安排。

林莫瑤倒是沒多想，聽了司南的話，就點頭附和了一句。「司南說得對，你回去吧。替我跟逸哥哥說一聲，讓他節哀順變，照顧好自己。」

「是。」司北應了一聲，直接轉身退了出去，回房間收拾東西。

侍衛見狀，便對林莫瑤抱拳行禮告退，他還得去追其他人。

林莫瑤微微點了點頭，說：「辛苦侍衛大哥了。司南，你送一下他，順便到攤子上去給他帶上些包子，這一路上都在啃乾糧，肯定不好受。」

「是。」司南應道。

「多謝二小姐。」侍衛應了一聲，跟在司南身後退了出去。

等到將人送走了，司南才回到林莫瑤的身邊，萬年不變的臉上，難得地露出了一抹傷心的神色。

林莫瑤手裡握著赫連軒逸給她的信，信封沒有拆開，說：「我以為你會要一起回去的。」

司南一愣，回道：「屬下還要保護二小姐和三小姐的家人。」

林莫瑤微微地嘆息了一聲，伸手從她的衣服裡拽出一塊玉，司南瞳孔一縮，視線集中在她手上的玉墜上面。

「逸哥哥說過，這個東西對他來說很重要。」林莫瑤喃喃自語道。

司南沒有接話。

林莫瑤似乎也沒期待他會接話，自顧自地喃喃道：「我答應過逸哥哥，一定會保管好這個東西，哪怕我死，我也會拚了命護著它的。」

這一刻，司南突然有一種感覺，他覺得，眼前的少女知道她手中握著的東西有多麼重要。可是轉念一想，又覺得不大可能，少將軍說過，他並沒有告訴林莫瑤這塊玉墜的真正作用。而且，他們之前也徹底查過林家的人，眼前的少女從出生到現在，幾乎一步都沒有踏出過這個地方，最遠也就到過興州府而已，除了有一個親爹在京城入了秦相門下，可以說，她就是一個絕對的鄉下丫頭罷了，要如何得知這塊玉墜的秘密呢？

看著面無表情、依然沈默的司南，林莫瑤低頭苦笑了一下。儘管她一直都不願意去想，可事實如今就擺在眼前，就連赫連老夫人去世這麼重要的事情，司南都不肯離她半步，那就只有一個可能——司南是留下來監視她的。

說是保護，實際上保護的不過是她脖子上掛著的兵符罷了。林莫瑤心中雖然難過赫連軒逸對自己的不信任，卻並不怪他，畢竟，如今的他們，只是剛剛相識不久的陌生人，雖然她救過他的性命。

林莫瑤也沒有過多糾結這件事情，而是慢慢地把玉墜又放回衣服裡，這才起身往外走去，徑直回了房間。

當她再次出來的時候，身上換成一套顏色素淨的衣服，頭上的絹花和髮飾也不見了，只用兩根黑色的綁帶紮了兩個小髻在頭頂。

下午林氏和林莫琪回來，才從林莫瑤的口中得知赫連老夫人的死訊，兩人先是安慰了一番司南，這才跟林莫瑤商量，他們家要不要讓人去弔唁一下？

林莫瑤聽了林氏這話就輕輕地搖了搖頭。姑且不說興州府距離京城有一段距離，等他們到了那邊，赫連老夫人怕是都已經發喪了。

另外，赫連家是什麼身分？他們去弔唁，怕是還沒進門就會被人給打了出來。大將軍府的老夫人去世，哪裡是他們這樣的平民能夠去弔唁的？

只是，這些事情林莫瑤沒辦法告訴林氏，只能推託一句京城太遠了。

林氏聽她這樣說了，也就沒有糾結太久。她之所以想去弔唁，無非是覺得兩個孩子之間有那麼點什麼，可如今八字還沒一撇呢，最後兩個孩子究竟如何，也沒人知道，這件事就這樣給翻過去了。

接下來的幾天，司南整個人都沈沈、悶悶的，林莫瑤好幾次試圖跟他說話，最後都放棄了，主要是實在不知道說什麼好？

考慮到這段時間將軍府的情況，林莫瑤儘管有心給赫連軒逸回信，也只能忍著，等到過了這段時間，至少，得過了七七四十九天的喪期再說。

赫連軒逸給她的來信裡，先是解釋了一下為什麼沒給她回信，又交代了一下家裡發生的事情和他難過的心情；另外，讓林莫瑤照顧好自己，多照顧照顧司南和司北等等，到了信末尾的地方，卻突然跟林莫瑤說了一句「待我們下次見面的時候，告訴妳一個秘密」。

林莫瑤來來回回地盯著這句話看了許久。秘密嗎？她的嘴角不自覺地浮起一絲微笑。應該是指他的身分吧？

將信收好，林莫瑤這才慢慢踱步出了門。

既然現在還見不到赫連軒逸，那就給自己找點事情做吧！

林莫瑤帶著司南徑直到了魚塘。「司南，我們划船到魚塘裡去釣魚吧！」

這幾天司南的情緒一直不大好，林莫瑤總想帶他出去散散心，卻又想不到去哪兒，直到這會兒看到波光粼粼的魚塘才有了想法。

「司南？」林莫瑤見司南沒反應，又提高聲量喊了一聲。

司南的臉上依然沒什麼表情，卻應了一聲。「好。」

兩人來到魚塘旁邊時，蘇文正站在小船上收網，看到兩人過來，連忙站直了身子，隔空對林莫瑤彎了彎腰。「二小姐。」

林莫瑤揮揮手讓他不用行禮，這才看向蘇文手中的漁網，問道：「魚的長勢怎麼樣？」

蘇文一邊拉漁網，一邊回道：「這兩天小人挑了幾個地方下網，上來的魚都比從前的稍微大了一些，最大的已經有三斤多，只是小人記得小姐說過，這三斤不算大，所以又給放回去了。」

「嗯，辛苦你們了。寶兒呢？」林莫瑤突然想起蘇文家那個三歲的娃娃，往常來的時候，他都是跟在魚塘旁邊玩的，這會兒怎麼不見人？

「他跟著他娘去雞舍那邊幫忙了。」蘇文答道。

「喔。」林莫瑤應了一聲，等到蘇文把手上的漁網都放下去，這才繼續道：「蘇大哥，我和司南想釣釣魚，你幫我們取兩根魚竿來吧。」

蘇文將船划到魚塘旁邊，從船上跳了下來，將船拴好，這才道：「小人這就去。二小姐，您和南侍衛去涼棚那邊等小人吧。」

為了方便林莫瑤他們時不時想釣個魚什麼的，蘇文特地砍了竹子做了好幾根魚竿，就放在魚塘旁邊的房子裡。

林莫瑤和司南坐了一下午，釣了十幾條，林莫瑤看了一眼，覺得有些多了，就算給林二老爺家送去也吃不完，就又挑幾條小一些的放回去，兩人這才拎著木桶回了家。

魚塘那邊，蘇力和蘇文兩人就能忙得過來，所以平時蘇王氏就留在林家這邊幹活，幫著做飯、打掃庭院；採蓮則要嘛帶著寶兒在魚塘，要嘛就去雞舍。

一開始的時候林氏也偷懶了幾天，直到幾人吃了幾次蘇王氏做的飯菜之後，決定還是林氏自己下廚好了。

兩人進門時，蘇王氏正在洗菜，林氏還在攤子上沒有回來，林莫琪去了林二老爺家。

林莫瑤從木桶裡拿了兩條魚出來丟到盆裡，把剩下的交給司南，讓他給林泰華家和林二老爺家送去，另外再送兩條去村長和族長家裡，回來的時候順便把林莫琪給接回來。

司南應了，拿著魚朝外走去。自從那天林莫瑤在司南面前表現出對那塊玉墜的看重之後，司南決定跟赫連軒逸一樣，相信林莫瑤一次，對林莫瑤不再寸步不離了。

第四十二章　青團

再過幾日便是端午，林莫瑤家早早的就包起了粽子。另外，林紹遠兄弟幾個還特意跑到山上去割了不少的艾草和石菖蒲回來，林莫瑤瞧見，決定做一次青團。

當一團團青綠色的小團子映入眼簾，林家眾人都喜歡得不行。

嚐到了青團的滋味之後，林家眾人不用林莫瑤多說，自發的按照林莫瑤之前所說的步驟，又做了一些出來。

林莫瑤取了一個食盒，選了二十個大小一般、外形看起來比較漂亮的青團放了進去，又去房間裡取紙筆，將青團的做法直接寫明，和食盒一起遞給司南。「現在時辰還早，能不能麻煩你跑一趟興州府，把這個青團和方子送到蘇府？」

「好。」司南應了一聲，就拿著食盒走了。從林家村到興州府，馬車需要兩個時辰，但若是騎馬，兩個時辰就足夠來回跑一趟。

司南到了興州府，在蘇府門口就碰到剛好從莊子上回來的蘇鴻博，行了禮後，司南直接將手上的食盒一遞，道：「蘇大官人，我家小姐讓我給您送點東西。」

蘇鴻博問過林莫瑤關於她身邊這對雙生子的身分，林莫瑤只說這兩人是之前她救下的一個朋友的隨從，因為知道她身邊缺人手，所以留下來幫忙，至於那個朋友的身分，林莫瑤卻是隻字不提。

雖說二人刻意隱藏了身上的氣勢，可某些時候無意之間流露出來、隸屬於軍人的肅殺之氣，蘇鴻博還是能感受到。

「阿瑤這是又給我送什麼好東西了？」蘇鴻博接過食盒打開。

經過一路的奔波，食盒裡的青團早已經變涼，冷下來的青團顏色更深，而且表面的油光也更亮了。

蘇鴻博眼前一亮，拿了一個在手裡，問：「這是什麼？」

司南面無表情地說道：「明天是端午，我家小姐說這東西叫青團，給大官人送些來，應個節景。」

蘇鴻博一聽，直接將青團放進嘴裡。

「不錯，好吃！阿瑤可還有別的話說？」蘇鴻博吃完了一個問道。

「食盒裡有封信，是我家小姐給大官人的。」

蘇鴻博聞言，將食盒裡的紙條拿出來，打開之後就笑了。「這丫頭！呵呵，我知道了。還麻煩你特意跑一趟，這時辰也不早，進去歇息一番再回去吧？」

司南見蘇鴻博拿到了紙條，便直接抱了抱拳，道：「不用了，我還得趕回去給小姐回覆，告辭。」說完，翻身上馬。

蘇鴻博也不好再挽留，便道：「那好吧，那我也不留你了，你回去跟阿瑤說一聲，等空了，我去林家村看她。」

「是。」司南應了一聲，隨後一牽韁繩，掉轉馬頭朝著來時路走了。

蘇鴻博等到看不見司南的身影，這才招手叫來管家，將手中的紙條遞給他，叮囑道：「快，你現在就親自跑一趟酒樓，將這個方子交給酒樓的掌櫃。另外，趁著城門還沒關，趕緊派兩個人駕上車，去城外割些艾草回來。」

管家難免有些奇怪，問：「老爺，這是？」

蘇鴻博嘴角輕揚，對著管家神秘的一笑。「這可是好東西！你現在趕緊去吧，我進去把這事說給我爹聽。」

管家聽了也不再多問，將方子隨身放好，便帶著人走了。

林莫瑤後來聽說蘇記因為青團，在興州府又火了一把，不禁失笑。這蘇鴻博還真是個地道的商人，一點賺錢的機會都不放過。

不過，林莫瑤並不在意。這賺不賺錢的跟自己也沒多大關係，她把方子給蘇鴻博，不過是擔心送去的青團他們不夠吃罷了。

端了一盤櫻桃，林莫瑤直接坐在院子裡看著林紹遠，問道：「大哥，你從哪兒弄來的這些櫻桃啊？」

林紹遠正在削竹子，頭也不抬地回道：「我上午幹完活回來，在城裡看見有人挑著賣的，想著你們可能喜歡吃，就買了些。」

林莫瑤突然就好奇了，興州府的氣候並不適合櫻桃的生長，居然有人在種，還能挑出來賣。「大哥，那人賣得多嗎？他是自己種的？」

林紹遠搖搖頭，笑道：「這櫻桃可比其他水果難伺候多了，那人說，他也是自家地裡栽了那麼幾棵，每年也就這個時候挑出來賣賣，統共也沒多少，妳要喜歡吃，或許興州府會有人賣，回頭我去興州府找份工時，要是碰到有人賣，我就給妳買回來。」

「不用，我就是隨便問問。」林莫瑤搖了搖頭。她就是隨口一問而已。不過，林紹遠的回答卻讓她想到了另外一件事情。

「大哥，你現在去鎮上都打什麼工啊？」林莫瑤只知道林紹遠出去做工，卻從不知道他做些什麼？

林紹遠回想一下，就說道：「幫人搬搬貨，要嘛就去酒樓裡做夥計。現在因為蘇大官人的關係，我到蘇記做活都方便多了。」現在緬縣鎮上蘇記酒樓的蔡掌櫃已經認識他，只要他在鎮上，凡是店裡忙不過來需要請幫手都會叫他過去，工錢開得也比其他家高。

林莫瑤撐著腦袋想著，林紹遠雖然讀書沒有林紹安那麼聰明，腦子卻也是不笨的，若不是家裡的情況，林紹遠也應該是個人才才對。

林莫瑤乘機問：「大哥，你有沒有想過去學做掌櫃、管事？」

林紹遠手上的竹刀力道猛地一重，一根好好的竹子就從中間被削斷了。

「什麼？」林紹遠將斷了的竹子丟了，扭頭看向林莫瑤。

林莫瑤搬著板凳又靠近一些，低聲道：「大哥，將來不管有多少產業，我一個人肯定是顧不過來的，我需要一個人幫我，而這個人，就是你。」

「我？」林紹遠指了指自己。

林莫瑤點點頭，道：「大哥，你很聰明，又讀過書，這些事情只要你肯學，我相信一定不會難倒你的。」

林紹遠面上一喜，隨即想到什麼，臉色又灰敗下來。「阿瑤，這學本事也得要有人願意教才行啊！我也做過學徒，那些掌櫃表面上說會教，實際上不過是在耗時間罷了，不是真正貼心之人，他們是不會用心教的。」

林莫瑤一笑。這個簡單啊！「大哥，我們可以找蘇大官人幫忙啊！」蘇家產業不少，總有個精明能幹的掌櫃願意教林紹遠吧？

林紹遠一愣，說：「這……會不會給蘇大官人添麻煩？」若是真的能學得一技之長，對他來說也是好事。

林莫瑤拍了拍小胸脯，說道：「這事就交給我吧，過兩天我就去找他！」

說是過兩天去找蘇鴻博，林莫瑤卻在第二天就拉著林紹遠，叫上司南，直奔興州府了。

三人到蘇府的時候，蘇鴻博正準備出門。

「呃……大官人，你這是要出去？」林莫瑤嘴角抽了抽。他們是不是來得不是時候？

蘇鴻博見到三人也很意外，但還是搖了搖頭，說道：「沒事，約了個朋友喝茶，晚點去也不要緊。你們怎麼這會兒來了？是不是有什麼事？」

林莫瑤有些不好意思，問：「我們會不會耽誤你的事？」

蘇鴻博一笑，說：「無妨，現在時辰還早。妳還沒說你們是不是有事呢？」

林莫瑤微笑道：「是有件事情想麻煩大官人。」

蘇鴻博正了正身子，挑眉問：「什麼事，妳說。」

「是這樣的，我大哥也跟著我外公讀過書，現在已經過了進書院的年紀，剛好最近家裡的活兒不多，我就想問問大官人，身邊可有掌櫃願意帶徒弟的？能不能讓我大哥過去跟著做學徒，學點本事？」林莫瑤說道。

蘇鴻博看了一眼旁邊坐著的林紹遠，林紹遠見蘇鴻博看他，立刻起身對蘇鴻博行了個禮，蘇鴻博連忙抬手示意他坐下。

林紹遠坐下之後，蘇鴻博這才開口道：「我還以為是什麼事情呢，這好辦，就讓大郎跟著蘇掌櫃吧！」

「蘇掌櫃？」林莫瑤疑惑地問了一句。

蘇鴻博點點頭，道：「蘇掌櫃和我們家的大管家一樣，都是我爹身邊的老人，就連福伯都是他一手帶出來的，他現在人就在興州府的蘇記酒樓，因為年紀大了，我便沒讓他在外面跑。正好，我那朋友也是約在酒樓裡會面的，我們一道過去便是。」

林莫瑤和林紹遠起身行禮，道：「那就麻煩大官人了。」

就這樣，一行人剛剛坐下來還不到一盞茶的工夫，就又起身一起出門。

一行人乘坐馬車直接到了蘇記，這也是時隔幾個月後，林莫瑤再次來到興州府的蘇記酒樓。她站在門口隨意地往裡面掃了一眼，發現客流量比之前她來的時候要多得多。

林莫瑤對蘇鴻博笑道：「大官人的酒樓生意是越來越好了。」

蘇鴻博回以一笑，點了點頭，說道：「這可多虧了妳。」

這麼大一頂帽子林莫瑤可戴不下，連忙擺手，道：「大官人折殺我了，這都是大官人經營有道的成果。」

蘇鴻博笑笑沒有多說，指了指裡面，道：「走吧，進去。」

幾人進門，就有夥計迎了上來。「東家，秦老闆已經在樓上雅間了，蘇掌櫃正陪著呢！」

「好。」蘇鴻博點頭，衝林莫瑤三人道：「你們去另外一個雅間等我，我去見個朋友就來。」說完，招來夥計安頓好林莫瑤三人，自己就去見客了。

林莫瑤三人在雅間裡等了許久，蘇鴻博才再次出現。

「不好意思，讓你們久等了。」蘇鴻博歉然道。

在他身後，跟著一個五十多歲的老者，身材乾瘦，卻站得筆挺，顯然精神頭還很好。

蘇鴻博坐下，便對三人介紹道：「這就是我們蘇記的大掌櫃，蘇掌櫃。」

「蘇掌櫃好。」林莫瑤和林紹遠連忙起身行禮。

蘇掌櫃衝二人恭敬地點了點頭。東家的客人，他自然得敬著。

人到齊了，蘇鴻博也不拐彎抹角，直言道：「蘇伯，今天帶你來見他們兄妹倆，其實是有件事情想拜託你。」

蘇掌櫃微微彎腰道：「有什麼事，東家吩咐一聲就是。」

蘇鴻博微微一笑，指著林紹遠說道：「蘇伯，是這樣的，今天阿遠來找我，想找個人跟著學本事，我想來想去，也就只有你最適合了。如今你年紀也大了，我正想讓你留在興州府養老，也不需要四處去跑了，正好，就讓阿遠待在你身邊，給你打打下手，供你使喚。」

蘇掌櫃一聽，就看向了林紹遠。

林紹遠立即恭敬地對蘇掌櫃作了個揖，態度誠懇地說道：「蘇掌櫃，我是真心實意想跟您學本事的，您放心，我什麼事情都能幹。」

蘇掌櫃微不可見地點了點頭，又問：「你可識字？」

林紹遠恭敬回道：「我爺爺是秀才，在書院裡當過先生，我跟著學過一段時間。」

蘇掌櫃點點頭，抬手捋了捋下巴上的鬍子，繼續道：「學徒可不是那麼好當的，你想好了嗎？」

林紹遠再次躬身行禮，道：「蘇掌櫃放心，我能吃苦的。」

蘇掌櫃沈默地考慮了一會兒，就點了頭，說道：「既然東家都開口了，那以後你就留在我身邊吧。我不會藏私，但你能學會多少，就看你自己的造化了。」

林紹遠面上一喜，對著蘇掌櫃就是一拜，道：「多謝師父！」

蘇掌櫃笑。這連師父都叫上了，看來他不教是不行了。

既然蘇掌櫃答應教林紹遠，那他以後就得留在興州府，在這之前，林紹遠得先跟林莫瑤一起回去，跟家裡人把這事說一下。

送走了兄妹倆和司南，蘇鴻博才重新返回三樓的雅間，和自己那個好友碰面。

「安排好了？」秦隋看著好友笑道。

蘇鴻博點點頭，帶著歉意道：「讓你等著，真是對不住了。」

「呵呵，我們之間不必說這個。」秦隋笑得隨意。

蘇鴻博點點頭，也不糾結。二人是至交好友，不會因為這點小事就鬧得不愉快。

「蘇老弟，我聽說這次謝峰可氣得不輕啊，你在江南的幾樁生意全被他給攬了。」秦隋突然說道。

蘇鴻博原本輕鬆的神情立即變得緊繃，眉頭緊皺，嘆息道：「這個我也沒辦法，我們蘇家的根基不在江南，遠水解不了近渴，更何況糧食的生意我本就涉足不深，這種情況，從我決定把蒸餾術賣了的時候，就已經預料到。」

謝家大費周章地將酒廠裡的人弄走，為的就是弄到釀酒的技術，好繼續打壓蘇家，沒想到蘇家竟然會在謝家把酒廠建起來之前，就公然售賣釀酒技術，這簡直就是把謝家的臉撕下來丟到地上踩，謝峰如何能忍下這口氣？

在興州府謝峰拿蘇家沒有辦法，但江南可是他的地盤。就這樣，在謝峰的施壓下，蘇家在江南的生意多多少少受到了影響，特別是糧食方面的生意，可以說，除了自家莊子上的，還有幾個常年交好，又不是很懼怕謝家的人還有來往，其他的都已經中止合作。蘇家在江南的糧食鋪子，已經關得只剩下兩家，而且還都沒有生意。

秦隋家在江南，做的是布莊生意，在得知謝家的手段之後，便安排好家中的事情，藉口北上來考察市場，帶著人直奔興州府，為的就是跟蘇鴻博一起商量個對策。

蘇、秦兩家世代交好，秦家的先祖更是受過蘇家的恩惠，因此，兩家的後人也都是從小就打交道的，秦隋也不願好友好不容易重新經營起來的生意再次毀於一旦。

「你可想好對策了？」秦隋問道。

蘇鴻博輕輕地搖了搖頭，緩緩道：「沒有，這件事情我問過我爹了，現如今除了退讓，想不到其他方法。如今蘇家根基不如從前，想要和謝家對抗，無疑是以卵擊石，謝家如今有秦相撐腰，我們不宜輕舉妄動。」

秦隋聽了他的話，眉頭皺得更深了，臉上隱隱還有些怒氣，低聲吼道：「難道就任憑他們這樣囂張下去嗎？」

蘇鴻博見好友生氣，便輕輕地拍了拍秦隋的肩膀，開口道：「未必。君子報仇，十年不晚，如今我們蘇家是不如謝家，並不代表以後也不如。你且看吧，早晚有一天，我一定會把屬於我們蘇家的一切，全都拿回來的。」

「既然你心裡有成算，那我就不多說了。走吧，帶我去看看你的酒廠。」秦隋說道。

蘇鴻博笑了笑，隨手拿起茶杯喝了一口茶，這才說道：「現在快到午時了，吃過午飯再去吧，我那酒廠裡雖說酒管夠，可沒飯給你吃！」

秦隋聽了便哈哈大笑，朗聲道：「這有酒就行，至於飯菜嘛，有沒有都無所謂了！」

蘇鴻博見他笑了，自己也跟著笑了起來。

林莫瑤三人駕著馬車一路飛奔回家，將蘇掌櫃收下林紹遠當徒弟的事情說了，眾人都替林紹遠高興。

林泰華拉著林紹遠，認真地叮囑道：「大郎，你到了興州府，一定要好好跟著蘇掌櫃學習。另外，蘇掌櫃年紀大了，你可一定要孝順啊！平日幫師父做事要勤快，千萬不能偷奸耍滑，知道嗎？別讓蘇大官人為難。」

「爹，我知道的。」林紹遠點頭應下。

林方氏這時替林紹遠收拾好了東西送過來，說道：「這裡面有些錢，到了興州府之後，有什麼需要的就自己去買。另外，別忘了給師父備些禮物。」

林紹遠點頭，一一都應下了。

第二天一大早，司南便趕了馬車，將林紹遠送到興州府。

第四十三章　西瓜

一轉眼，便入了夏。六月底，去京城守孝的司北回來了，跟他一起回來的，還有大車的禮物和給林莫瑤準備的一些金銀。

司北進京之後，就一直跟在赫連軒逸的身邊，從司北的口中，赫連軒逸知道了不少他離開之後林莫瑤所做的事。一想到那個小小的身影露出精明的模樣，赫連軒逸的嘴角就不自覺地上揚，這一改變，只有他自己沒有發覺。

兒子的變化自然瞞不過赫連夫人。婆婆去世，相公鎮守邊關不能回來，而自己的兒子在回來的路上還遭遇追殺，這讓她一個內宅夫人的心都快嚇出來了。

本以為兒子經過這些變故會變得更加沈默寡言，可是，令她沒有想到的是，自己的兒子非但沒有陰鬱，反而越來越愛笑，整個人也柔和許多。

好奇心的驅使下，赫連夫人只能把司北給叫來，從他那裡知道了赫連軒逸遇刺之後的事情，心中對林家的這個小丫頭便好奇起來。

只可惜，她不能隨意離京，必須留下來替丈夫守孝，所以，在得知司北要回林家村的時候，特意讓人準備一大車的禮物，說是要感謝林家對赫連軒逸的救命之恩。

話雖是這麼說，可那滿滿一車的禮物裡，有一半都是給年輕小姑娘的，這目的，真真是再明顯不過了。

司北回來，最高興的莫過於林紹傑了。自從司北回來之後，便寸步不離地跟在他的身邊，儼然一副孝順徒弟小跟班的模樣。

走了一個林紹遠，回來一個司北，除了這個變化，林家一切如常。

夏天的天氣總是燥熱的，就算是沒有污染的古代，到了最熱的三伏天也是能把人熱死。

林莫瑤在院子裡坐著吃葡萄，林紹傑和林紹勝跟在一旁坐著打瞌睡，知了在樹上不停地叫喚著。就在林莫瑤想著自己要不要也去睡一會兒的時候，響起了一陣敲門聲。

「我去開門！」林紹傑瞬間清醒，從躺椅上蹦了起來，不一會兒就跑回來，大聲道：「二姊，門口來了個大叔，說要找妳！」

林莫瑤一愣，疑惑地問道：「大叔？找我？」揣著疑惑到門口，當看見站在門口的人後，她立刻高興地迎了上去。「李大叔，您怎麼來了？」

這人上次送赫連軒逸離開的時候在他身邊看過，即使那時沒見過，林莫瑤也是認得他的。李路平，赫連大將軍身邊的一名得力幹將，長年跟著赫連將軍鎮守邊關，立下累累戰功。

李路平微微一笑，說：「我來看看你們，順便給你們送點好東西。」李路平笑著指了指掛在馬背上的兩個袋子。

林莫瑤只能瞧見袋子圓圓鼓鼓的，看不出來是什麼？

李路平隨著林莫瑤進了門，沒瞧見司南和司北，就問了一句。「司南和司北呢？」

「他們跟我大舅到地裡收麥子去了。」林莫瑤回道。

李路平一頓。上過沙場、殺過敵人的兩個小子，現在竟然恬靜舒適到幹農活收麥子了？這讓李路平有些羨慕。

林莫瑤見李路平問起了司南、司北，就直接叫林紹傑去地裡把兩人喊來，一邊招呼李路平坐下休息。

司南、司北回來瞧見李路平很是激動，圍著他說了不少話，問了不少問題。

在他們說話的時候，林莫瑤離得遠遠的，因為她知道，兩人肯定要問邊關的事，自己在那兒，他們反而不好說話。

等到他們說得差不多，這才把林莫瑤叫了過去，將李路平帶來的，像兩個球一樣的包裹打開。

瞧見裡面的東西，林莫瑤樂了。這不是西瓜嗎？

「李叔，這是哪兒來的？」西瓜啊，她竟然看到西瓜了！之前還以為沒有的，原來有。

「這叫西瓜，是從幾個西域人那裡買來的，總共就得了十幾個，這不，我家將……不是，我家老爺讓我來蘇家買酒，特意給你們帶了兩個嚐嚐。」李路平說道。

林莫瑤恍然大悟，西瓜確實是從西域傳過來的。

李路平將瓜給了林莫瑤，林莫瑤就切了半個分給院子裡的幾人，剩下的留著等林氏他們從地裡回來再吃。

看著幾人呼哧呼哧地吃著西瓜，林莫瑤突然閃過一個大膽的想法，對幾人說道：「把瓜籽收起來，說不定有用。」

李路平笑了笑，說：「阿瑤，妳難不成還想種西瓜？」多少年來，他們也不是沒有嘗試過，可種出來的西瓜要嘛個頭小，要嘛就是不甜，總沒有西域人種得好。

林莫瑤笑，說：「反正不耽誤功夫，試試唄！」為了不讓李路平在這個問題上揪著不放，林莫瑤轉移了話題，問道：「李叔，你剛才說來買酒，買什麼酒？」

李路平點頭，說：「就是上次妳讓逸兒送給他爹的那個。」

他們鎮守文州，那裡地勢偏北，天氣寒冷，將士們只能靠喝點酒來暖暖身體，雖然這幾年邊關沒有戰事，可大家一天也不敢鬆懈，時刻都戒備著。自從將軍去年嚐過林莫瑤送去的酒之後，便對其他的酒感到索然無味，這不，他一回去，就讓他趕緊再來一趟，看看能不能多買一些回去？

在得知了李路平的來意之後，林莫瑤也不耽誤，將家裡的事情交代給林莫琪，便讓司南、司北趕上馬車，帶著李路平直奔蘇家。

到了蘇府，李路平購置了整整一百罈的酒，不日便由蘇家的隊伍直接送到文州。待一切辦妥，李路平又提出想要和蘇鴻博單獨談一談的要求。

林莫瑤雖然好奇，卻聰明的沒有多問，藉口說想去後院看看小月兒，走開了。

待林莫瑤離開，蘇鴻博臉上的神情也隨之變了，就連李路平身上的氣勢也發生了變化。

蘇鴻博慎重地起身，對著李路平抱拳躬身行了一禮，這才開口道：「不知大人單獨留下蘇某，有何事吩咐？」

一聲「大人」，讓李路平揚了揚眉，看蘇鴻博的目光也多了絲欣賞，擺了擺手，道：「呵呵，蘇老闆客氣了，坐吧！」接著便直接亮明了身分。

蘇鴻博震驚不已，直接從座位上站了起來，再一次慎重的抱拳躬身行禮，這一次彎得比之前更低。「不知將軍大駕光臨，蘇某真是懈怠了。」

李路平見狀，連忙上前扶著蘇鴻博的手臂，將他扶了起來，待蘇鴻博站直身體，這才輕輕在他的手臂上拍了拍，笑道：「蘇老闆不用多禮，其實我今天來，是有事情想拜託蘇老闆的。」

「將軍請說。」蘇鴻博快語道。

李路平也不客氣，直接說出自己的目的。「是這樣的，上一次阿瑤從蘇老闆這裡拿了些酒送給我們大將軍，這不，大將軍喝上癮了，再喝別的酒就覺得乏味，這才讓我親自跑一趟，再給他買些回去。」說到這裡，李路平還顯得有些不好意思，畢竟，赫連將軍身為一軍統帥，居然饞酒了，這事要是說出去，確實有些丟人。

李路平這邊覺得有些不好意思，那邊蘇鴻博卻是驚疑了。

「大將軍？那酒不是阿瑤送給徐公子的父——」說到這裡，蘇鴻博頓住了。那個姓徐的公子，怕是大將軍的公子吧！

隨即，蘇鴻博腦子裡又冒出另外一個疑問——那位徐公子的身分，阿瑤知道嗎？

「呵呵，我們少將軍也只是為了方便行事，而且，將軍夫人娘家就姓徐，少將軍如此說，也沒有不妥。」李路平解釋了一句。

蘇鴻博沒有接話，消化了這些訊息，稍微平復一下心情之後，這才開口問李路平。「不知大將軍還有什麼吩咐？只要蘇某能辦到的，絕不推辭。」

李路平見蘇鴻博如此誠懇，自己卻有些不好意思了，支支吾吾的猶豫了半天，這才開口道：「呵呵，實不相瞞，是這樣的。蘇老闆，我們邊關的將士們長年駐守邊疆，但是那邊關的天氣真是變幻莫測，特別是一到夜裡，冷風嗖嗖的，就是夏天都能感受到一股涼意。」李路平微微地嘆了口氣，繼續道：「所以，將士們夜裡都會喝上一、兩口酒來暖暖身體，如今，大將軍嚐過蘇家所產的酒之後，發現和之前的酒不同，只需要喝上一口，渾身便能暖洋洋的，雖說後勁有些大，但只要適量，用來暖身還是非常不錯。」說完，李路平臉上露出一抹尷尬的笑容，看著蘇鴻博，不好意思地說道：「呵呵……只是，你知道的，邊關二十萬將士，光靠每次買回去的這一點點酒，根本就不夠分；而且，這麼好的酒，價格也不菲，我們大將軍府也不能占你便宜不是？所以……所以……」

蘇鴻博聽到這裡，心中大致也猜到了對方的目的，見他為難不說，便主動開口道：「將軍有話但說無妨。」

李路平掙扎了一會兒，這才似下定決心一般地開口道：「那我就實話實說了。我們大將軍讓我來問問蘇老闆，能不能將這釀酒技術直接教給我們？當然，我們願意出錢，價格方面也不會為難蘇老闆的。」

邊關二十萬的將士，若是都喝買來的酒，誰能養得起他們？但若是有了釀酒的技術，駐守軍的軍戶們自己就能釀，不管好壞都能湊合著喝。

蘇鴻博一聽，果然和他所想的一樣，只是見李路平的樣子，心中不免感慨萬千。世人都說大將軍為人清廉、治下嚴謹，從不剝削百姓，更是不許自己手下的兵將欺負百姓，看來是真的了。想到這裡，蘇鴻博對大將軍更加欽佩。

李路平見蘇鴻博不說話，心中忐忑。其實，他們雖然是從軍的，從未經過商，但也知道，一般而言，每個家族都會有不可外傳的秘技，雖說那個小丫頭跟他們少將軍有那麼點關係，可說到底，這現在作主的還是蘇家，若是蘇家不肯賣，他們也不能硬搶吧？

蘇鴻博不知道，就他思考的這一會兒，李路平也想了這麼多。只是，蘇家的釀酒技術早就已經對外出售，難道大將軍不知道嗎？

李路平聽完蘇鴻博的解釋後，有些無奈地說道：「早知道這樣，我就該在來的路上問問那丫頭，或者司南、司北的。」

蘇鴻博聞言，輕輕笑了笑，繼續開口道：「其實這釀酒的技術本就是阿瑤教給蘇家的，將軍您直接跟阿瑤要不是更方便嗎？」

李路平聽了，輕輕搖了搖頭，說道；「這不一樣，釀酒的技術雖說是小丫頭的，可她已和你們蘇家簽了合同，若是她背著你們將技術給了我，那她於你還有何誠信可言？所以，這事兒還得找你談。」李路平爽朗一笑，道：「不過，既然現在你家已經將技術給賣出去，那便沒有什麼為難了。蘇老闆，開個價吧，這技術賣多少錢，我們大將軍府也來一份。」

蘇鴻博聽了就跟著笑了，起身恭敬地作了個揖，道：「能幫到大將軍是蘇某的福分，哪裡還能要大將軍的錢？這釀酒技術，就當蘇某獻給大將軍的。」

李路平一聽，臉色就變得嚴肅，直接拒絕道：「不行，這一碼歸一碼，蘇老闆還是開個價吧。」

蘇鴻博面色為難，說：「那好吧，將軍就給個五十貫吧。」

李路平挑了挑眉，不相信地問道：「五十貫？蘇老闆，你確定沒有說錯？」

蘇鴻博略顯無奈地笑了笑，開口解釋道：「將軍有所不知，最開始的時候，這釀酒的技術，蘇某對外賣的是五百貫，可是隨著買走的人多了，這價格也就變得越來越低了。有人將技術買走之後，轉手就以一個低價賣了，這樣一來，不但他自己學到了技術，還連帶賺了不少錢，所以這五十貫，確實是現在的正常價格了。另外，我再派個人跟著將軍去文州，教會將軍的人之後再回來，您看可好？」

李路平聞言有些猶豫。

蘇鴻博便趁勢說道：「大將軍鎮守邊關，給我們邊疆的百姓帶來安寧，我們對大將軍感激都來不及呢，如今能有機會為大將軍做點事情，是蘇某的福分，還望將軍莫要推辭了。而且，有人親自去指導，這樣學習起來快一些，邊關的將士們也能早日喝上這酒。」

李路平想了一會兒，覺得蘇鴻博說得也有道理，便答應了。

送走了李路平，蘇鴻博就去後院找了蘇老爺子，將李路平的來意和身分都說了。

蘇老爺子沈默許久，而後叮囑蘇鴻博，一定要和大將軍府打好關係。謝家有秦相撐腰，想要和謝家抗衡，那蘇家也必須找個後盾。

現在，有個機會擺在他們的面前，能不能抓住，那就看他們自己了。

回林家村的路上，李路平主動說起這件事，只是隱去了他的身分。

林莫瑤嘴角抽了抽，問：「李叔，那你為啥一開始不問我？」

李路平一噎。他要說他忘了嗎？

第四十四章 留著種

到了晚上，為了招待李路平，林莫瑤讓蘇文從魚塘裡撈了兩條大魚上來，又請來了林二老爺作陪，幾家人在一起痛痛快快的又吃了一頓。飯後，林莫瑤將李路平帶來的西瓜留了半個，放在水井裡給林紹安和林紹平，剩下的大家分了。

林家的眾人還是第一次吃到這種西域的瓜，都說好吃。

林莫瑤則在一旁叮囑，一定要把西瓜籽留下。

她也不隱瞞眾人，直言道：「我就是要種西瓜！」

林莫瑤的話讓林泰華幾人的酒都醒了一半。

李路平皺眉，低聲道：「在邊關也不是沒有人試著種過，但也不知道怎麼回事，每年長出來的瓜不是不甜，就是沒有水分，再或者就是個頭太小。」

林莫瑤抬頭看他。

李路平就繼續說了下去。「其實具體的我也不知道，只曉得這東西在西域那邊原本也挺少的，好不容易能買到幾個好吃的，有人把種子拿去種，最後雖然能長出來，卻長不到這麼大、這麼甜，所以，慢慢的也就沒人試著去種了。倒是西域那邊，產量越來越多，而且西瓜也越來越大、越來越甜。你們知道，這一個瓜賣給咱們漢人多少錢嗎？」

「多少？」眾人問。

李路平神秘地伸出一隻手晃了晃，眾人見狀倒吸了一口涼氣。

「五十貫？」林方氏吞了吞口水，試著問道。

李路平笑了笑，擺手道：「倒也沒有這麼誇張，但是一個瓜也賣到了三到五貫錢，許多過去做生意的商人，有時候用一疋布才換來一個瓜呢！」

說到這裡，李路平不自覺嘆息了一句。「這些西域人也不知道用的什麼辦法，把這瓜種得這麼好，為啥咱們的人就種不出來呢？」

眾人沈默，林莫瑤卻知道為什麼。西瓜是從非洲那邊經絲綢之路傳過來的，到了西域的地界，正好他們的氣候和土地都比較適合種植西瓜，再加之不停的改良，自然就種出了品種好的瓜。

其實，還有一個很重要的因素，西域的土地不適合糧食的生長，人們種的最多的就是瓜果，而漢人則以糧食為主，用種植糧食的方法去種水果，自然不能行。

而且西瓜的成長對土質、日照、水分都有要求，掌握不好這些，種出來的瓜自然味道不好了。

看著眾人沈重的神情，林莫瑤突然一笑，道：「反正種子留著也是留著，等到明年春天我們也種種看唄，種得出來最好，種不出來，最多也就是和前人一樣失敗了嘛！」

林劉氏笑了笑，說道：「阿瑤說得對，試試總是好的。這樣吧，明年在院子裡專門闢一塊地來試試。」

眾人一聽，也就不再去糾結這個問題了。

李路平在林莫瑤家待了三天，直到蘇家那邊傳來消息，說李路平要的酒準備好了，這才跟著送酒的車隊一起離開，跟著他一塊兒走的，還有蘇家酒廠的樓師傅。

林莫瑤幾乎每天都要去雞棚和魚塘看一眼。林家雞棚裡的雞已經長大，陸陸續續的開始下蛋了，林莫瑤帶著司北到的時候，胡大娘正拎著籃子撿雞蛋。

自從林氏將茶攤轉給胡氏之後，胡大娘感激林莫瑤家的恩情，無事的時候就會來林莫瑤家的雞棚裡幫忙，時間長了，林莫瑤乾脆就請了她，每個月給她開工錢，這讓胡大娘更加賣力的幹活了。

林莫瑤看了一眼胡大娘手裡的籃子，見裡面已經躺著二十幾個雞蛋，便笑了。「咦，今天收穫不錯嘛！」

胡大娘正專心在撿雞蛋，生怕自己漏掉一個，待會兒會被回來的雞群給踩爛，林莫瑤這突如其來一出聲把她給嚇了一跳，幸好手上的籃子拎得穩，才沒有甩出去。

「是二小姐啊？嚇死我了！」胡大娘拍了拍胸口說道。

林莫瑤知道自己嚇到人了，連忙道歉。「婆婆，對不起，嚇到妳了！」

胡大娘擺手，道：「沒事。二小姐怎麼來了？」

林莫瑤看了看空了的雞圈，說道：「晚上想吃雞，所以來抓一隻回去。」

胡大娘了然，道：「這會兒雞都在外面場子找蟲子吃呢，小姐先去小屋等會兒，我去幫妳抓。」

雞棚外面蓋了兩間屋子，一間是倉庫，一間是現在胡大娘暫住的地方。

倉庫裡，林莫瑤找章老三做了幾個木架，架子上放著簸箕，簸箕裡放了糙米，而在糙米的上面，則擺放著一個個圓圓的雞蛋和鴨蛋。

雞鴨才開始下蛋一個月，但古代不比現代，現代有冰箱，把雞蛋冷藏起來倒是能長時間保存不會壞。在古代，只有把雞蛋放在米裡這一個法子，才能保存雞蛋的新鮮。只是日積月累，以後雞蛋只會越來越多，總得給它們找個銷路吧？

林莫瑤就想，得找個時間和蘇鴻博談談了，最好是簽個長期合作的契約，這樣就不愁銷路。

林莫瑤邊想邊帶著司北從倉庫裡退出來，正好就碰到胡大娘抓了兩隻雞回來，只見她手上拎著兩隻大公雞，或許是因為被人抓著，兩隻大公雞整個身子緊繃，頭上的雞冠通紅，嘴裡不停地叫著，一邊叫，一邊掙扎。

胡大娘費了好大的勁才將兩隻雞給控制住，遞給司北。兩隻雞在胡大娘手裡還掙扎得不行，到了司北的手裡居然就老實了。

林莫瑤挑了挑眉。原來雞也會欺軟怕硬啊！

回到家，林莫瑤讓司北把雞宰了，可司北卻站著不動。

「宰雞啊，你還站著幹麼？」林莫瑤奇怪地問道。難不成讓她動手嗎？

司北手上拿著菜刀，看著面前的兩隻大公雞，和牠們大眼瞪小眼。他上過戰場、殺過人，可就是從來沒有殺過雞啊！

兩人互相瞪眼，不知道該如何下手？

林莫琪在房裡聽見動靜出來，看兩人這樣就問：「你們在幹什麼？」

「姊，我們……我們在宰雞。」林莫瑤答道。

林莫琪挑了挑眉，看了一眼地上還完好卻叫得淒慘的兩隻雞。看那樣子，嚇得不輕啊！

「那你們咋又不宰了？」林莫琪有些好笑。這麼一直拿著刀對著兩隻雞，兩隻雞就算不被刀子割了，也會被嚇死吧？

「大小姐，我們不會宰。」司北小聲地開口道。實在是太丟人了！他堂堂小將，居然連雞都不會宰，這說出去得多丟人啊！

林莫琪無奈一笑，挽起袖子走了過來，接過司北手上的菜刀，在林莫瑤和司北驚詫的目光中，將兩隻雞直接給宰了，然後開膛破肚。

直到荷葉雞和叫花雞都做好，擺在桌上了，林莫瑤和司北都還有些回不過神。平時看著手無縛雞之力、溫柔得不行的林莫琪，宰起雞來下手又快又準，這讓他們有些無法接受。

「他們這是怎麼了？」林氏掃了一眼兩人，問林莫琪。

林莫琪失笑。說被她宰雞嚇到了？

「娘，別管他們了，您看，這是阿瑤做的，叫什麼荷葉雞，這個叫什麼叫花雞，聞著還怪香的。」

林莫瑤自從落水之後，就喜歡搗騰一些吃食，林氏也沒覺得有什麼奇怪的，只是看著上面的荷葉意外了一下，問：「哪來的荷葉？」

「魚塘裡長的，阿瑤請蘇大官人幫忙找來的藕種，養在魚塘裡，說是好看。」林莫琪回道。

「喔。」林氏一聽是林莫瑤折騰的，就不再問了。

桌上多了兩道菜，一家人吃得正香呢，就聽見角門傳來敲門聲。

司北把碗裡最後一塊雞肉扒拉進嘴裡，就跑出去開門了，不一會兒，幾人就聽見司北和人說話的聲音，原來是胡大娘來了

林莫瑤起身走了出去，瞧見胡大娘一臉焦急的站在那裡，忙問道：「婆婆，出什麼事了？」

胡大娘行了個禮後，急聲道：「妞妞突然發高熱，她娘忙不過來，我想跟姑娘告個假，回去看看。」

林莫瑤乍一聽妞妞病了，連忙問道：「咋回事？早上不是還好好的嗎？」

胡大娘一說起孫女的病情，眼裡就蓄起了淚水，哽咽道：「是啊，早上還好好的，傍晚回家卻突然燒了起來，這會兒妞妞她娘已經把她帶到李大夫那裡去了，是村裡人來叫我的。二小姐，我想回去看看。」

林莫瑤想都沒想就說道：「妳趕緊去吧！要不要我讓司北陪妳一起去？」

胡大娘連連擺手。「不用了，姑娘，我一個人回去就行，只是今天晚上我不回來，雞窩那邊……」

「妳儘管放心去吧，不過一晚而已，雞窩那裡不會有什麼事的。」林莫瑤說道。

胡大娘想了想，覺得孫女的病情比較重要，便從懷裡摸了一把鑰匙出來，遞給了林莫瑤，道：「姑娘，為了以防萬一，我落了兩道鎖，這是鑰匙。我這就回去了，明天一早就回來。」

林莫瑤接過鑰匙點點頭，道：「沒事，不著急，妳在家多陪陪妞妞吧，有事我會讓司北去喊妳的。」

「好，那我就先走了。」胡大娘連連點頭，又對林莫瑤幾人分別行了禮，這才從角門快步地走了出去。

林莫瑤手裡拿著鑰匙，跑回屋裡，從裝錢的罐子拿了半吊錢出來交給司北，道：「你跑一趟，把這個錢給婆婆送去吧，萬一她們家裡錢不夠就麻煩了。」

司北應了一聲，便拿著錢追著胡大娘去了。

過了許久，司北回來了，林氏先是問了一下妞妞的情況，聽他說現在喝了藥已經睡過去，李大夫也說了沒什麼大事，林氏這才放心下來。

「這胡大娘晚上不在那邊住了，雞窩那邊的倉庫不會有事吧？」林氏有些擔心地問道。

「不會的，就一晚上能有什麼事？」林莫瑤不以為意地說道。

雞棚蓋了大半年，也從來沒見出過事，總不能胡大娘才離開一天就出事吧？

林莫瑤這邊滿心歡喜地想著明天賣掉藕和雞蛋能賺多少錢，然後心滿意足地去睡覺，留下林氏擔驚受怕的，一晚上沒睡好。

也不知道為什麼，林氏這心今天晚上就一直跳個不停，但又說不出個所以然……

第二天一早，蘇王氏做好了早飯，準備去雞棚餵雞，只是看了雞棚的景況之後，蘇王氏立刻跑回林家報信。

林氏一聽雞棚出事，心裡就咯噔一下。

林莫瑤帶著司南、司北立刻朝雞棚跑去。

三人一路疾跑，很快就到了倉庫和胡大娘住的地方。院子裡的地上有幾個凌亂的腳印，胡大娘住的屋子門大敞著，裡面已經被翻得亂七八糟，旁邊倉庫的門鎖還在，就是窗子被砸破，窗臺上也有腳印。

林莫瑤往裡走了幾步，發現這些留下的腳印，都是凝固了的蛋液！

「二小姐，這鎖被人動過了。」司南的聲音響起。

走過去，就見司南手中拿著一把被撬過、已經變形的鎖。胡大娘為了以防萬一，直接上了兩把鎖，來人只撬開了一把，另外一把除了有些扭曲之外，並沒有壞。

林莫瑤後退了一步，冷冷地開口道：「把門打開。」

司南應聲，也不知道從哪裡摸出來一把匕首，放在鎖上，一撬就開。

門開了，裡面的場景讓林莫瑤的臉色更黑了。

只見原本擺放完整的木架此刻倒了大半，用來保鮮雞蛋的糙米撒得到處都是，地上淌滿了蛋液，順著蛋液的痕跡，林莫瑤發現了位於窗臺底下的一個麻布袋子，打開一看，裡面全是已經碎掉的雞蛋。

林莫瑤冷冷地看著眼前的一切，一句話都不說。

「雞蛋少了許多。」司北察看了一番後說道。

司北話音剛落，司南從外面進來了，道：「外面的腳印只到河灘上就沒有了，對方把痕跡抹掉了。除了腳印之外，路上什麼都沒有。」

林莫瑤氣沖沖地從倉庫出來，站在門口看著院子裡的這些腳印，火氣更大。現在不像現代，還有監視錄影，一查就知道是誰幹的，想光憑幾個腳印就想判斷來偷東西的人是誰，這是電視劇裡才會出現的情節。

司南也說了，腳印到河灘上就沒了，根本就無從查起。說到底，還是她大意了，她把現今社會想得太過安詳平和。

「二小姐，現在怎麼辦？」司北小聲問道。

林莫瑤冷冷地盯著院子。「報官。」

司北立刻掉頭回去牽馬，準備進城報官。

院子裡只剩下林莫瑤和司南兩人。

「你去看看，裡面還有多少雞蛋是好的吧。」林莫瑤說道。她實在是不想進去了，看見就糟心。

司南轉身進了房門，不一會兒就出來，答道：「不到五十個。」

儘管有心理準備，林莫瑤還是氣得不輕。真不知道是哪個殺千刀的王八蛋，最好不要讓她逮到，否則，她一定剝他的皮、抽他的筋！

「啊——這是哪個殺千刀幹的？這、這……我的老天爺啊！」

胡大娘的聲音在身後響起，嚇了林莫瑤一跳。

胡大娘看到了同在院子裡的林莫瑤和司南，問：「二姑娘，這是咋了？我就回去了一晚上啊，咋就變成這樣了？」

林莫瑤嘆了口氣，沒說話

胡大娘越過林莫瑤，看向後面被打開的房門，當看清倉庫裡的情況時，她一口氣沒上來，兩眼一翻，暈過去了。

第四十五章　遭賊

隨後趕來的林劉氏和林氏等人，看到眼前的一幕，林劉氏也差點一口氣沒上來，氣暈過去，幸好林莫瑤和林氏眼疾手快地給她順了氣，這才沒事。

等胡大娘醒來的時候，司北已經把官差請來了。

兩個官差先找幾人瞭解情況，又四處察看一番，得出的結果和司南、司北之前推測的一樣。

兩名官差把院子裡裡外外全部都檢查過後，胡大娘才目光熱切地上前問道：「兩位官爺，可查得出來是誰人幹的？」

兩個官差嚇了一跳，但還是說道：「事情還得調查，我們已經查探過了，具體情況得稟告我們大人之後再做定奪，你們就在家等消息吧，這兩天我們大人會傳喚你們去問話的。」

胡大娘都快跪下了，急切地開口道：「官爺，求求你們一定要幫我們把賊人抓到啊！這、這麼多雞蛋啊，都給毀了，我老婆子心裡難受啊！」

兩個官差眼中有著不耐，臉上卻還是笑著，安慰道：「老太太，妳也別太急了，這事兒我們大人一定會查清楚，你們就安心地在家等消息吧！」說完，兩人又假意察看了一番，直接走了。

司北看著兩人離開的身影，眼中有著鄙夷，然後走到林氏和林劉氏身邊，開口道：「夫人、老夫人，倉庫裡還有幾十個雞蛋是好的，我們要不要先收拾一下？」

林劉氏即使難過，這會兒也只能點了點頭；胡大娘站在那裡，懵懂地看了看司北，又看了看林劉氏和林氏，茫然地開口道：「他們就走了？賊呢？不抓了？」

林劉氏看胡大娘這樣，有些難過，生怕她會再受刺激，連忙勸道：「大妹子，妳也別太難過了，官爺既然說了會幫我們查；就一定會查，現在最要緊的是先把這裡收拾收拾。」

胡大娘看著她，眼中含淚，卻什麼也說不出口，只能跟林劉氏幾人一起，一邊收拾，一邊自責落淚。「這些雖說是糙米，可都是糧食啊！青黃不接的時候，別說糙米了，就是樹根、樹皮都有人吃過啊！這些喪良心的東西，怎麼能這麼糟蹋呢……」胡大娘一邊哭，一邊把地上的糙米給收集起來。

林氏有些不忍，就勸道：「胡大娘，沒事的，就是髒了些，回頭洗洗曬乾了磨成粉，做饅頭好了，妳也別太難過了，只要人沒事，比什麼都好。」

胡大娘嗚咽著點頭，繼續收拾去了。

林莫瑤看著忙碌的幾人，總覺得有哪裡不對，她好像忽略了什麼……糟了！

「娘，你們剛才……去雞棚看過了嗎？」林莫瑤的聲音有些顫抖。他們只顧著倉庫這邊，卻忘了雞棚！

幾人一愣，胡大娘大叫一聲就往外跑，大家連忙跟上。

剛到雞棚門口，眾人就聽見裡面嘰嘰喳喳的聲音，懸著的心瞬間一鬆。

豈料門一開，竟看見雞棚裡原本一百多隻雞，這會兒一窩蜂全部聚集在角落，嘴裡發出驚恐的叫聲！門口有兩隻雞被捆了腳，不能挪動半分，氣息顯得有些微弱。在兩隻雞的旁邊，有一些血跡，地上還有東西拖動的痕跡。

「這……」林劉氏傻了。雞棚也被偷了？

林莫瑤僵著的身子終於動了動，深呼吸了一下，開口道：「娘、外婆，先數數少了幾隻吧。」

於是，一行人把剩下的雞數完了。

「還有一百八十二隻，加上門口兩隻快死的，一共少了二十一隻。」林氏算了算，說道。

「是十九隻，我們昨天剛抓了兩隻回家。」林莫瑤接話道。

十九隻雞，不可能不叫，所以，這些人把雞都宰了，現場才會留下這麼多的雞血。

林莫瑤雙眼瞇了瞇，似乎想到了什麼。「司南，你跑一趟縣城，告訴蔡掌櫃，請他幫忙留意一下最近兩天有沒有什麼可疑的人到酒樓賣雞？」死雞放不了多久，他們肯定會盡快找地方將這些雞給銷出去。

只要盯住了縣城的酒樓，看最近兩天有沒有什麼可疑的人來賣宰殺好的雞，這樣一來，至少還有機會抓到偷雞賊。

「我這就去。」司南應了一聲。轉身走了。

司南一走，林莫瑤就嘆了口氣。能不能抓到這些賊，只能看運氣了。

為了防止賊再來，林泰華連夜帶著人在雞棚周圍都挖了陷阱，陷阱準備好的這幾天，他們兄弟三個就輪流在這邊看著。

等了幾天，縣衙那邊倒是來人傳話了，不過林莫瑤知道，這也只是意思一下，時間一長，這個案子就不了了之了。

林家眾人因為這件事低迷了一陣子，不過很快的，這朵愁雲就被驅散了，因為中秋到了。

古往今來，中秋都是一個很重要的日子，意味著全家團圓。

司南、司北坐在一起，看著院子中玩鬧的林紹傑等人，司北咬了一口手上的月餅，說道：「好吃，要是少爺和夫人也能吃到這麼好吃的月餅就好了。」

這次中秋，為了解饞，林莫瑤做了許多口味的月餅，有五仁的、肉鬆的，還有水果月餅；另外紅豆的、綠豆的、豆沙的都做了不少，沒來得及醃鹹鴨蛋，不然林莫瑤還想做蛋黃的呢！

林莫瑤就在兩人不遠處，聽了司北的話，就湊了過來低聲說道：「還記得上個月讓你幫我送的信嗎？裡面我放了做月餅的方子。」

司北咧嘴笑。

司南依然是那副淡淡的模樣，說道：「還是二小姐想得周到。」說完，司南的目光就看向了北方。也不知道將軍在邊關怎麼樣了？今年沒了他們陪伴，將軍的中秋節會很孤單吧？不愧是雙胞胎兄弟，司南在想赫連將軍的時候，司北突然說道：「哥，我們要不要給老爺送點月餅啊？」

林莫瑤的嘴角抽了抽，說道：「這月餅沒有防腐劑，從這裡到文州，怎麼也要十天，等你們送到，早就壞了。」

兩人有些失望，司北問：「二小姐，這防腐劑是什麼啊？」

林莫瑤一愣。嘴一快竟把這個說了！正當她發愁該怎麼跟司北解釋這個防腐劑的時候，後門那邊突然傳來了開門的聲音，而且動靜還挺大，林莫瑤乘機抬腳就往後跑，司南、司北也起身跟了上去。

後門口，林紹平和林紹安互相攙扶著進了門，兩人臉上、身上到處都是濕泥，在兩人懷裡，一人護著一個魚簍；兩人身後，林紹傑和林紹勝也是一身的泥。

「小安，你的頭流血了！」司北眼尖，一眼就看到林紹安頭上的傷口正在往外冒血。

司北的話讓林家小院炸了，頓時亂成一團，打水的打水、找帕子的找帕子，司北負責去請大夫，連輕功都用上了。

林紹安被林方氏抓在手裡查看傷勢，他扭了扭身子，說道：「娘，能不能先讓我們把身上的衣服換了？難受死了。」

頓時又是一陣慌亂，直到林紹安換了乾淨的衣服，身上泥污也洗掉了，眾人才有空查看他的傷口。

司南站在一旁，開口道：「鈍器所傷，應該是石頭。」

林方氏給林紹安擦臉的手一頓，眼淚嘩嘩地就下來了。

林紹安勉強抬起頭，剛想讓司南別說了，就聽他繼續道——

「幸好傷口的位置在這裡，再偏一點就麻煩了。」

林莫瑤立刻看傷口的位置，正好在額角，若再往下一點就是太陽穴，往上則是位於人頭頂的百會穴，這兩處地方不管是傷到哪裡，搞不好會沒命的。

司北很快就把李大夫帶來，直奔林紹安。

李大夫的藥很有效，只用了一點就止住林紹安傷口上的血。

「傷口不深，傷在這個地方倒是沒什麼大礙，我先給他包起來，再開兩副活血化瘀的藥喝一喝，預防腦袋裡有瘀血。這段時間就老老實實在家待著靜養吧，等到傷好了再說。」李大夫一邊包紮一邊說道。

林紹安一聽讓他靜養就急了。「李爺爺，我還要上學呢！」

李大夫瞪了他一眼，說道：「是你的小命重要，還是上書院重要？」

「行了，就聽大夫的，這段時間三郎就在家裡休息，阿平回去的時候幫他請個假。」林劉氏紅著眼睛下了命令。

林紹安無奈，只能乖乖點頭，留在家裡靜養了。

處理完了林紹安，林劉氏這才紅著眼眶讓李大夫去看看另外三個。林紹勝只是自己摔了一跤，沒什麼傷；林紹平身上都是瘀青，用熱毛巾和跌打藥酒揉開就好；林紹傑，身上一處傷都沒有。

送走了李大夫，林氏這才關上院門，一家人坐下來問事情的經過。

「說吧，到底怎麼回事？」林泰華心疼地問道。

林紹安和林紹平對視了一眼，不說話。

林泰華又看兩個小的，說：「你們倆說。」

見自家老爹似乎要生氣了，林紹傑連忙開口說道：「三哥和平哥帶我們在河邊撿螃蟹，本來撿得好好的，大家都是各自撿自己跟前的一片，後來二哥帶著幾個人非要過來跟我們搶，三哥跟他們理論，二哥推了三哥一下，結果兩幫人就打起來了。」

一聽林紹傑說這裡面還有老二家二郎的事，林泰華氣得眼皮抖了抖，問道：「那你三哥頭上的傷是誰打的？」

林紹傑和林紹勝對視了一眼，然後同時搖了搖頭。「當時太亂了，我們也沒看清楚，我們也是回來的路上才看到三哥受傷的。」

林泰華看向林紹安，問：「你呢？誰打的你，你總不會沒看見吧？」

林紹安縮了縮脖子。「我也沒看清到底是誰，當時人多，身上哪兒都疼，也就沒顧得上腦袋上的。要不是他們跟我說我受傷了，我自己也沒發現啊！」

林泰華差點氣死。這一個、兩個的，怎麼這麼蠢，被人打了，連被誰打的也不知道！

林劉氏在一邊直抹淚，指著一旁的螃蟹問道：「你們說二郎帶人來搶你們的螃蟹，那你們的螃蟹怎麼還在？」

四人臉色怪異，垂著頭沒說話。

「我倒是要去問問二弟，這到底怎麼回事！」林方氏此時已經氣得不行，怒吼了一聲就要往外走，去林泰立家找他們算帳。

四人快速地對視了一眼，齊聲喊道：「娘（大伯母），您別去！」

林方氏腳步一頓，疑惑地看向四人。

四人又互相看了看。

最後，林紹傑低下頭，小聲地說了一句。「娘，您還是別去了吧，二哥他們……比我們好不了多少。」

「什麼意思？」林方氏有些懵。

林紹安覺得老這樣囉哩囉嗦的，也不知道要說到哪裡去，反正伸頭是一刀，縮頭也是一刀，便豁出去地說道：「二哥他們比我們更慘，全都被五郎給打趴下了！」說完，林紹安還嘟囔了一句。「幾個十幾歲的人，竟還打不過一個六歲的孩子，真丟人！」

這下，院子裡的所有人都驚呆了，不敢置信地看著林紹傑，哭笑不得。

林方氏想去找麻煩的心也收了回來。如果真像林紹安說的，林紹傑把人給揍得都爬不起來，那她要是去了，豈不是要自投羅網？也不知道跟著林紹武過來的那幾個孩子都是誰家的，林方氏還在考慮要不要先去找他們的麻煩？

「你們認識跟著二郎的幾個大孩子都是誰家的嗎？」林劉氏問。

「不是咱們村子裡的，我聽見他們喊二哥表哥。」林紹傑說道。

喊林紹武表哥，那就是張氏的娘家人嘍？林劉氏冷哼了一聲，那就是打了也白打。

林家眾人都鬆了口氣。只要不是村子裡的人就行，打了白打。

只有林莫瑤看著林紹安腦袋上的傷，若有所思。這個傷，到底是誰打的？是無意的還是蓄意的？

「好了，這事就這樣吧，既然五郎說他們比你們還慘，咱們就不要自己去找晦氣了。」林劉氏看著幾人說道，隨後掃了那兩筐罪魁禍首，說道：「老大家的，把這兩筐螃蟹拿去煮，給幾個孩子分了。」

林方氏這會兒氣已經去了大半。反正林紹安沒事，林方氏也知道若是去找林張氏，最後吃虧的搞不好是自己，因此乾脆就聽林劉氏的，拎了兩筐螃蟹鑽進廚房。

林紹安幾人鬆了口氣，不過一會兒工夫，幾個人就又湊到一起，開始惦記螃蟹了。

春生娘來的時候，瞧見的就是一家人這副不急不躁的模樣。想到那邊的雞飛狗跳，她突然就笑了，說：「你們還有心思在這兒坐著呢，那邊都快打起來了！」

「哪邊要打起來了？誰家出事了？」林方氏愣了一下問道。春生娘那幸災樂禍的語氣是怎麼回事啊？

春生娘指了指林泰立家的方向，說道：「你們二弟家，打起來了，趕緊去看看吧！」

「啥？」林方氏有點懵了。他們還沒上門呢，他們自己就打起來了？

這會兒也顧不上多問，眾人起身直接去了林泰立家。

林泰立家門口，他和張家幾個兄弟面對面站著，地上林張氏和另外一個林莫瑤沒見過的老太太正在撒潑。

「老二，這是咋回事？」林泰華推開人群，上前問了一句。

林泰立見林泰華來了，急問道：「大哥，三郎他沒事吧？」

林泰華本想說「沒事」，卻被林莫瑤一把給拽住，搶先他一步，大聲開口道——

「二舅，李爺爺說了，三哥的傷口雖然不深，可是傷到了腦子，都不能去書院讀書了！」她沒說錯，李大夫是讓林紹安最近暫時不要去書院了嘛！

林泰立踉蹌了一步，坐在地上撒潑的兩人哭聲也頓住，臉上浮現了慌亂的神情。

林泰立顫聲問道：「大哥，阿瑤說的是真的？三郎不能去書院讀書了？」

林泰華看了一眼林莫瑤，見她輕輕的眨了眨眼睛，不禁一愣。看著和平時性格不大一樣的弟弟，他乾脆閉上眼睛，微不可見的輕輕點了點頭，算是默認了林莫瑤剛才所說的。

林泰立也痛苦地閉上眼睛，被張家幾個兄弟護在身後的林紹武和張家大郎，一聽這話，一下子就慌了。

十二歲的少年，平時不過是囂張跋扈了一點，這會兒傷到人，還如此嚴重，便直接被嚇傻了，不顧場合地哭喊起來。「不可能！我根本就沒有用勁！」

林泰華的目光唰地落在了說話的少年身上，漸漸變得冰冷。

或許是這目光太過駭人，被盯著的少年瑟瑟發抖，只能依靠在自己爹娘身上尋求庇護。他不要去坐牢，更不要去賠命！

張元到三十五歲才生了這個兒子，這會兒只能為了他，放低身段求林家的人。

「大兄弟，這……這小孩子之間打打鬧鬧的，也不是什麼大事，而且這幾個孩子也被你們家的孩子打得不輕啊！你瞧瞧，這一個個鼻青臉腫的。要不……要不這事就算了吧？」張元懇求道。

林泰華冷冷地看著張元，道：「算了？」語氣中滿是嘲諷。

張元臉色尷尬，感受到身後的兒子因為害怕而瑟瑟發抖的身子，只能硬著頭皮地賠笑道：「那什麼，大兄弟，我們還是進屋說吧？大家都是一家人，有什麼話不能好好說呢，是吧？」

林泰華冷哼一聲，目光一寸不離張家大郎。

畢竟是家醜，林劉氏看了圍觀的人一眼後，說：「進屋說吧。」進了院子，林劉氏冷冷地掃了一眼張家的人。「說吧，你們打算怎麼辦？」

沒人圍觀，張家老太太膽子也大了。「什麼叫我們打算怎麼辦？怎麼，妳家孫子寶貴，我家的就不是？瞧瞧我這幾個孫子，讓你們給打成什麼樣了！」

林劉氏淡淡地掃了一眼，心中卻罵了聲：這個五郎，下手真重！

林莫瑤跟著嘟囔了一句。「不就是有些青了嘛，我三哥可是傷了腦袋呢！」

一句話提醒了林劉氏等人。今天是林紹安運氣好，沒傷到要害，萬一要是傷到要害呢？他們還能坐在這裡好好說話嗎？

「那又怎麼樣？不是沒死嘛！」張老太太橫道。

「呵！」林劉氏直接被氣笑了。「妳還盼著我家三郎死是嗎？」

張老太太眼皮一翻，嘟囔道：「我可沒說！」

林劉氏突然很後悔，當初為什麼要找上這樣的人家做親家？林劉氏懶得再和她廢話，直接說道：「阿瑤說得對，三郎傷的是腦袋，這是會要命的傷，而且搞不好我家三郎以後的前程都毀了，你們今天不給我個說法，這事就沒完！」

第四十六章 賠錢吧

這事畢竟是自己家理虧，張老太太再想賴也不好賴，只能不耐道：「那妳說吧，這事怎麼辦？」

林劉氏淡淡地瞥了她一眼，開口道：「那就賠錢吧。」對付張家這些人，林劉氏很清楚對方的弱點是什麼。

張老太太深呼吸了幾次才壓下自己想要跳腳的舉動，問：「賠多少？」

「十貫。」林劉氏說得臉不紅氣不喘。

「妳怎麼不去搶！」張老太太跳腳了，指著林劉氏怒道：「還想要十貫？一貫都別想！」

林劉氏冷笑，反問：「妳這是要耍賴了是嗎？」

「是又怎麼樣？」張老太太梗著脖子。總之讓她掏錢就是不行！

林劉氏嘲諷一笑，說：「那就沒什麼好說的了，司北。」

「老夫人。」司北應聲出現。

「報官。」林劉氏淡淡道。

「是。」司北轉身就要走。

這下換張元夫妻慌了，連忙拉著張老太太懇求道：「娘，您要看著大郎被人抓去坐牢嗎？」

張老太太不動，張元又去求司北，將司北攔在門口，對林劉氏祈求道：「親家太太，有話好說，這錢我們賠，一定賠，求你們別去報官！」

司北停下腳步看林劉氏，張元見狀，連忙去求張老太太。

「娘，兒子求您了，您不能讓大郎去坐牢啊！」

張老太太的臉色很難看，憤怒地吼了一聲。「賠，這錢我賠給你們！最多兩貫，多的沒有！」

林劉氏見好就收。「既然都是一家人，兩貫就兩貫吧。司北，不用去報官了，你就留在這兒，等著親家太太把錢給你。」

「知道了，老夫人。」司北應了一聲，乾脆就坐在林泰立家門口。

張家人都知道這是林家的侍衛，是會武功的，他們根本不敢動他，張老太太只能狠下心讓人回家去取錢。

等錢取回來交給司北後，張老太太連中秋都不過了，帶著全家老小直接回家。

中秋過後，天氣漸漸涼了下來，趁著現在還有太陽，林泰華等人就想把家裡的麥子拿出來曬曬，林莫瑤帶著司南、司北例行巡視雞棚和魚塘之後回來時，瞧見的就是滿院子的麥子。

林莫瑤這幾天一直在想，要再找點什麼事情來做，這會兒看到這一院子的麥子，腦子裡突然就有了一個想法——若是將現在的春麥換成冬麥，是不是能提高土地的使用率？她記得去年冬天，林泰華家的地空了好幾個月呢！

這個想法就像一個魔咒般，在林莫瑤的腦子裡生了根。她將自己關在房裡兩天，回憶自己在現代時所知的所有和冬小麥有關的資訊，並且特意換成現在人能懂的字句寫出來。

然後，林莫瑤就直接去找了他們家最權威的種地專家。

「大舅，我們種冬小麥吧！」林莫瑤滿是興奮地找上林泰華，開口就是這麼一句。

林泰華被她嚇了一跳，笑道：「阿瑤，這冬天怎麼能長出來麥子？」冬天連菜都種不活，別說麥子了。

林莫瑤興奮地將自己整理好的小冊子交給林泰華。「大舅，您先別忙著拒絕我，您看看這個。」

「這是什麼？」林泰華好奇地接過，打開冊子看了起來，越看越震驚，直到看完了，才滿臉驚奇地看向林莫瑤，問：「阿瑤，這是哪來的？」

「我寫的。」林莫瑤毫不隱瞞，說：「我那天回家看見你們曬麥子，就想到了這個，我覺得有用，就趕緊拿筆都記下來。大舅，您看怎麼樣？能種嗎？」反正她之前騙林家人說自己有奇遇，就把這個推給奇遇好了。

林泰華不疑有他，翻看著小冊子，說：「若是按照妳寫的這些來做，搞不好能成。」

「真的？」林莫瑤露出驚喜的神色，說：「那就太好了！如果冬小麥種出來，那咱家的地冬天就不用空著了。」

林泰華高興地接話。「是啊，這樣一來，收了麥子就能繼續種其他東西，產量也能提高了！」越想，林泰華越興奮。

接下來幾天，林泰華都在惦記這件事，整日魂不守舍的。

林方氏已經知道他惦記冬小麥的事，這會兒見他又開始發呆，就直接說道：「你要真想試試，那就去種吧，若是成了最好，不成，最多就是損失點麥種，反正也不會耽誤咱們明年種春麥啊！」

林泰華看向妻子，問：「妳同意？」

林方氏嗤笑了一聲，說道：「我什麼時候攔著你過？咱家現在也不差那點麥種，你想種就種吧！」

林泰華一高興，直接抱著林方氏就親了一口，說：「媳婦兒，謝謝妳！」見林方氏紅了臉，林泰華哈哈大笑一聲，拿起冊子，說了一句「我去趟二叔家」就走了。

林二老爺和林泰業兄弟倆看了冊子，只略微考慮一會兒就決定跟著林泰華幹，就像林方氏說的，大不了就是損失點麥種。

說幹就幹，兄弟三人按照冊子上所說的開始忙活起來。

他們動靜不小，村子裡的人都好奇他們這是要幹什麼？林泰華也不打算隱瞞，凡是有人來問，都實話實說。

時間長了，村子裡說什麼的都有，但大家都是看熱鬧，並不覺得他們會成功，不過，也有那麼一、兩個人願意跟著他們試試。

春生家的地和林家的地挨著，春生爹和春生娘在聽了林泰華的解說之後，就動了心思，為了跟著林泰華幹，他們甚至把地裡已經種上的菜都給鏟了。有人說他們傻，不過夫妻倆根本就不理會這些人，一門心思地跟在林泰華的身後種冬小麥。

除了春生家以外，還有一戶願意跟著林泰華幹的，是林二老爺和林老爺子的堂兄弟，不過卻只種了一小塊地，還不如林莫瑤家後院那塊菜地大。

儘管如此，林泰華在給幾家人講解種植方法和注意事項時，依然事無鉅細，唯恐有地方出錯而失敗了。

九月中旬，幾家人的小麥種子成功播種，過了七、八天之後，麥種發芽了。

村裡的人聽說他們種下去的麥種真的發芽時，還好奇地跑去看，不過大家並沒因此覺得有什麼稀奇的，畢竟現在天氣還不冷，真正的成功，是要讓麥子熬過這個冬天才算。

接下來的時間，林泰華幾乎每天都會去地裡看麥子，瞧著麥子一天天的長高，林泰華高興壞了。

與此同時，林莫瑤家魚塘裡的魚，也該撒網了。

這次撒網迎來了不少人圍觀。大家都好奇，這養的魚和他們在河裡撈的魚到底有啥區別？

蘇鴻博早早的就來了，和他一起來的還有一位姓孫的商人。聽蘇鴻博說，這是另外一家酒樓的老闆。

林莫瑤也沒問蘇鴻博帶這人來幹麼，打過招呼之後，直接帶著兩人進入今天的主題——看魚。

在林莫瑤一聲示下，蘇力父子開始撒網撈魚，一網一網地往上撈；蘇王氏帶著採蓮在一旁，將打撈上來的魚挑出大的，小的又放回魚塘裡去。

人們在岸上離得遠，看不真切，只看見蘇王氏將一條條老大的魚都往水裡丟，不由得有些奇怪。

等到蘇力將船撐回岸邊之後，大家總算明白為什麼蘇王氏會把那些魚丟回水裡了。

漁船上，並排放著好幾個大木桶，木桶裡，密密麻麻的全是魚，而且條條至少十斤以上！

蘇鴻博和孫超都驚呆了。

林莫瑤滿意地看著兩人的表情，笑道：「大官人，這魚還滿意嗎？」

兩人點頭。這魚要是不滿意，大概也沒有魚能讓他們滿意了。

蘇鴻博知道，林莫瑤不是那種喜歡拐彎抹角的人，現在魚也看了，接下來就可以直接談談生意上的事。

「阿瑤，妳說吧，這魚妳準備怎麼賣？論條，論斤？」

「論斤。」林莫瑤回答，說：「我之前打聽過價格，魚的價格在十文到二十文不等，品種、大小不同，價格也不同。我這魚塘裡的魚這麼多，要是每一種都要分的話就太累了，所以咱們就取個折衷的方法，不論什麼品種，全部按照十五文一斤，怎麼樣？」

蘇鴻博和孫超對視一眼。

林莫瑤知道他們需要時間商量，就走出涼亭，從木桶裡挑了幾條魚交給司北，說道：「你把這個拿回家給我外婆，就說待會兒蘇大官人他們會在我們家吃飯，讓外婆用這些魚做幾道菜。」

「好嘞！」司北拎著魚走了。

林莫瑤又在魚塘邊上晃了一會兒，聽見蘇鴻博喊她了才回到涼亭。

林莫瑤回到涼亭問道：「兩位大官人想好了？」

孫超開口說道：「阿瑤姑娘，妳的提議確實不錯，這個價格也很公道，只是……」

「只是什麼？」林莫瑤揚起笑臉。

孫超笑了笑，便道：「那我就直說了。是這樣的，阿瑤姑娘，妳既然說不管什麼魚都取中間的價格，那若是妳給我們的魚裡面，大多數都是便宜的魚，我們豈不是虧了？妳也不要多想，這生意嘛，肯定是要面面俱到的。」

「這個簡單。」林莫瑤直言道：「以後不管你們什麼時候來拉魚，我都讓蘇伯他們當著你們的面撒網撈魚，或者你們自己人當中有會捕魚的，也可以自己親自動手。」

蘇、孫二人對視一眼，笑道：「這倒是個好主意，那就這麼定了。」

「好。」林莫瑤點頭，對身後的司南說道：「司南，契書。」

司南應聲，從懷裡拿了一張契書出來。

林莫瑤接過後遞給蘇鴻博，道：「我沒想到今天孫大官人會一起來，所以只準備了一份契書，待會兒去我家再寫一份就是。我剛才讓人送了幾條魚回家，兩位大官人不嫌棄的話，今天就在我家吃個飯再走。」

「那我們就不客氣了！」兩人同時笑了起來。

林劉氏直接做了一桌的全魚宴，一頓飯吃完，契書也簽好了，林莫瑤還附贈兩張做魚丸的方子。

蘇鴻博和孫超高高興興地拿著方子，拉著魚走了。

林二老爺陪著村長和族長圍著魚塘轉了一圈，走到涼亭的時候，正好瞧見蘇家和孫家的馬車拉著魚離開。

看著那一桶桶的魚，村長和族長互相看了一眼，眼中有著羨慕。

「二哥啊，你們家這算是苦盡甘來了！」村長感嘆了一句。有個能賺錢的林莫瑤，還有個會讀書的林紹安，可不就是苦盡甘來了？

村長說這話的時候，語氣裡都是感慨，隱隱的還夾雜了一絲羨慕。這幾個孩子有出息，對於村子和他們林氏一族也是有好處的，如果林紹安爭口氣，能考上個舉人什麼的，族裡的稅收就能減半了。

林二老爺嘆息一聲，說道：「這都是阿瑤的功勞，這就叫大難不死，必有後福。」

「是啊，這要是個男孩兒該多好啊！」族長感嘆了一句。以她的聰明才智，怕是比林紹安也不遑多讓啊！

林二老爺睨了他一眼，說道：「女孩咋了？我瞧著咱家阿瑤就挺好的，長得又漂亮、又能幹，將來誰要是娶了我家阿瑤，那就是天大的福分！」

族長這時也知道自己說錯話，連忙笑著賠不是。「對，女孩也挺好！」

倒是旁邊的村長，自從說了前面那句話之後便再沒有出聲，而是若有所思地盯著水面上正在捕魚的蘇力父子。

林二老爺看了他一眼，問：「你是不是有啥話要說？」

村長愣了一下，張了張嘴，卻不知道該如何開口？

林二老爺將煙桿靠在涼亭扶手上磕了磕，說：「我知道你在想啥，你想讓阿瑤帶著村裡人一起賺錢是不？」

被人說中心事，村長的臉一下子就紅了，他確實有這樣的想法。

林二老爺見他這樣，就冷哼了一聲，說道：「你與其自己在這兒琢磨，不如直接去問問阿瑤。那孩子心軟，就算不幫忙，也會給你指條明路的。」見村長和族長一喜，林二老爺繼續道：「不過，我可先跟你們醜話說在前面，若是阿瑤不願意，你們可不許逼她！」

兩人頗為無奈地看著林二老爺，說道：「二哥，你把我們當什麼人了？我們心裡有數。」

第四十七章　回信

進了冬月，天氣會越來越冷，林莫瑤在這之前去了一趟村長家，把魚塘旁邊剩下的那一片空地全給買了下來。

村長因為心中記掛著有事要拜託林莫瑤，很痛快的就答應了。

地契一拿到手，林莫瑤就抓緊時間讓林泰華帶著人又挖了一個魚塘。林泰華又是忙活魚塘，又是忙活地裡的冬小麥，其他人也各自有事情做，林莫瑤反倒成了最閒的一個。

臘月初十，林家眾人送走了去京城給赫連軒逸和徐夫人送禮的司南，同行的還有林泰華，他是去興州府接林紹遠回來過年的。

臘月十五，赫連軒逸送來的節禮到了，看來他們在路上和司南錯過了。

林莫瑤看了一下赫連軒逸送來的東西，今年除了乾貨特產、滋養補品、布疋錦緞之外，還有兩套極為精緻的鎏金頭面，做工精細，花樣新穎。

隨行送禮的人除了送來東西，還給林莫瑤帶來赫連軒逸的信，信裡除了兩人日常鬥嘴之外，還提到別的事情。之前林莫瑤跟他寫的信裡提過，過了年林莫琪就要及笄，他擔心等到及笄禮那時再讓人送禮會來不及，便乾脆讓送節禮的人一併送來，賀禮是他在京城的玉器店裡挑選的一只玉鐲。

林莫瑤放下信，果然在裝著林莫琪那套頭面的盒子裡找到了一只玉鐲，遂把玉鐲取出來交給了林莫琪，並跟她和林氏說明這只玉鐲的來意。

林氏越看越滿意，笑道：「徐公子真是有心了，這玉鐲真漂亮！阿琪啊，妳好好收著，以後給妳當嫁妝。阿瑤，妳回頭給徐公子寫信的時候，替娘和妳姊姊謝謝他。還有啊，妳也別總是說話氣人家徐公子，人家徐公子人又好、又懂事——」

林莫瑤見林氏一副要繼續誇下去的模樣，扶了扶額，連忙打斷她的話。「娘，我知道了，我這就去給他回信，您和姊姊先看著禮物。」說完，頭也不回的跑了。

林氏滿臉寵溺，語氣滿是無奈道：「這孩子，真是……」

林莫琪掩嘴笑了，將玉鐲放進盒子裡裝好，勸道：「娘，您也別太擔心了，阿瑤和徐公子的事，就讓他們自己發展吧，您怎麼擔心都沒用的。」

林氏點點頭，道：「娘知道，娘現在哪有工夫操心她啊！妳過了年就要及笄了，及笄之後便要準備和彭家的親事。這樣吧，過了年之後，妳就搬到妳外婆那裡去住，跟著她學學管家。嫁到彭家之後，一定要懂得孝順公婆、敬重夫君，知道嗎？」

林莫琪臉紅紅地應了一聲。

林莫瑤站在門口，豎著耳朵聽了一會兒兩人說話，沒聽見林氏喊她，就邁著步子往二門處走了過去，剛出二門就看見，司北和幾個腰上掛著大刀的人坐在一起說話。

見林莫瑤出來，幾人連忙站起來行禮。「二小姐。」

林莫瑤邁下門檻，見他們每個人都是整裝待發的模樣，便問道：「你們要走了？不是剛到嗎？」

領隊的人就回道：「二小姐，我們還要在年前趕到我家將——」

「咳！」司北突然咳嗽一聲，打斷了領隊的話，也引得林莫瑤看向他。

林莫瑤問道：「你不舒服嗎？」

司北連忙嬉皮笑臉地擺擺手，道：「沒，就是剛才嗓子有點癢。」

林莫瑤直接衝他翻了個白眼，看向剛才說話被打斷的人說道：「你接著說。」

領隊被司北提醒了一下，知道自己剛才差點說漏嘴，連忙說道：「是這樣的，我們還得趕在過年之前給我家老爺把東西送過去呢！我家夫人可是交代了，必須趕在年前送到，不能在這裡耽擱太久，把二小姐家的節禮送到，我們就該走了。」

林莫瑤聞言，點了下頭道：「那好吧，我去讓王嬸給你們準備一些吃的帶在路上吃。」

「多謝二小姐！」幾人也不客氣。

林莫瑤再次出來時，身後跟著蘇王氏，手上拎了幾個包袱，遞給幾人說道：「這裡面有些肉乾還有包子，你們拿著在路上吃。」

領隊接過東西放到馬車上，便抱拳對林莫瑤行了個禮道謝。「多謝二小姐，那我們這就走了，要在天黑之前趕到下一個落腳點。」

「好，一路平安。」林莫瑤點點頭，目送幾人離開。

一轉眼就到了過年的日子。

大年三十剛過，初一早上就下起了鵝毛大雪，這一下就下到初十，這場雪才徹底的停了下來，到了十一的早上，總算是見到太陽。

這十來天，林泰華幾人天天擔驚受怕，就怕麥子被凍死，沒想到，竟然熬過來了。

林莫瑤蹲在地裡，看著那些經過風雪還沒被壓塌、壓斷的麥穗，對林泰華說道：「大舅，這些都做下標記，明年做種。」

「做種？」

林莫瑤繼續道：「這些麥子能在這十多天的風雪裡活下來，說明它們的生命力比其他的更加頑強，更能抗寒；而且，既然能比其他同期的麥子還早抽穗，說明生長力不錯，不會受到氣候的影響。等到收成之後，再從這些麥子裡，挑選大粒飽滿的來作為下一季的種子，只有這樣，才能慢慢地培育出耐寒、耐凍的麥種，這就叫擇優而種。」

林泰華恍然大悟，道：「我明白了，這就和咱們自己平時留種一個道理，挑最好的留下來做種子，來年才能讓糧食長得更好。」

林家種的麥子熬過了嚴冬，這事在村裡直接炸了鍋，村長還上門找了林泰華。

「村長說，這是利國利民的大好事，要上報給縣裡。」林泰華跟家人說了村長的來意。

林劉氏點點頭，說：「要真是這樣的話，這種小麥的法子咱們得交出去。」

「對。」林二老爺跟著附和，說：「就算是為三郎博個好名聲。」

林泰華點頭，說道：「嗯，我就是這麼想的，村長還說縣裡會給獎勵。」

「獎勵倒是次要的，三郎眼看就要下場考試，你得抓緊把這事給辦了。」林劉氏叮囑道。

「嗯，我明天就把冊子給村長送去。」林泰華點頭說道。

第二天一早，林泰華就把連夜寫好的種植小麥的冊子送到村長家，村長看到這本小小的冊子，也有些激動。他沒想到林家竟然這麼大方，說交就交出來了。

「大華啊，你是個好孩子啊！」村長感嘆。這要是別人，不一定有這心胸。

林泰華有些不好意思，說道：「其實這才是第一年種，好多問題不一定都碰到了。」見村長臉色變了，林泰華繼續道：「不過不要緊，基本上只要照著冊子上寫的來，碰到突發情況，隨機應變一下，是沒什麼問題的。」

村長鬆了一口氣，又找了個機會將這件事在村裡通報了一聲之後，就將冊子送到縣衙交給縣太爺。

緬縣縣令蘇洪安，看著林家村村長送來的新鮮麥穗和冊子，雙手有些顫抖，連東西都拿不穩了。他之前聽人說過，林家村有人在種冬小麥，沒想到真的成了！

「老爺。」縣令夫人給蘇洪安送茶，一進來就瞧見他盯著手上的麥穗，縣令夫人一驚，道：「真的成了？」

「嗯。」蘇洪安點頭，說：「夫人，這可是利國利民的大好事啊！我得趕緊把這件事上報給州府大人！」蘇洪安的語氣裡有著他自己都沒發覺的激動。

縣令夫人上前幫他研墨，隨口說道：「老爺，既然這家人把這小麥的種植方法都交出來了，咱們是不是得有點什麼表示啊？」總不能白拿了別人的東西吧？

縣令夫人一提醒，蘇洪安就看向她，嘆了口氣說道：「我問過了，這家人什麼都不要，說只要能幫上大家就夠了。」

縣令夫人點點頭，欣賞道：「這戶人家為人倒是不錯，那老爺您準備怎麼做？」

蘇洪安垂首看冊子，說：「我聽說他家有個兒子在縣城的書院讀書，特意讓人去查了一下，成績不錯。我在想，若是他能過了童生試，我就修書一封給興州府琳琅書院的院長，引薦他進琳琅書院如何？」

縣令夫人想了想，說：「這倒是個好主意。」

蘇洪安這下高興了。「那就煩勞夫人研墨，我這就給州府大人修書一封，告知他這件事！」

與此同時，林莫瑤讓司北調查緬縣縣令的事也有了結果。

「這人姓蘇，名洪安，是去年才調任到緬縣的縣令，為人清廉，算得上是愛民如子吧，家裡有個女兒。對了，他和蘇大官人好像還是同宗。」司北說道。

林莫瑤鬆了一口氣。既然如此，冊子交到他手裡應該能起到作用。

過了兩天，蘇洪安親自召見了林泰華，很是褒獎一番，又留林泰華吃了一頓飯，酒過三巡，說了一堆感謝的話之後，才讓人將林泰華送回家。

林泰華回來的時候，一身的酒氣和喜氣，林方氏見他喝了這麼多酒本來有些嫌棄，又見他似乎很開心的樣子，就問道：「你這是怎麼了？縣太爺是給你金山還是銀山了？」

本是一句打趣的話，林泰華卻接了，嘿嘿笑了笑，說：「不，是比金山銀山還要好的東西！」

林方氏一聽來了興趣，問：「縣太爺給你啥好東西了？」

林泰華打了個酒嗝，說道：「大人說，只要三郎能過了童生試，他就寫封介紹信送三郎去琳琅書院。」

「你說哪兒？」林方氏一呆。

「琳琅書院！」林泰華咧著嘴笑說道。

林方氏呆了一會兒，隨後大叫一聲，說：「我的老天爺，我得趕緊把這事跟娘他們說一聲！」琳琅書院啊，那可是全國最好的書院，三郎若能去那裡讀書，那是多好的事啊！

不一會兒的工夫，林家人就全都知道這個消息。

林莫瑤聽著這個名字，覺得怎麼那麼耳熟？突然，林莫瑤一驚。她想起來了！前世她幫李響奪位，用了些非人的手段，後來那些文人學子寫了些文章批判她，可不就是這個琳琅書院帶頭的嗎？

雖然如此，林莫瑤不得不承認，這琳琅書院確實是個不錯的書院，教育出的文人才子數不勝數，林紹安若是能進琳琅書院，倒也不錯。

第四十八章　女扮男裝的姑娘

林家種出冬麥，吸引了不少人的好奇心，每天都有人跑來看，但大家都有默契地站在邊上，不往前去。

林紹遠今天放假回來看父母，為了讓林泰華多休息，便代替他過來看看地裡麥子的情況，檢查一下他們安置的稻草人，看看有沒有鳥兒跑來偷吃成熟的麥子？結果遠遠看去，就瞧見兩個人正站在他家地裡伸手想摘麥穗！

林紹遠臉色一變，快步跑了過去，一把抓住其中一人的手腕，喝斥道：「你們在幹什麼！」

蘇安伶只是想彎腰仔細看看這麥穗長什麼樣，卻突然被人拉住手腕，她腳步一個踉蹌，人就往前撲，直接撲進林紹遠的懷裡。

「小姐！」跟著蘇安伶的婢女巧兒被嚇得尖叫一聲，完全忘了她們現在身著男裝。

林紹遠被這一聲尖叫嚇了一跳，本能的低頭去看懷裡的人。對方一身男裝，可那隱隱傳來的脂粉香味讓林紹遠的臉唰的一下就紅了，慌忙之中就把懷裡的人推開。

他力道沒拿捏好，蘇安伶感覺自己還沒站穩就被人一推，眼看著要往後倒，林紹遠見她要倒，又連忙伸手去拉。

儘管他的動作已經很快，蘇安伶還是一腳踩進地裡，沾了一腳的泥，就連長袍下襬也全是泥巴。

巧兒連忙跑上前，一把推開林紹遠，自己扶著蘇安伶，急得都快哭了。「小姐，您沒事吧？」

「我沒事。」蘇安伶好不容易緩過勁，臉色還有些白。

巧兒確認蘇安伶沒事之後，就扭頭衝林紹遠吼道：「你這人怎麼回事啊？」

「對不起！」林紹遠連忙道歉，說：「我是看妳們要摘我家的麥子，一時情急才……」

巧兒一聽就怒了，哼哼道：「誰要摘你家麥子？我家小姐只是想看看而已！你看看我們摘了嗎？摘了嗎？」巧兒咄咄逼人。

林紹遠已經知道兩人是女孩子，只能退讓。

倒是蘇安伶，聽出了林紹遠話中的重點。

「這地是你家的？」蘇安伶問。

林紹遠點頭。他這會兒滿腦子都在想，這人會不會怪他太魯莽？

「你姓林？」蘇安伶又問。

林紹遠還是點頭，疑惑道：「妳怎麼知道？」

蘇安伶看了一眼林紹遠。原來這就是他爹說的，那家把冬麥種出來的人家！

「林公子。」蘇安伶本想行禮，卻發現自己現在穿的是男裝，只能對林紹遠點點頭，道：「我姓蘇，我也是聽說這裡有人種出了冬麥，所以好奇來看看，沒想到讓林公子誤會了。」

林紹遠被蘇安伶這聲「林公子」叫得有些不好意思，想到自己剛才的行為，連忙賠禮道歉。「是我不好，我沒看清就動手。」瞧著蘇安伶的長袍髒了，林紹遠有些過意不去，就道：「我弄髒了小姐的衣服，我姑姑家就在前面，小姐如果不介意，可以隨我過去梳洗一下。」說完，林紹遠怕蘇安伶覺得他太過唐突，就又補了一句。「那什麼，我姑姑家只有她和我兩個堂妹，小姐去也方便。」

蘇安伶看看自己的衣服、鞋子，再看氣呼呼的巧兒，點了點頭道：「那就麻煩公子了。對了，我們的車夫還在路邊。」

「沒事。」林紹遠說：「我先把妳們送過去，再把妳們的車夫帶過去。」

蘇安伶點頭，道：「多謝公子。」

巧兒在一邊聽了，急道：「小姐，您怎麼能跟他去呢？」萬一對方是壞人怎麼辦？後面的話巧兒當著林紹遠的面不好說，可蘇安伶卻明白她的意思，她安撫地拍了拍巧兒的手，說道：「沒事的。」能無償將冬麥種植方法上交給縣衙的人家，品性上她還是信得過的。

林紹遠將兩人帶到林莫瑤家交給了林氏母女，就回頭去找蘇安伶的車夫了。

林氏正發愁，林紹遠怎麼帶了個公子到她家來呢？就聽見林莫瑤在耳邊低聲說了句

「娘，女的」。

林氏細看，果然在蘇安伶耳朵上發現了耳洞，人也跟著放鬆了不少，瞧見蘇安伶髒了的長袍和鞋子，又見她身量和林莫琪差不多，就叫來林莫琪，吩咐道：「妳帶這位小姐去換件衣服。」

林莫琪點頭。幸好她之前剛做了兩身新衣服。到了蘇安伶面前，林莫琪一時間也不知道該如何稱呼對方，只能說：「姑娘隨我來，我帶妳去換身衣服。」

等蘇安伶換了衣服出來，才對林氏行了個福禮，道：「給夫人添麻煩了。」

換了女裝的蘇安伶著實讓林莫瑤驚豔了一把。沒有繁瑣首飾的點綴，簡單的一個髮髻，烏黑的長髮披在身後，一套淡粉色的襦裙襯托得她膚色白皙，秀氣的眉眼讓人一看就很舒服。

而且蘇安伶的身上透露著一股溫文爾雅的氣質，一看就是大戶人家的千金小姐。

「姑姑，我……」林紹遠一腳邁進門，視線落在剛換了女裝的蘇安伶身上，便無法挪開，連自己後面要說什麼都忘了。

蘇安伶聽見動靜，往門口看了一眼，兩人的視線在空中相碰，林紹遠呆住了，蘇安伶卻紅了臉將頭給低下了。

林莫瑤的視線在兩人身上轉了一圈。

林氏覺得林紹遠這樣盯著人家姑娘不大禮貌，掩嘴咳嗽了一聲，喚回林紹遠的思緒。

林紹遠猛地收回目光，朝著幾人走了過來，卻還是時不時的偷偷瞧上一眼。

林莫瑤看在眼裡，摸著下巴猜想，林紹遠這不會是看上人家姑娘了吧？

「大郎，這位小姐的車夫找到了嗎？」林氏見他還在那邊偷看，就喊了一聲。

林紹遠連忙點頭，說：「找到了，就在門口。」

林氏點點頭，看向林紹遠，問道：「這是怎麼回事？」

林紹遠縮了縮脖子。他把人家一個姑娘當賊，這話他說不出口。

巧兒見他不說話，哼哼兩聲，就把事情經過說了。

林氏一聽，眉頭就皺了起來，斥道：「大郎，你什麼時候做事這麼魯莽了！」不分青紅皂白就上去拽人，這是人家姑娘不計較，若是計較的，林紹遠豈不是要倒楣？

「姑姑，我錯了。」林紹遠立即認錯。他也後悔了，再給他一次機會，他一定好好問、好好說啊！

林氏看向蘇安伶，略帶歉意地說道：「這位小姐，我替我這姪子給妳賠禮了。」

蘇安伶福了福身，回禮道：「此事並非林公子一人的錯，也是我思慮不周，不該直接進地裡去的。」

林氏心想，好一個通情達理的姑娘。

既然車夫已經來了，蘇安伶也不好在林家久待，便直接起身告辭。

林氏也不好強留，將人送到了門口。

蘇安伶再次行禮，道：「夫人請回吧，林小姐的衣服我回頭會讓人送回來的。」

林氏微微一笑，道：「這個不急。」

蘇安伶這才對幾人點了點頭，在巧兒的攙扶下上了馬車，離開林家。

「大哥，人都走了，你還在看啥？」林莫瑤捣嘴笑了一聲，看著還呆愣在門口的林紹遠打趣道。

林紹遠瞪了她一眼，臉有些紅。

林氏看在眼裡，無聲地嘆了口氣，道：「大郎，你跟我進來。」

林紹遠跟著林氏走了，林莫瑤緊跟其後。

等到坐下，林氏才問道：「那姑娘是哪家的，你知道嗎？」

林紹遠搖搖頭。「她只說她姓蘇。」

林莫瑤一呆。這麼巧，又是姓蘇？

蘇安伶換了一身衣服回家，自然瞞不過蘇夫人，一問才知道出了這樣的事，縣令夫人想到林紹遠的莽撞，有些不悅。

「虧妳爹前幾天還和我誇獎這一家人呢！」縣令夫人不悅道。

蘇安伶想到那個身影慌亂的神情，笑了笑，說：「娘，他也不是故意的，而且當時也怪女兒，我直接站在人家地裡，遠遠瞧著，是像要摘麥子。」

縣令夫人一聽，嗔了她一眼，說：「妳這孩子，都跟妳說了讓妳不要自己出去，妳非不聽。」

蘇洪安回來的時候，正巧聽見母女倆的對話，就問了一下，聽了蘇安伶的敘述，蘇洪安想了想。「妳說那婦人喚他大郎？」

蘇安伶點頭。

蘇洪安就道：「那就對了，這小子我聽說過一些，是林家的長子，現在在府城的蘇記酒樓跟著掌櫃學管帳，我上次去的時候沒見到他人，倒是讓伶兒先見著了。」

蘇安伶臉一紅，趕緊將頭低下，蘇洪安和縣令夫人才沒注意到。

縣令夫人一聽，就問：「蘇記？府城的蘇家？」

「嗯。」蘇洪安點頭。「說起來咱們還是本家呢！」

蘇安伶一聽，好奇地看向父母，問道：「咱們在府城還有親戚啊？爹，我怎麼沒聽您說過？」

蘇洪安寵溺地看向女兒，說：「嗯，不是一脈，只是同宗罷了，妳不知道也正常。」

「喔。」蘇安伶應了一聲。

縣令夫人又問道：「老爺，州府大人那邊還沒回信嗎？」

一說到這個，蘇洪安臉上的神色就變得有些黯然。「哎，都過去這麼多天了，怕是……」

蘇洪安和現任興州府的州府大人有些私怨，原本蘇洪安以為，這種大事，州府大人應該不會因為私怨而為難他，可眼看他送去的信都過去這麼多天，還是一點回音都沒有，蘇洪安突然有種心涼的感覺。

「也罷，既然州府大人不把這事放在心上，那我就自己推行。」蘇洪安道。

蘇夫人有些擔心地開口。「自己推行？老爺，這要是再得罪州府大人怎麼辦？」

「哼！」蘇洪安冷哼一聲。「反正我已經得罪他了，再得罪一次又能怎麼樣？只要能讓百姓的日子好過一些，就算是得罪人我也樂意！」

再過幾天就是林莫琪的及笄禮，這對林家來說，可謂是大事一件。為了準備及笄禮要用的東西，林劉氏大手一揮，進城逛街。

進了城，按照要買的東西，幾人先去了布莊。這家店林氏她們來過幾次，他們家的面料種類繁多，而且價格還算公正。

司北和林紹傑覺得這裡是女人去的地方，兩人進去也是拘謹，林劉氏就讓兩人自己去逛了。

幾人進門，卻沒看到掌櫃，只有一個女夥計在櫃檯後面理貨。

「幾位夫人、小姐想看什麼？咱們布莊裡各種面料都有，想要什麼樣的可以告訴我，我拿來給妳們看看。」女夥計見有客人，連忙上前招呼。

幾人轉了一圈，卻沒發現適合的，林劉氏就問：「你們這裡還有別的料子嗎？」

女夥計一聽就明白，這是看不上一樓這些貨了，忙說：「樓上倒是還有一些更好的。」

「能不能帶我們去看看？」林氏看向女夥計問道。給女兒及笄禮用的衣服，林氏想給她最好的。

「當然可以。」女夥計點頭，說道：「只是這會兒樓上有位貴客在，我們掌櫃的正陪著，幾位夫人不妨到這邊先休息休息，喝杯茶吧。」

幾人也不強人所難，在旁邊的桌子旁坐了下來。不一會兒，幾人就聽見腳步聲，有人從樓上下來了。

當看清樓上下來的人時，林莫瑤「咦」了一聲，林氏等人看去，也笑了，連忙起身對下樓來的蘇安伶點了點頭。

林劉氏有些奇怪，低聲問道：「這誰啊？」

「這就是我上次跟您說的，大郎誤會人家偷麥子的那個姑娘。」林氏低聲回答。

沒等林劉氏說話，蘇安伶就上前來了，福了福身，道：「林夫人。」看見林劉氏，又補了一禮。「老夫人。」

林劉氏連忙回禮。

林氏笑道：「真巧，蘇小姐也是來買布嗎？」

蘇安伶點點頭，說：「是啊！夫人，妳們這是？」

林氏輕笑，說道：「阿琪的及笄禮就要到了，我們來買布給她做新衣的。」

蘇安伶看向和林莫瑤站在一起的林莫琪，兩人相視一笑。

林莫瑤的目光越過蘇安伶，看到巧兒手上抱著的兩疋布，眼前一亮。

她為了林莫琪的及笄禮特意給她設計一套新裙子，這個料子正適合。可是看樣子，已經被蘇安伶買下，只能待會兒問問老闆還有沒有別的了？

蘇安伶見林莫瑤盯著巧兒手上的料子看，就問：「林二小姐喜歡這個？」

「啊？」林莫瑤愣了一下，有些不好意思地說道：「嗯，這塊料子漂亮，給我姊做裙子正好適合。」說完，林莫瑤看向掌櫃，問：「掌櫃的，這種料子還有嗎？」

掌櫃的為難地看了看蘇安伶，尷尬道：「這位小姐，實在對不住，小店這種料子就這麼兩疋，都給蘇小姐了。」

這下林莫瑤尷尬了。她不想奪人所愛的，連忙說道：「沒有了啊？那就算了，我再看看別的好了。」

蘇安伶笑了笑，說：「無妨。巧兒，將料子分一疋給林二小姐。」

巧兒上前將手上的料子放到桌上。

林莫瑤連忙擺手，道：「這怎麼行？蘇小姐，我就是隨便說說，我們可以再看看別的。」

「是啊，蘇小姐，阿瑤口無遮攔，妳別怪她，我們再看看好了。」林莫琪拉了林莫瑤一把，讓她別說話了。

看著姊妹倆緊張的模樣，蘇安伶笑了笑，說：「沒關係的，有兩疋呢，正好我們一人一疋不是挺好的嗎？我也穿不了那麼多。」

既然人家話都這麼說，林莫瑤和林莫琪也不好再拒絕，只能接受了蘇安伶的好意，和她一人一疋。

要做裙子，總不能就這一種花色的料子，林莫瑤乘機讓林氏和林劉氏等人上樓，再挑上兩種配色，自己則留在樓下陪著蘇安伶。

只剩下兩人後，林莫瑤有些不好意思，道歉道：「真是對不起，我沒想到那個料子只有兩疋。」

蘇安伶知道對方不是有意的，反正她也不在意，就笑道：「這只能說明咱們眼光一樣。」說完還調皮地眨了眨眼睛。

林莫瑤眉眼彎了彎。看來這姑娘還是個好性子的，只是不知道，她的身分是不是如自己猜測的那樣？

正當林莫瑤考慮要不要直接問一問的時候，那邊的女夥計走了過來，恭敬的行禮詢問。

「蘇小姐，要幫您把料子送回縣衙嗎？」

「好，麻煩你們了。」蘇安伶點頭。

林莫瑤在一旁聽著這話，飛快地看了一眼蘇安伶。看來她猜對了。

等到女夥計走後，蘇安伶看向林莫瑤，笑道：「妳好像一點也不意外。」

林莫瑤也覺得沒啥好隱瞞的，便回道：「之前聽大哥說妳姓蘇的時候就猜過，沒想到真的是。」說完，林莫瑤就要行禮。

蘇安伶沒讓她把禮行完就將人扶起來，笑著問道：「這世上這麼多姓蘇的人，妳怎麼就往這方面猜呢？」

林莫瑤噗哧一聲笑了，說：「有哪個大戶人家的小姐，閒來無事會去關心冬季能不能種出麥子的？除了縣令大人的千金，我想不到別人。」

這下，連巧兒都笑了，說道：「我們小姐跟我們大人一樣，可是很體恤民情的！」

結果引來蘇安伶一句嬌嗔。「盡胡說八道！」看林莫瑤只是微笑地站在一邊，對她的印象就更好了，說道：「我得先走了，既然妳現在已經知道我的身分，有空的時候，就到縣衙來找我玩。」

「好。」林莫瑤點頭。

林氏等人還未下來，蘇安伶也沒等她們，讓林莫瑤轉告一聲，就帶著巧兒離開了。

等林氏幾人選好布料下樓來時，蘇安伶已經不在。

「蘇小姐走了？」林氏問了一句。

林莫瑤點點頭，看到林劉氏和林方氏臉上帶了些失望的神色，就低聲問林氏。「娘，妳們知道蘇小姐的身分了？」

林氏嘆息一聲，道：「嗯，剛才在樓上跟掌櫃的打聽出來了。」

那天蘇安伶走了以後，林紹遠接連好幾天都魂不守舍，林劉氏和林方氏問了林氏之後，還高興了一陣，結果現在是這麼個結果，兩人肯定很失望。縣令千金啊，他們這樣的人家如何能高攀得起？

見女兒看向林劉氏和林方氏，林氏嘆了口氣，低聲叮囑道：「回家後不許胡說八道。」

「知道了。」林莫瑤點點頭。只希望她大哥別陷得太深才好。

選完了料子，幾人又去首飾鋪買了簪子，出了店門之後，看時辰還早，林莫瑤就提議到別的地方去轉轉。

幾人正準備走，林劉氏突然「咦」了一聲，看向某處，臉色變了變。

第四十九章　彭家退親

林莫瑤見幾人不動，本來還準備催一下的，林劉氏卻先她一步開口。

「阿瑤啊，難得進城一次，妳陪妳姊姊到處逛逛吧，看看有什麼要買的東西，一併買齊了。」

林莫瑤奇怪地問道：「外婆，那妳們呢？」

「年紀大了，有點走不動，讓妳娘和舅母陪我去那邊休息一下，妳和妳姊去逛吧。」林劉氏說道。

前頭的林紹傑已經催了好幾次，林莫瑤看看他們，又看看林劉氏，點了點頭，挽著林莫琪走了。

當只剩下母女婆媳三人後，林劉氏的臉色一下子就沈了下來。

「娘，您這是怎麼了？」林氏和林方氏被嚇了一跳。

林劉氏冷哼了一聲，道：「妳們跟我來。」

林氏和林方氏一臉的莫名其妙，跟在林劉氏身後，不一會兒就到了一家店鋪的門口。

林氏抬頭一看——悅軒齋，這不是和林莫琪定親的彭家開的嗎？

「娘，您到這兒來幹麼？」就算要上門向親家問好，她們也不能空手啊！

林劉氏沒有回她，只是停頓了一會兒就走進悅軒齋。

雜貨鋪裡這會兒沒有客人，只有一個看起來十五、六歲的少女在裡面忙活、整理貨物，看打扮，應該不是店裡的夥計。

少女見三人進門，忙迎了上去，甜甜地開口。「幾位夫人，想買點什麼？」

林劉氏冷冷地看了她一眼，冷哼道：「我找你們東家！」

少女一愣，看著怒氣沖沖的林劉氏，不明白她為什麼會這麼生氣？試著問了一句。「老夫人，您找我們東家有什麼事嗎？是不是咱們店裡的東西不好，惹您生氣了？要不您看這樣，我幫您換點別的行嗎？」

林劉氏冷冷地掃了她一眼，毫不客氣地說道：「把姓彭的給我叫出來！」

少女嚇了一跳。這該不會是上門來找麻煩的吧？

就在她猶豫的這會兒，後院方向傳出一道上了年紀的女聲──

「倩倩，誰來了啊？」彭劉氏掀開簾子出來問道。

周倩倩立刻跑過去將人扶著，說道：「奶奶，您怎麼出來了？」

彭劉氏還沒回答她的話，那邊林劉氏就冷哼了一聲，譏諷道：「奶奶？叫得夠親熱的啊！」

彭劉氏的手一僵，看向林劉氏，驚訝道：「秀梅姊！妳、妳怎麼來了？」

「怎麼？」林劉氏冷笑，說：「我不能來嗎？」

彭劉氏連忙上前，陪笑道：「怎麼會呢？來，快坐！」
林劉氏沒動，而是指著周倩倩問：「說吧，她是誰？」
「這……」彭劉氏慌了神。
林劉氏冷笑，說：「舒娘家出了事，我只當你們沒來退親，是個好的，呵，沒想到啊沒想到，你們瞞得倒是夠嚴實的，今天我要是沒碰見，你們是不是準備一直瞞到我家阿琪過門才說？怎麼，妳是準備讓我家阿琪進門來做小，還是等我家阿琪進門後，讓她做小，伺候我家阿琪？」
林氏本在一旁聽得雲裡霧裡的，直到聽見林劉氏最後這句話，才慌了神，問：「娘，這是怎麼了？」
「秀梅姊，妳聽我解釋！」彭劉氏滿臉的慌張。
周倩倩站在她背後也是垂著頭，一句話不說。若說之前她還不知道對方是誰，這會兒也知道了。
「解釋？聽妳解釋什麼？解釋妳那個好孫兒身上有婚約，還跟別的女人不清不楚嗎？」林劉氏怒道。今天要不是她眼尖，看見彭子航和這個丫頭卿卿我我的，等她家阿琪嫁過來就什麼都晚了！
彭劉氏一張臉脹得通紅。
周倩倩本不想說話的，聽見林劉氏這麼說彭子航，立刻就說道：「不許您這麼說航哥！」

「倩倩！」彭劉氏一聲輕喝，想讓周倩倩別說話。

「航哥？叫得倒是挺親熱的！」林劉氏滿是嘲諷。

林氏這會兒還有什麼不明白的？她不敢置信地看著眼前的兩人，拉著林劉氏的手，有些受不了。「娘……」林氏哭了。她的女兒怎麼這麼命苦？

林劉氏見林氏落淚，心裡也是一疼，可她強忍著，喝斥道：「不許哭！這種人配不上咱家阿琪！」接著，林劉氏看向彭劉氏，說：「咱們幾十年的姊妹情誼，我才和妳定下這門親事，現在倒好，我外孫女還沒進門，你們就這麼欺負她了，我如何放心讓她嫁到你們家？我不管這個女人是誰，和彭子航什麼關係，現在，把我家阿琪的庚帖拿來，這親事，我家不要了！」

彭建夫妻聽聞動靜出來的時候，正好聽見這句話，夫妻倆直接呆住，看看林家三人，再看看周倩倩，夫妻倆低下了頭。到底還是瞞不住了。

「秀梅姊?!」彭劉氏猛地抬頭，說：「妳聽我解釋，不是妳想的那樣……」

林劉氏擺擺手，說：「沒什麼好解釋的，我都看見了。把庚帖拿來吧，我們這就走。」

見彭劉氏不動，林劉氏直接吼道：「怎麼，妳還想讓妳孫子享齊人之福？」

「我沒有……」彭劉氏滿臉淚痕地說道：「我絕對沒有這個意思。」

「那就沒什麼好說的了，庚帖拿來！」和彭劉氏比起來，林劉氏顯得有些咄咄逼人，可只有她自己知道，這會兒她氣得連殺人的心都有了。

彭劉氏無奈，只能揮手讓兒媳去將庚帖拿來。

林劉氏一把搶過庚帖，拉著林氏就往外走。

林方氏狠狠地瞪了彭家人一眼，跟了上去。

彭劉氏追了兩步，喊道：「秀梅姊！」

林劉氏的腳步一頓，頭也不回地冷聲道：「妳我兩家的情分到此結束，以後老死不相往來吧！」說完，頭也不回地離開了。

看著三人離開的背影，彭劉氏跌坐在地上。她和林劉氏從小被賣入主家，十幾年相依為命的感情，不是親生，勝似親生，可是現在，因為兒孫的一門親事，兩人之間幾十年的情誼就這麼斷了，讓她如何能不難過？

林劉氏倔強地出了彭家的門，走到無人的地方才哭了出來，一邊哭，一邊自責。「都怪我，是我害了阿琪，我當初就不該給她定這麼一戶人家！」

林氏雖然發愁林莫琪退了這門親事該怎麼辦？可卻不忍林劉氏自責，於是勸道：「娘，沒事的，咱家現在的情況不同往昔，我們阿琪又這麼好，不愁找不到好人家的。」

林劉氏看著女兒，再看看手裡的庚帖，終於忍不住放聲大哭起來。

林莫瑤一行人逛了一圈回來的時候，林劉氏的眼睛依然紅紅的。

「外婆，您眼睛怎麼了？」林莫瑤問道。

林劉氏勉強笑了笑，說：「剛才眼睛不小心進了沙子。」

林莫瑤知道她在撒謊，可是林劉氏不願意說，她也就不問了。

回到家裡，林劉氏單獨叫走了司北，不一會兒，林莫瑤就看見他牽了馬離開。林莫瑤強壓下心中的疑惑，決心等司北回來再問個清楚。

待司北回來後，還未進家門就被林莫瑤給堵在門口。

司北也不隱瞞，直言自己是去送還彭家的庚帖。

林莫瑤一驚。彭家退婚了？難怪今天下午看到林劉氏像是哭過般。

不過退了也好，記憶中，林莫琪喜歡的人並不是彭子航，他倆的親事上輩子就沒成，更別說這輩子。只是那個和林莫琪兩情相悅的男人，到現在林莫瑤都沒想起來是誰，她對這人的記憶實在是太少。

司北氣呼呼的，問林莫瑤。「二小姐，要不要我去把那個姓彭的揍一頓？」

「算了。」林莫瑤說：「他不是姊姊的良配，這件事暫時不要在我姊面前提起。」

司北點頭，說：「這個我知道。」

大家都非常有默契地沒有在林莫琪的面前提起這件事。按照林劉氏的意思，等到及笄禮過了以後再告訴林莫琪，省得她傷心。

隨著漸漸忙碌，林莫瑤也跟著把這事拋諸腦後。

手上有了賣魚的錢，林莫瑤就擴大雞棚，添置了兩百隻雞、一百隻鴨子，閒著無事的時候，要嘛就跑到魚塘釣魚，要嘛就是去雞棚幫著撿雞蛋、鴨蛋，忙得不亦樂乎。

蘇安伶坐著馬車到林家門口時，林莫瑤正帶著司北，拎著木桶，準備去釣魚，晚上烤著吃，一出門就瞧見了從馬車上下來的蘇安伶。

「蘇小姐，妳怎麼來了？」林莫瑤驚訝道。

蘇安伶笑，問：「不歡迎我嗎？」

林莫瑤連忙擺手，說：「沒有沒有，只是奇怪罷了。」

蘇安伶掩嘴笑了笑，解釋道：「我爹來找林大叔，他們這會兒去看麥子了，我這身衣服下地不方便，我爹就讓我在這兒等他。」挑眉看了兩人，蘇安伶問：「你們這是要出門？」

「喔。」林莫瑤晃了晃手裡的木桶，說：「我們準備去釣魚，晚上烤來吃。」

蘇安伶好奇心被挑起，問道：「我能跟你們一起去嗎？」

「能啊！」林莫瑤一笑，帶著蘇安伶往魚塘去了。

因為蘇安伶在，司北就不方便一起待在涼亭裡，他乾脆一個起躍，跳到蘇文所在的船上。

林莫瑤早已經習慣，蘇安伶倒是意外了一下，笑道：「妳的侍衛身手不錯。」林莫瑤笑了兩聲，蘇安伶也沒準備追問，就將話題岔開了，說：「其實我爹今天來還有一件事。」

「什麼？」林莫瑤好奇地看她。

「童生試的成績出來了。」蘇安伶回道。反正這裡沒有外人，她告訴林莫瑤也沒什麼。

林莫瑤挑了挑眉，說：「這麼快？」不是應該還有半個月才公佈成績嗎？

蘇安伶說：「只是沒公佈罷了，妳表哥拿了咱們縣第一名。」

林莫瑤驚呆了。林紹安這麼厲害？

蘇安伶又繼續道：「不過，妳另外一個表哥的成績就不大理想了。」

林莫瑤一聽，就說道：「這不奇怪，平哥基礎比三哥差一些，這次沒考上，下次再考唄！」

知道了這個好消息，林莫瑤的心情瞬間就好了，決定今天晚上一定要好好做一頓烤魚來招待蘇洪安父女。

蘇洪安還是頭一次吃到這樣的烤魚，又有林家特製的酒；另外幾個作陪的，林泰華、林二老爺和村長、族長，因為心情好都各自多喝了兩杯，等到一頓飯吃完，幾人都迷迷糊糊的不太清醒了。

蘇安伶將蘇洪安扶上了馬車，和林莫瑤約好下次來玩的時間，就帶著蘇洪安走了。

送走了縣太爺，村長和族長還有林二老爺也被林泰業兄弟倆和司北分別送回了家，林泰華則被林方氏扶了回去。

後來林莫瑤聽說，林泰華回去之後，就跪在堂屋裡林老爺子的牌位前哭，哭了好久。

第二天，村長和族長一大早就來了林莫瑤家，瞧他們這迫不及待的樣子，林莫瑤就有些好笑。

昨天晚上，借著酒勁，這兩個加起來都一百多歲的人，開口求她帶著村裡的人一起發家致富，在林二老爺的勸說下，林莫瑤答應將立體式養殖的技術教給他們。

本以為這兩個人酒醒後估計就忘了，沒想到竟然還記得，而且還來得這麼早。

林莫瑤被堵在了家裡，沒辦法，只能將前一天晚上，熬夜寫出來的關於立體式養殖的小冊子，交給了兩人。

兩人對林莫瑤好一番感謝，高高興興地拿著冊子走了。

辦法她給了，至於後面該怎麼做，就不是她該操心的事。

接下來的幾天，林家眾人開始忙活收麥子，收完了麥子，又種了大豆和各種蔬菜，等到忙完地裡的活，林莫琪的及笄禮也到了。

古人對於女子的及笄禮本就看重，一些條件好的人家更是會大辦一場。

因為彭家的事，林氏和林劉氏心疼林莫琪，便準備大辦，反正現在家裡也不缺這個錢了。

賓客方面，除了林家村的人之外，林莫瑤還特意邀請蘇鴻博一家，孫超也一併跟著來了；讓林家意外的是，蘇洪安竟然也帶著妻女來了。

原本定下的正賓是林紹安夫子的夫人，可現在縣令夫人一來，這個正賓就落到她的頭上，畢竟在場的婦人，論地位，誰能越得過她？

縣令夫人也不扭捏，就從夫子夫人那裡接下了正賓的位置。

儀式開始，所有人都在觀禮，林莫瑤卻發現，原本站在人群裡的林紹遠不見了，找了一圈，才在自己的房裡找到林紹遠，今天的林家也就只有這個地方是沒人敢進來的。

「大哥？」林莫瑤推門進去的時候，林紹遠正坐在窗戶旁，看著外面發呆。

聽見林莫瑤的喊聲，林紹遠立刻坐正。

「大哥？你臉色很不好。」林莫瑤坐到林紹遠的對面說道。

勉強扯出一抹笑容，林紹遠說道：「我沒事。」雖然在笑，可那眼裡的失落卻怎麼也掩蓋不住。

林莫瑤知道他為什麼難過，卻不知該如何開口安慰？

「阿瑤，你們早就知道了吧？」林紹遠突然開口。

「什麼？」林莫瑤愣了一下。

林紹遠接道：「她是縣令千金。」

林莫瑤嘆了口氣，低聲安慰道：「大哥，機會是自己創造的，路也是自己走的，你如果喜歡蘇小姐，那就去爭取唄！」

了。

「呵……」林紹遠自嘲地笑了笑，說：「我只是個窮小子，怎麼配得上她？」

「啥？大哥喜歡蘇小姐？」林紹安不知什麼時候跑到兩人後面，聽見這話，直接就驚呆了。

林莫瑤被嚇了一跳，跳起來就要打他，訓道：「你進來不會敲門嗎？」

林紹安一邊躲，一邊說：「我看門開著，就妳和大哥，我就進來啦！」

林紹遠無奈地看著兩人打鬧。被他們這麼一鬧，他的心裡好像沒那麼煩悶了。

林莫瑤打夠了，兩人乾脆就一起坐在林紹遠的對面。

林紹安悄悄往外瞟了一眼，然後說道：「大哥，你既然喜歡蘇小姐，就去跟她說呀！」

林紹遠抬手敲了林紹安一下，苦笑道：「你懂什麼？」

林紹安揉了揉腦袋，說道：「我是不懂，但我知道，如果你不去試試的話，就一點機會都沒有，可你如果跟她說了，你至少還有一半的機會啊！」

這個道理林紹遠如何不懂？他嘆息道：「我只是個窮小子，她是縣令千金，身分擺在這裡，就算有那一半的機會又能怎麼樣？」

「這算什麼問題啊？大哥，你就放心大膽的去說，身分這種東西都是自己掙來的。你啊，就安安心心跟著阿瑤賺錢，我呢，就負責認真讀書，等我高中狀元，你就是狀元大哥了，這個身分的問題不就解決了嗎？」林紹安笑道。

林紹遠被弟弟的話逗笑了，說：「等你高中狀元，還不知道要等到什麼時候呢！不過，你的話大哥記住了。你們也別在這兒瞎操心，今天的事不許往外說，別壞了蘇小姐的名聲。」

林莫瑤和林紹安對視一眼。這是要去說，還是不去說啊？

林紹遠沒理會兩人，低著頭走出房門，朝著大門的方向拐了過去。

蘇安伶站在臺階上，看到林紹遠出來，眼睛就是一亮。本以為他會看過來，自己都已經準備好跟他打招呼了，可這人卻連看都沒看這邊一眼，直接走了，這讓蘇安伶有些受傷，因此後面的觀禮過程都有些興致缺缺。

後面的儀式林紹遠沒有參加，蘇安伶直到及笄禮結束也沒能再見到林紹遠，可是她一個姑娘家，也不好打聽一個大男人的行蹤，只能跟著父母離開了林家。

蘇安伶一走，林紹遠就出來了，林劉氏等人都沒問他去哪兒了。

第五十章　不能幫忙

及笄禮過後，林劉氏和林氏找了個機會，將彭家的事情跟林莫琪說了。沒有想像中的哭鬧，也沒有太多的驚訝，林莫琪表現十分平靜，平靜到林莫瑤都差點以為她這是因為刺激過度了。

不過，一番觀察下來之後，林莫瑤發現，是她想多了。

林莫琪一切正常，按照她的說法，這種人不嫁也罷，還沒成親就和別的女子不清不楚，即使這背後有再多的原因，也否定不了他是個見異思遷的男人，不用嫁給這樣的人，林莫琪自己也挺慶幸的。

林莫琪的反應讓林劉氏和林氏大大的鬆了一口氣。兩人還以為林莫琪會傷心難過，現在看來，是她們想多了。

蘇安伶後來又來過林莫瑤家幾次，有時候也會碰到林紹遠在家，不過，他只要一見到蘇安伶就躲，他越躲，蘇安伶就越想來。

後來，林紹遠乾脆就待在興州府，不怎麼回來了，蘇安伶來了幾次都撲了空，整個人鬱悶得不行。

她也不知道自己這段時間是怎麼了，林紹遠越躲著她，她就越想問清楚原因。

林莫瑤就看著蘇安伶和林紹遠兩個人玩捉迷藏。反正瞧蘇安伶那樣子，不像是不喜歡她大哥，這兩個人在一起也是遲早的事，她也就不用操心了。

現在，林莫瑤反倒被另外一件事情給纏上。

林莫瑤之前將立體式養殖方法交給村長和族長，兩人的手腕也是雷厲風行，現在，林家村的養殖場已經初具規模，不少其他的村子看著眼紅，卻又不好上門來直接討要，就去找了縣太爺。

蘇洪安被他們纏得實在沒辦法，就來找林莫瑤，想讓林莫瑤也帶帶其他村子。

本以為林莫瑤之前答應帶林家村答應得那麼爽快，這個要求應該也不難辦，沒想到，林莫瑤卻直接拒絕了。

這一拒絕，讓蘇洪安陷入了被動，天天被轄區裡其他幾個村子的村長吵得頭疼，即使知道工作和生活要分開，可一天天的被纏著，煩了也難免會將情緒帶回家。

蘇安伶在家受不了蘇洪安總是愁眉苦臉的，乾脆帶著巧兒，直奔林莫瑤家。

「阿瑤，妳乾脆就答應我爹吧，現在一天天的，看見他愁成那樣，我都快跟著愁死了。」

林莫瑤知道她說的是什麼事，可不行就是不行。

蘇安伶嘆息一聲，繼續道：「妳也別怪我爹總來煩妳，他其實也沒辦法，主要是那幾個村長逼得他太緊了。」

其實，蘇安伶自己也挺好奇林莫瑤為什麼拒絕？難道真的只是因為林家村是她自己的村子所以才幫，其他村子就不幫了？

那些村長說林莫瑤自私，說林家村只顧自己，可蘇安伶相信，林莫瑤不是那樣的人，她這麼做，肯定有原因。

林莫瑤知道，今天若是不能給蘇安伶一個滿意的答案，這件事情只會沒完沒了。嘆息一聲，林莫瑤這才將這幾天壓抑在心裡的話給說了出來。「其實，並不是我不想幫忙，也不是我不肯，而是我不能。」

「不能？什麼意思？」

林莫瑤索性趴在桌子上，開口道：「現在只有林家村一個養殖場，市場不會出現競爭和飽和，若是其他村子也跟著蓋上養殖場，可銷路卻是固定的那些地方，到時候市場飽和，那些商人會乘機把價格往下壓，這樣一來，到最後本錢都有可能收不回來。

「而且，市場飽和之後，東西就得積壓，這養殖場裡的雞鴨魚肉可不像其他東西那樣好保存。妳看啊，魚如果賣不掉，就會一直留在魚塘裡，大魚吃小魚，小魚吃魚卵，大魚賣不掉，小魚也就沒了；雞蛋賣不掉，要不了多久就會壞了；還有那些雞鴨豬肉等等。妳想想，如果所有的村子都辦養殖場，這些東西該有多氾濫，到時候，還有人會花錢買嗎？」

蘇安伶雖然不知道什麼是市場飽和，可一想到發展成林莫瑤所說的那樣，她就不由自主地打了個寒顫，喃喃道：「沒這麼誇張吧？」

林莫瑤道：「一年、兩年是不會，可是時間長了，就一定會變成這樣。」
「那我們可以賣到其他地方去啊！」蘇安伶說道。
林莫瑤繼續苦笑，回道：「這一點我不是沒有想過，可是妳想，若是運到別的地方去，出了興州府，甚至更遠，這一路上該如何運送？這魚離了水可就活不成，難不成一輛馬車拉著一桶水，裡面放上幾條魚？那這麼一大個魚塘的魚，需要多少人力、物力、馬車？還有，這雞鴨肉每個地方都會有當地的人自己家養，誰需要你大老遠勞師動眾地運送過去呢？成本高了，價格又被壓低，還能賺錢嗎？那我們當初建這個養殖場幹什麼？」
蘇安伶不說話了。若真是這樣，這件事她爹就得好好考慮了。
林莫瑤看著她，心中嘆息。只希望蘇洪安聽了這些話之後，不要再鑽牛角尖了。她乘機又道：「如今快到九月，妳告訴蘇大人，與其將目光放在養殖場上，還不如趕緊考慮考慮冬小麥的事，糧食才是根本。」
蘇安伶點頭，帶著人走了。
蘇安伶回了縣衙，第一時間就將自己和林莫瑤的談話告訴了蘇洪安。
蘇洪安是聰明人，只稍稍想一想就知道其中的利害關係，當即就作了決定。
後來，那幾個村長再上門的時候，蘇洪安直接將這番言論潤色一番，將其回絕了。
可這些人還是覺得林家村的人自私、蘇洪安偏頗。

蘇洪安多說無益，只能讓他們將目光放在小麥身上。

幾人卻嗤笑，略帶鄙夷地說道：「大人，這老祖宗留下來的東西，豈能輕易說改變就改變？這林家村的人冬天種出了麥子，那只能說他們運氣好，沒有碰上惡劣的天氣，誰能保證今年的冬天會和去年一樣呢？」

蘇洪安氣他們不知好歹，卻又無可奈何。既然他們不願，自己也不能硬逼他們跟著種，無奈之下，蘇洪安只能下令，願意跟著種的人就去林家村學習種植之法，不願意的，他也不勉強。

和蘇洪安的無奈不同，林莫瑤這幾天的心情特別好。

前去京城的司南回來了，還給她帶回赫連軒逸的信。這次的信裡，赫連軒逸不光誇獎了她的能幹，還坦白了自己的身分。至於為什麼會在這個時候向林莫瑤坦白身分，也是有原因的。

林家冬小麥種植成功，林莫瑤就想跟赫連軒逸分享這個喜悅，因此讓司南送信的時候，還將記載了種植技術的冊子和一袋新麥，送到京城。

赫連軒逸雖說身分高貴，可也不是五穀不分，當即拿著這些東西，去找了自己的好友——太子李賦和太子太傅沈德瑞的長子沈康平。

作為儲君，李賦看到冊子和小麥後就知道了這兩樣東西的重要性，當即詢問來源，赫連軒逸不好隱瞞，就說了林家之事。

知道李賦定會派人調查，赫連軒逸便將林莫瑤母女和杜忠國的關係也說了，這讓從前就看不上杜忠國的沈太傅和太子，更加瞧不起他了。

將冊子交給李賦之後，赫連軒逸也轉達了林莫瑤的顧慮——這冬小麥現在才種了一季，能否成功尚不得而知，暫時還不宜聲張。李賦就將東西交給心腹，悄悄在京郊買了個莊子，照著冊子上所寫，在京城也開始試著種植。

放下信，林莫瑤沈默了許久。重生一次，她不會再犯同樣的錯誤，李賦這人，為人謙恭孝順、心繫百姓、能力出眾，乃是眾望所歸，前世若不是她的出現，插了一手，當時登上皇位的，只會是李賦。

今生劇情重新來過，登上皇位的，也只能是李賦了。

林莫瑤給赫連軒逸回信，首先表示了一下自己知道他身分的震驚，隨後又表明心跡。不論赫連軒逸是什麼身分，她都認定他了，而且，自己也會努力，以配得上赫連軒逸。

除此之外，林莫瑤又詳細地說明小麥種植上，一些特別需要注意的細節，滿滿地寫了三、四張紙，最後才跟赫連軒逸說起另外一件事。

文州的氣候和地質都不適合種冬小麥，赫連軒逸讓她整理一份冊子送到文州的事，她只能拒絕了；不過，她會另外想辦法，幫到自己這個未來的公公。

第二天，林莫瑤將寫好的信交給了司北，讓他到鎮上找到驛站的人，趕緊給赫連軒逸送去；而後又叫來了司南，交代他現在去文州找到赫連將軍，把她之前跟赫連軒逸解釋的文州不適合種冬麥的那番話，轉告給赫連將軍。

司南回來之前，已被赫連軒逸告知過，是以並不意外；司北則滿臉驚悚地看著林莫瑤，驚訝道：「二小姐，您都知道了？」

林莫瑤點頭。

司北就更好奇了，問：「二小姐，您就一點都不意外嗎？」

「意外啊，不過這都意外了一整天，總該意外完了吧？」林莫瑤說道，看司北還不動，就問：「不是讓你去送信嗎，怎麼還不去？」

眼看自家哥哥要動手了，司北縮了縮腦袋，道：「好好好，我這就走！」

司北離開後，林莫瑤才叮囑司南，道：「一定要跟將軍解釋清楚，不是我不幫他，而是文州的氣候實在不適合。我會繼續想辦法，一定能想出一個可以幫到將軍和文州百姓的辦法。」

司南知道林莫瑤這話不是說說而已，想到那些將士和百姓，司南第一次對林莫瑤行了軍禮，道：「司南替將軍多謝二小姐。」

「你太見外了。」林莫瑤輕笑，說：「快去吧，早去早回。」

送走了兄弟倆，林莫瑤突然想到，如今她和赫連軒逸算是坦誠相見了，而且，她今天讓司南送去文州的信，也算是將自己暴露在赫連將軍的面前，以大將軍的脾氣，一定會讓司南把她和赫連軒逸的事情交代清楚的。

事到如今，林莫瑤也得好好考慮一下了。司南、司北總不能一直跟在她的身邊，這兩人雖說是赫連軒逸的侍衛，可也是軍人，讓他們跟在自己身邊有些大材小用；而且，自己過了年就十一，兩個大小夥子總跟著，也不方便。

是時候給自己培養心腹了。

得知林莫瑤要買婢女的時候，林氏和林莫琪都有些意外。

「家裡不是有王嬸和採蓮了嗎？再說還有司南、司北和蘇力父子倆，怎麼還要買人啊？」林氏皺眉問道，其實內心裡，她還是有些不大適應。

林莫瑤就說道：「我不是為了我自己。現在蘇姊姊除了到咱家來玩，有時候也會邀請我和姊姊去縣城做客，縣城那些小姐們，誰的身邊沒跟著個把伺候的人？每次姊姊去都是孤身一人，什麼事都要自己親力親為，難免顯得有些格格不入。娘，您也不想姊姊被人嘲笑吧？」

「這當然了，我的女兒哪裡比她們差了，憑什麼被她們看不起？」林氏說道。

林莫瑤就知道，只要涉及兩個女兒，林氏是一點底線和原則都沒有，於是繼續道：「而且我都十歲了，總不能讓司南和司北天天跟著我跑吧？您還要不要您姑娘嫁人了？」

這句話就像壓倒林氏的最後一根稻草，她想也不想的就答應了，而且還催促林莫瑤明天趕緊去，早點把人買回來。

第五十一章　買人

第二天一早，司北就直接駕了馬車，帶著林莫瑤和林莫琪奔向縣城。按照林莫瑤的意思，先到縣城的牙行看一下有沒有適合的，沒有就直接去興州府，府城那麼大，總能挑到滿意的。

這一次，林莫瑤是絕不可能讓心懷鬼胎、心術不正的人出現在自己身邊。

到了縣城的牙行之後，才發現這裡能讓他們挑選的婢女不過十來個人，且相對林莫瑤和林莫琪，年齡都稍大了。按照林莫瑤的想法，她是想要個年紀和她們差不多的。於是，趁著時間還早，三人直接奔著興州府去。

三人對興州府也不大熟悉，乾脆先去了蘇家，蘇夫人聽說兩人要買婢女，便叫來管家，讓他安排。蘇家有熟悉的牙行，辦起事來也方便。

管家帶路，幾人很快就到了一家看起來頗具規模的牙行門口，這個地方遠離街道中心，環境還算安靜。

「二位小姐，這裡就是和我們蘇家一直有來往的牙行了。掌櫃的姓金，口碑在咱們興州府是相當不錯的，經他家手的土地、莊子，都是一等一，價格還公道。另外，從他們這裡出來的僕人，都是經過訓練、教過規矩的。」還沒進門，管家就把這家牙行的情況稍微說了一下。

四人剛剛進門，就有夥計迎了出來，見到是蘇家的管家，立刻就去找掌櫃了。

不過一會兒工夫，一個中年男人就站到幾人面前，笑道：「蘇大管家來了，金某有失遠迎啊！」

蘇管家連忙回了個禮，笑道：「又來麻煩金掌櫃了。」

金掌櫃擺擺手，道：「這是什麼話？有金某能幫得上忙的地方儘管開口！」

蘇管家點了點頭，指著林莫瑤姊妹倆，說道：「金掌櫃，這兩位小姐是我家老爺的貴客，今天過來，是想帶兩位小姐挑兩個婢女的，煩請金掌櫃幫著挑兩個老實本分、能幹事的。」

金掌打量了一番姊妹倆，點頭說：「好說，不知兩位小姐可有什麼要求？」

林莫瑤想了想，說道：「年紀不能太大，跟我二人差不多就行。要老實本分、能吃苦的，最好識字，女紅也要會一些，懂規矩的。」

金掌櫃挑了挑眉，笑道：「小姐這要求可不算低啊！」

林莫瑤回以一笑，回視他，道：「金掌櫃就說有沒有吧。」

二人目光相對，林莫瑤卻絲毫沒有退縮之色，這讓金掌櫃對面前這個小姑娘很是好奇。

「呵呵，不是我老金誇海口，小姐這樣的要求，找遍整個興州府，怕是只有我這裡能找到妳要的人了。」

林莫瑤微微一笑，道：「那就請金掌櫃帶我們去看看吧。」

「好。」金掌櫃側身說：「兩位小姐請。」

穿過後門，是個寬敞的院子，入目之處有不少人正在幹活，見到他們進來，都紛紛停了下來，規矩地候在一旁。

樓梯旁邊放了張躺椅，上面躺了個人，正閉著眼睛曬著太陽、搖著躺椅，好不舒服。

金掌櫃看林莫瑤看向那人，尷尬地咳嗽了兩聲。

躺著的人聽見咳嗽聲，一睜眼，就看見金掌櫃帶著林莫瑤幾人站在門口，連忙爬了起來，整了整衣服，恭敬道：「掌櫃的。」

金掌櫃冷聲道：「帶我們到後院去。」

「是，掌櫃的和兩位小姐請隨小人來。」這人開口領著幾人就往後面去。

隨著金掌櫃開口，讓那人帶她們到後院去之後，剛才院子裡停下動作觀望的人，紛紛露出失望的神情，隨即又恢復之前的模樣，自己該做什麼就做什麼去了。

金掌櫃走在前面，低聲解釋道：「前院住的都是幹雜活的。」

林莫瑤了然，繼續往前走。

穿過長廊，幾人來到一個院門口，那領路的人立刻掏出鑰匙，打開了鎖，恭敬道：「掌櫃的、二位小姐，裡面請。」

金掌櫃衝他點了點頭，這才率先邁出步子走了進去，林莫瑤姊妹倆跟上，司北最後，而剛才帶他們過來的那人則留在了門口。

「那人是負責前院的，後院有專門負責的人。」金掌櫃的聲音再度在耳邊響起。

林莫瑤這才重新打量眼前的這個院子。

不多久，一個富態的女人朝著她們快步走來，在金掌櫃面前停下，行禮道：「掌櫃。」

金掌櫃點點頭，對來人說道：「何嬸，這二位小姐想挑兩個婢女，妳讓院子裡識字的都到這裡來集合吧。」

被稱為何嬸的女人點了點頭，隨即轉身對著院子裡大喊了一聲，不一會兒，院子裡就站了好幾個人。

「東家，院子裡識字的姑娘都在這兒了。」何嬸回報道。

林莫瑤低聲道：「讓她們十八歲以上的先到一旁候著吧。」

何嬸照著她的話複述，人群中走出來四個少女，站到了一旁，乖乖地低著頭，也不到處張望，林莫瑤很滿意。

林莫瑤掃了那四人一眼，隨即又道：「會女紅、廚藝、能吃苦的留下，其他的，妳讓她們散了吧。」

何嬸點頭應是，隨即照著林莫瑤的吩咐又說了一遍，這次，離開了七、八個人，剩下六個人站在院子中間。

「把頭抬起來。」林莫瑤淡淡道。

六人抬頭，林莫瑤這才看清幾人的長相，在林莫瑤姊妹打量六人的同時，站在院子裡的六人也在打量林莫瑤姊妹倆。

「姊，妳喜歡哪一個？」林莫瑤看了一圈，低聲問旁邊的林莫琪。

林莫琪又仔細地打量了六人，最後將視線停留在左起第二個女孩子的身上，抬起手，指向了那個身穿綠色衣服的少女，笑道：「就她吧！」

林莫瑤順著她的手看過去，正是自己之前多打量了幾眼的綠衣少女。此人樣貌清秀，看著和林莫琪年紀相仿，而且站姿筆直，自從林莫瑤喊她們抬頭之後，只有一開始看到她和林莫琪時的詫異，隨後便一直目不斜視地站在那裡，一副沒有吩咐便不會動的模樣。

林莫瑤點點頭，對身旁的何嬸交代了兩句。

何嬸立刻開口道：「綠素，妳先到旁邊去吧。」

綠衣少女行禮，恭敬地退到了那四人身旁。

林莫瑤的視線在幾人身上來來回回的看著，最後，停在一開始看到她時有些緊張的少女身上，問道：「妳叫什麼名字？」

被點名的少女臉上閃過一抹驚喜，隨即連忙甩開旁邊那個姑娘的手，站直了身子，然後規矩地對林莫瑤行了個禮，回道：「奴婢畫兒。」

林莫瑤看著她，眉頭微不可見地皺了皺。她們兩人一直站在一起，看得出來，畫兒很依賴身旁的少女，可被自己點名之後，畫兒立刻甩開那姑娘的手，這讓林莫瑤有些不喜。

林莫瑤又看向畫兒身邊的少女，問道：「妳叫什麼？」

被點名的少女一愣，恭敬地福身，道：「奴婢紫苑。」

林莫瑤點點頭，隨即指了指紫苑和一開始被叫到旁邊去的綠素，對何嬸說道：「她們倆留下，其他人都散了吧。」

隨著林莫瑤的話音落下，另外幾個少女略帶失望地回了自己的屋子。

倒是畫兒，在聽見這話的一瞬間，抬起頭，滿臉不可思議地看向了林莫瑤。她以為，林莫瑤會選她的。

林莫瑤對她的目光視若無睹，自顧自的和旁邊的林莫琪說著話；而另外一邊，何嬸已經在催促她們離開了。

畫兒最後又看了一眼林莫瑤，一把甩開旁邊紫苑伸過來的手，直接走了。

隨著她離開，林莫瑤嘴角浮起一絲冷笑。真當她好騙嗎？就在先前，林莫瑤看到畫兒不著痕跡地甩開紫苑的手之後，對她的印象就變得不好了，直到後來，林莫瑤開口詢問紫苑時，雖說目光在紫苑身上，可餘光卻是一直注意著畫兒的動靜。

她可沒錯過在她詢問紫苑時，畫兒眼中那一閃而逝的不平和怒意。這樣的人若是留在身邊，以後指不定會給自己帶來多少麻煩！

林莫瑤看著恭敬站著的兩人，說：「妳們去收拾一下東西，待會兒就跟我們走吧。」

「是。」綠素和紫苑恭敬行禮，退了下去。

二人一走，林莫瑤這才重新把旁邊候著的四人叫了回來，挨個兒地仔細打量起她們。

「阿瑤，妳讓她們留下是要……」林莫琪好奇地問了一句。

林莫瑤低聲回道：「我想找個人陪著娘，沒事的時候還能和她說說話。」

林莫琪了然地點了點頭。

林莫瑤的目光掃過四人，發現其中一人是做婦人裝扮，便好奇地問了一句。「妳嫁人了？」

被點名的女子行禮回道：「回小姐話，奴婢嫁過人。」說起這個，年輕婦人似乎想到了什麼，眼神有些哀傷。

一旁的何嬸解釋道：「她本家姓木，夫家姓雷，是個好賭之人，木氏爹娘貪圖錢財，把她嫁給了雷石，成親沒兩年，這雷石在外欠了賭債，就直接把她給賣了。也多虧是到了咱們掌櫃手裡，若是落到別處，像木氏這樣嫁過人的，是要直接送到窯子裡去的。」何嬸說完又覺得有些不妥，她怎麼能跟一個小姑娘提起這些？連忙搧了自己一巴掌，說：「是奴婢嘴拙，說了這些腌臢話，污了小姐耳朵。」

林莫瑤笑道：「何嬸不必在意，這沒什麼。」說完，林莫瑤看向木氏，問道：「說說看，妳會什麼？」

木氏回道：「奴婢的兄長讀過書，奴婢也跟著學了一段時間，女紅、繡活奴婢都會，家裡的活計也都會幹，還會做飯。」

林莫瑤想了想，又問道：「會種地嗎？」

林莫瑤這話問出來，除了蘇管家，其他幾人都有些意外。

壓下心中的驚異，木氏回道：「奴婢在娘家時就幫著家裡種地的，嫁人之後，地裡的活計也都是奴婢一人操持。」

林莫瑤點點頭，這才扭頭對旁邊的何嬸和金掌櫃說道：「我們挑好了，就她們三人吧。」

何嬸點點頭，這才笑呵呵地交代木氏回去收東西，隨即將林莫瑤一行人送到後院的門邊，而之前那個帶他們進來的人也還等在那裡。人選完了，幾人便直接回了前面的門院裡。

「金掌櫃，多少錢？」儘管林莫瑤再不願意開口，卻還是問出了這個萬惡的問題。

金掌櫃笑了笑，道：「看在蘇管家的面子上，零頭我就幫小姐抹掉了。三個人，小姐直接給一百貫吧。」

林莫瑤不為所動。

金掌櫃見她不說話，還以為林莫瑤是嫌貴了，連忙笑著說道：「小姐有所不知，這識字的奴婢本身價格就貴些，而且小姐挑的這三人不但識字，還手腳麻利，幹活都是一把手，女紅、廚藝樣樣都會，木氏價格低些，也要二十貫，紫苑和綠素一個最少也要四十貫了。畢竟，我培養她們這麼長時間，也是要本錢的不是？」

林莫瑤扭頭對身後的司北淡淡說道：「錢給他。」

司北直接拿了一個十兩重的金子遞給金掌櫃。

這一會兒的工夫，三人便在何嬸的帶領下出來了，金掌櫃同時也將三人的賣身契交給林莫瑤。

紫苑看著林莫瑤，似乎有話要說。

林莫瑤奇怪地看了她一眼，問道：「妳還有事？」

紫苑似乎下了很大的勇氣，撲通一聲跪在了地上，磕頭道：「小姐，紫苑想跟小姐求個恩典！」

金掌櫃和何嬸見狀，很不高興，喝斥道：「紫苑，做下人要有做下人的本分！」這還沒離開牙行呢，就敢跟主子求恩典，不知道的還以為他們牙行教出來的人不懂規矩呢！

林莫瑤擺擺手，問：「妳說。」事出總有因，如果這個紫苑不是個安分的，那她大不了換一個就是。

紫苑鬆了一口氣，又磕了一個頭才說道：「小姐，奴婢有個姨母，也在金掌櫃這裡，奴婢想求小姐，能不能帶上我姨母？她雖然有些年紀，可是身體硬朗，沒有任何病痛，手腳也勤快，粗活、重活都能幹的！奴婢在這個世上就剩這一個親人，求小姐帶上奴婢的姨母吧！」說完，紫苑重重地在地上又磕了三個頭。

林莫瑤聽了都替她疼，不過，紫苑這個樣子倒是讓林莫瑤另眼相看了。心中有孝之人，人品必然不會差。林莫瑤看向何嬸。

何嬸臉色有些尷尬，說：「紫苑是有一個姨母，住在前院，是個粗使婆子，年紀不算太大，手腳也麻利，就是……」

林莫瑤眉頭輕蹙，問道：「就是什麼？」

何嬸尷尬一笑，道：「大家都說這黃氏命硬，剋夫剋子，去了姊姊家投奔，卻連姊姊一家人都給剋死了。」

紫苑一聽，立即急了，說道：「不是的！小姐，奴婢的姨父天生就有病，表哥生下來時也帶上了那病，因為這個，他們倆才死的。我爹娘和哥哥、弟弟也不是被姨母剋死，他們都是因為得了瘟疫。若不是姨母帶著奴婢逃出來，奴婢恐怕也活不下去了……」說著，紫苑竟然直接哭了起來。

林莫瑤大概知道了事情的始末，便問道：「她那個姨母在哪兒？」

何嬸回道：「就在前院，剛才我帶紫苑出來的時候，她在門口那裡看了好久，還叮囑紫苑到了主家要安分守己、伺候好主子呢！」同為女人，何嬸也忍不住替黃氏說了兩句好話。

林莫瑤和林莫琪商量了一下後，說：「妳去把人帶來吧。」

「誒，好，奴婢這就去！」何嬸笑著找前院負責的人去了。

看著何嬸離開，金掌櫃倒是意外地看了林莫瑤一眼，笑道：「小姐是個心善的，紫苑跟了小姐，也是她的福氣了。」

金掌櫃說完，跪在地上的紫苑又哭又笑地連連磕頭，激動道：「謝謝小姐！」

林莫瑤真怕她把腦袋給磕壞，笑道：「妳先起來吧，待會兒把頭磕破了，我還得請大夫給妳看呢！」

紫苑不哭了，立刻爬了起來，抽抽噎噎地站在綠素旁邊。

林莫瑤又給了黃氏的錢，這才帶著幾人出了金掌櫃的牙行，回蘇家和蘇鴻博、蘇夫人打了聲招呼，就出發回林家村。

路上詢問才知道，原來當初黃氏為了能讓紫苑活下來，把自己賣給了金掌櫃，金掌櫃不但買了她，還收留了紫苑，花錢替紫苑看好了病。

紫苑本可以離開，卻不捨得姨母孤苦伶仃，乾脆就自賣給了金掌櫃，兩人相依為命。

林莫瑤聽完了這些過往，心中想著，這金掌櫃倒是個有道義的人。

林莫瑤乘機又跟幾人說了一下家裡的情況。到了縣城，林莫瑤掀開簾子，和司北耳語了一陣，司北立刻駕著馬車進了縣城。

到了布莊門口，林莫瑤對幾人說道：「妳們每人挑一疋布吧。本來想帶妳們去成衣鋪子的，但是想到妳們都會自己做衣服，便直接帶妳們來了布莊。」

幾人心下感動，只是她們今天已經讓小姐破費不少，不敢再多要，因此所有人總共只拿了兩疋普通的布料。

林莫瑤看了一眼，自己作主，又去挑了兩疋顏色鮮亮的布料過來，這才說道：「快入秋了，天氣只會越來越冷，妳們這麼多人，兩疋怎麼夠？」說完也不管她們，直接付了錢帶著她們離開。

也不知是不是巧合，馬車從街上駛過的時候，竟然碰到彭子航和周倩倩，周倩倩頭上已經梳了婦人的髮髻。林莫琪只是略微掃了幾眼，就將簾子放下，嘆了口氣。

「姊……」林莫瑤擔心地喊了一聲。

林莫琪回以一笑，道：「我沒事，只是有些感慨而已。走吧，回家。」

第五十二章　開作坊

一進九月，家家戶戶就開始忙活種麥子的事，林紹遠跟師父請了幾天假回來幫忙。正好蘇洪安帶著蘇安伶來察看麥子種植的情況，這下，林紹遠避無可避，被蘇安伶逮了個正著。

林莫瑤答應過蘇安伶，要幫她問清楚林紹遠為什麼要躲她的，今天難得有機會，就把林紹遠叫到魚塘旁邊的涼亭裡，蘇安伶早早的便等在那裡。

林莫瑤帶著司北站得遠遠的，聽不見他們說話，但看兩人的表情，好像聊得不大愉快。

「二小姐，您不過去看看嗎？」司北問道。

林莫瑤搖了搖頭。蘇安伶瞧著不像是不喜歡林紹遠，兩人的事情還是讓他們自己解決吧！

林莫瑤不知道兩人到底談了些什麼，只是蘇安伶走的時候看著很傷心，不論林莫瑤怎麼問，她都不肯說。

林莫瑤又去問了林紹遠，林紹遠也是一臉的鬱色，一句話不說，到後面，連家裡的地都不種，躲回了興州府。

從那次以後，蘇安伶就很少再來林家。

自從麥子下了種，林家村的人心都是懸著的，直到看見地裡冒出了新苗，這才稍稍鬆了口氣。

十月底開始，陸陸續續有人來林家村收魚和雞蛋、鴨蛋；另外，豬圈的豬也是一頭頭養得肥肥的，就等著買家來拉走。

村裡魚塘的魚，雖說沒有林莫瑤家養的那麼大，但比起一般河裡撈上來的，已經是占了優勢，按照市價，村長也採了林莫瑤的售出方式，取中間價，十二文一斤，不挑種類，打到什麼就是什麼。雖說有人對這個價格不滿意，但多數的人還是願意買，一時間林家村人來車往的。

有心思活泛的，就開始在去養殖場的必經之路擺個小攤子，賣些自己家的新鮮瓜果蔬菜。能到養殖場買雞鴨魚肉的，自然都是城裡開酒樓飯館的人，看到這些瓜果蔬菜好的，也就一併拉走了。一時間，除了養殖場的收入，各家各戶的蔬果也賣了不少錢。

其他村子的人只能羨慕地看著這一切，特別是那幾個當初被蘇洪安拒絕過的村長，更是氣得不行。

村裡的熱鬧一直持續到臘月，蘇鴻博和孫超的人也在臘月十五之前，拉走了年前的最後一批貨。

送走了蘇家和孫家的人，林莫瑤大大地鬆了一口氣。忙碌的一年過去了，她的荷包又鼓了一些。

「走，回家。」林莫瑤緊了緊身上的披風，招呼身後的紫苑跟上，兩人一前一後朝著林家走去。

如今身邊有了紫苑，林莫瑤就很少讓司南和司北跟著了。

一進門就聽見林氏和林方氏的聲音，扭頭一看，兩人正在存放雞蛋的倉庫裡。自從之前雞蛋的庫房被盜之後，林家就把庫房搬到林莫瑤家的倒座。

林莫瑤好奇兩人在說什麼，就走了過去。

「娘、大舅母，妳們在這兒幹什麼？」林莫瑤問。

林氏看了她一眼，嘆息道：「現在咱們家雞棚那邊的雞蛋，每天都能有兩百多個，雖然蘇大官人和孫大官人的酒樓會用到一些，但是隨著數量越來越多，也不是辦法啊！這雞蛋雖說放在米裡能保鮮一段時間，但也不是長久之計，我和妳舅母在商量，這多出來的雞蛋，是不是重新想個辦法處理一下？」

林莫瑤一看，倉庫裡果然還剩了不少的雞蛋，怎麼也得有七、八百的樣子。

「那你們想到了嗎？」林莫瑤問了一句。

兩人嘆息一聲，說：「沒呢。」

林莫瑤眼珠子轉了轉，道：「要不，咱們把這些雞蛋和鴨蛋都醃製成鹹蛋？」

林氏看了她一眼，說：「鴨蛋好辦，醃了鹹鴨蛋，那雞蛋呢，雞蛋怎麼辦？還有，鹽現在可是官府在賣，每家每戶都定量的，妳拿什麼醃？」

林莫瑤眉頭一皺。這時代鹽田不多，所以朝廷一直以來都是把鹽抓在自己手裡。她考慮了許久後，說道：「要不，我去問問蘇大人吧？」蘇洪安現在是縣令，找他幫忙買點鹽應該沒問題吧？

林氏和林方氏對視了一眼。她們倒是忘了，現在他們家和縣令可是認識的，買點鹽還不好辦嗎？

只是這鴨蛋的問題解決了，雞蛋怎麼辦？

林莫瑤想了想，說：「我們可以把雞蛋做成松花蛋。」好聽點叫松花蛋，一般叫法就是皮蛋。這玩意兒看著不怎麼好看，可味道還是很不錯的。

「阿瑤，什麼是松花蛋？」兩人同問。

林莫瑤一呆，想了想就說：「呃……也是一種吃的蛋。這樣吧，我過幾天就做幾個給你們嚐嚐。」

兩人一聽，就不好再追問了。林莫瑤讓她們等，那她們就等等看吧！

既然打定了主意要做鹹鴨蛋和松花蛋，林莫瑤隔天就讓司南駕了馬車，帶著紫苑直奔縣衙找蘇洪安去。

先把鹽買了，把鹹鴨蛋醃上，然後再去找醃製松花蛋要用的東西。

林莫瑤去了縣衙，找了蘇洪安說明來意。

蘇洪安考慮了許久。一個月兩百斤的鹽，這個他不是不能作主賣給林莫瑤，只是，現在許多人都說他偏頗林家村，若是這次他毫不猶豫的直接答應這個要求，以後再面對那些心有不甘的村子，怕是連說都說不清了。

「一個月兩百斤，我不是不能賣給妳，但我有個條件。」蘇洪安說道。

林莫瑤眉頭輕蹙，心中猜測蘇洪安提出的條件是什麼。若再提養殖場的事，林莫瑤就得考慮還要不要醃這個鹹鴨蛋了。

「大人先說來聽聽。」林莫瑤並沒有把話說死。

蘇洪安繼續道：「其實也不是什麼難事。妳既然要開作坊，那妳自己家那點鴨蛋肯定不夠，我的要求也不高，如果其他村子有人拿蛋來賣，妳不能拒之門外，就當幫幫大家的忙了。」

林莫瑤微微蹙眉，思考這件事的可行性。

「怎麼，不行嗎？」蘇洪安問。

「收大家的雞蛋和鴨蛋這個沒問題，但若是量大了，鹽不夠怎麼辦？」林莫瑤說。

蘇洪安毫不猶豫地開口。「如果是這樣的話，妳大可來找本官，本官再賣妳鹽就是了。」

「一言為定。」

鹽的事情解決了，接下來就是跟家裡人商量一下作坊的事情；另外，還得把松花蛋的事跟他們一起說了。

三人回了林家，林莫瑤就召開緊急會議，還把林泰華和林二老爺兩家一起叫上了。

村裡建養殖場的時候，林莫瑤攔著這兩家不讓他們參與，本就是為了另外給兩家找條營生的路，現在，他們可以三家合開作坊了。

等人都到齊，林莫瑤就把自己的打算和作坊的規劃跟兩家人說了說，末了，林莫瑤把自己準備將作坊一分為三的打算也一併說了。

林泰華一家倒是沒什麼意見，他們跟著林莫瑤幹也不是一天、兩天了，若是開作坊，家裡倒是還能拿出點錢來投資。

林二老爺家現在也有了一些積蓄，三家人合謀了一下，最後按照林泰華和林二老爺家各占兩成、林莫瑤占六成的方式來分紅。

「老大，去拿紙筆來。」林二老爺對林泰華開口。

「喔，好。」雖不知林二老爺要做什麼，但林泰華還是去了林紹安的房間拿了紙筆出來。

林二老爺等他回來，這才說道：「既然作坊要開，咱們也得說好了，這帳就得做起來，一是一，二是二，就算是一家人也不許糊弄，別到時候為了這點蠅頭小利，傷了一家人的感情。」

「是這個理。」眾人附和。

林二老爺又道：「阿遠跟著蘇掌櫃學了這麼長時間，這帳上和生意上的事就交給他，其他人，有力出力，沒力的就跑跑腿什麼的。」

林泰華夫妻倆一聽要讓林紹遠管帳，本想開口讓二房也出個人一起，可想想還是不說了。以他二叔的脾氣，要是說了這話準要挨罵。

說定了這些，林二老爺就將紙筆推到了林泰華的面前，說：「老大，你來寫三份合約，咱們三家該怎麼分，白紙黑字寫上。」

林氏一呆，脫口而出。「二叔，這就不用了吧？一家人還要寫合約，多傷感情啊！」

林二老爺一擺手，道：「這事聽我的，老大，寫！」

林泰華看了看林劉氏，見她點頭，就開始下筆寫了三份合約放到桌上。

林二老爺開口說：「咱們今天把這個合約簽了，就算以後我們幾個老東西不在，你們這些小的，包括以後的子子孫孫，都得按照合約上的來，誰家也不許鬧、不許多要。」

林劉氏這才恍然大悟，明白為什麼林二老爺堅持要立合約了。

他們現在和林莫瑤的關係是好，兩家的情分也還在，合作開個作坊倒是沒什麼，口頭約定分多少，也不會有人有異議，可他們現在會如此，若以後他們死了呢？幾個孩子長大了以後呢？誰又能保證家裡的後輩以後能像自己一樣，和林莫瑤家如此相處？

想明白這些，林劉氏點頭了，說：「聽你們二叔的。」

林二老爺點點頭，看向林劉氏說：「大嫂，這合約就放妳這裡保管吧。」

「嗯，這東西我會好好收好的。」林劉氏接過合約，收了起來。

林莫瑤明白了，林二老爺簽訂這個合約，不光是用來約束他們，更多的，是想用這份合約來約束他們的後輩，以免將來利益惑人心。

簽完了合約，三家合作開作坊的事情也算是徹底定下來。只是，眼看還有半個月就過年，有天大的事也得等過完年再說——當然，有一些準備是現在就能做的。

「大舅，您知道興州府什麼地方能買到石灰嗎？」林莫瑤想到醃製皮蛋最重要的一項材料，便開口問林泰華。

林泰華想了想，道：「我倒是知道有兩個地方有賣，就是之前妳家蓋房子的時候，買青磚的那兩家。阿瑤，妳要這東西幹什麼？」

林莫瑤搖搖頭，沒有告訴幾人她找石灰是要用來醃製皮蛋，只說有用，讓林泰華找時間去多買點回來，先放到家裡備用。

林泰華見林莫瑤不願多說，也就不問了。反正林莫瑤交代他去買，那他就去買，好在現在雖然燒石灰的人少，可也不是買不到。

除了石灰，還需要鹼，現在沒有純鹼，而興州府又沒有含鹼量高的內湖，沒辦法，只能用草木灰了。

另外，林二老爺提到合約的事也提醒了林莫瑤，她得抽空去找一趟蘇洪安，最好也簽個合約，免得到時生變。

林家村今年的新年過得很是熱鬧，為了慶祝，村長召集大家，大年初一那天在祠堂門口吃一頓流水席。全村的人都來了，養殖場的分紅讓大家的日子都舒心了不少，誰也不吝嗇在這天拿點好東西出來，這也算是林家村這麼多年來，吃過最好、最豐盛的一頓年飯了。

除此之外，讓村民們更高興的，就是地裡的冬小麥成功熬過寒冬，除了極少部分凍死的，大多數都活了；而林泰華和林二老爺、林春生三家地裡的，更是一株也沒凍死。

林泰華也不藏私，直接教了大家留種的一些注意事項，等到來年也能跟他們三家種得一樣了。

林泰華家現在改頭換面，完全是不一樣的門第了。林紹安中了童生，林泰華在林家村的聲望也越來越高，林紹遠又還沒成親，這林家的門檻都快被媒婆給踏破！

只是，林紹遠說不成親就是不成親，那些來提親的人，都被拒之門外。

林劉氏和林方氏看著著急，卻也無可奈何。誰讓他們家大郎喜歡的姑娘不是普通人呢，他們就是著急也沒辦法。

好在男子成婚晚一些倒是無妨，何況現在他們家條件好了，不怕以後找不到媳婦。

然而，自己家人雖知道林紹遠為什麼要拒絕這些上門提親的人，可外面的人不知啊！再加上林紹遠曾定過一門親事，於是這中間一傳再傳的，這話就變了味，說林紹遠這是忘不了從前定下的那家姑娘，這才不再娶的。

這話越傳越盛，最後傳到張家人的耳朵裡。

自從林方氏和林周氏在村子裡鬧了那麼一場之後，張家的名聲就臭了，張燕更是被她爹娘和爺爺、奶奶嫁給城裡一個大戶做續弦。

那人是個老頭，年紀一大把了還惦記著年輕姑娘，在一次和張燕歡好的時候，突然就死了，老頭的兒子、兒媳說張燕晦氣，直接給了點銀子，將她攆回了家。

這會兒張家人聽說林紹遠的事，想到林家如今的境地，心思就又活起來了。

只是現在林家不同往昔，他們若是貿然上門，可能討不到好。幾個人一合計，就決定讓張燕去找林紹遠，只要這乾柴烈火的燃起來了，還怕林家不認帳嗎？

張燕聽到父母和爺爺、奶奶的話之後，臉上滿是羞憤。這些人把她賣了錢不說，自己被攆回家帶回來的錢也被他們搶走，這會兒竟然還不要臉的讓她去勾引男人？生米煮成熟飯這種話，竟然是自己的親生爹娘和爺爺、奶奶說出來的，張燕有些心涼。

張燕的奶奶見她這副樣子，不悅道：「妳還當自己是黃花大姑娘呢？這種事情又不是沒做過，難為情什麼？只要能把林家的大郎勾住，妳還怕以後沒好日子嗎？」

話雖難聽，可張燕也知道，自己現在已經沒有別的路可以走了。被繼子攆出來，她以後想再嫁是不可能，若是能進林家的門也不錯，更何況，林紹遠還是自己喜歡過的男人。

「阿嚏……」和一家人坐在一起吃團圓飯的林紹遠，突然打了個噴嚏。

坐在他身邊的林方氏立刻放下手裡的碗筷，手伸到林紹遠的腦袋上碰了碰，隨即問道：「怎麼了這是？不會是受涼了吧？要不要去找李大夫開兩副藥來喝？」對於許久不見的兒子，林方氏真的是心疼得不得了。

林紹遠有些無奈地說道：「娘，我沒事，就是打個噴嚏而已，您也太大驚小怪了。」

林方氏瞪了他一眼，隨即自己都笑了起來。雖說知道自己是有些誇張，但兒子是她身上掉下來的肉，看著他常年在外奔波，怎麼可能不心疼呢？

不過，一想到明年作坊開起來以後，兒子就不會再出去，林方氏的心情就又好了起來。見林紹遠是真的沒事，便往他碗裡又添了些菜，說道：「好好好，娘多事了，來，多吃點菜！」

林紹遠雖然無奈，卻還是笑著任憑林方氏給他挾了滿滿一碗的菜。

而旁邊坐著的其他人，早已經被母子二人的互動給逗笑，一時間，歡聲笑語充斥了整個院子。

第五十三章 喜歡的是你

新年一過，林莫瑤就迫不及待地跑去找蘇洪安。簽了合約、拉了鹽，林家頓時就陷入忙碌之中。

今日是半個月前醃製的第一批鹹鴨蛋開封的日子，大家早早的就準備了醃好的鹹鴨蛋，等著林莫瑤回來就可以煮了嚐嚐味道，可林莫瑤一回來卻直奔向林紹遠，站在他面前。

「大哥，你之前和蘇姊姊見面時，到底跟她說了什麼？」

唰！林家眾人的目光都落到林紹遠的身上。林家人都知道林紹遠喜歡蘇安伶，只是，這兩個人什麼時候見面了？

林紹遠臉上閃過一絲慌亂，隨後鎮定下來，說：「沒說什麼。」

「沒說什麼？那蘇姊姊怎麼會答應嫁給盧員外家那個兒子？」林莫瑤的音量不自覺的拔高了許多，有些生氣地瞪著林紹遠。

「什麼?!」林紹遠手上的鴨蛋掉到了地上，抬腳就往外跑，跑沒幾步，就又停了下來，說道：「她是縣令千金，盧員外家有錢有勢，她嫁給盧公子不是挺好的？」語氣中滿是落寞和傷心。

林方氏不管他，而是拉著林莫瑤問：「阿瑤，妳說真的？」

林莫瑤點頭，氣呼呼地瞪了一眼林紹遠，說道：「我和司北去縣衙找蘇大人時，親耳聽巧兒跟我們說的。」

「是的，舅夫人，我還看到那個盧公子去縣衙找蘇小姐了。」司北跟著附和。

林方氏差點沒站住，有些心疼地看著林紹遠。她這個兒子，真是個命苦的，上一門親事丟了不說，現在好不容易有個喜歡的姑娘，怎麼也要嫁給別人了呢？

林莫瑤看向林紹遠，說：「蘇姊姊喜歡的人是你，你如果沒跟她說什麼，她不可能會應下這門親事的！大哥，我真看不起你，哼！」

林莫瑤丟下這句話就要走，卻被林紹遠一把拉住，急切地問：「阿瑤，妳剛說什麼？」

「哼，我什麼都沒說！」林莫瑤將頭扭到了一邊，很是生氣。

林紹遠拉著她，不讓她動，說道：「妳把剛才的話再說一遍。」

林莫瑤看著這個榆木腦袋，真是氣得不行，一把甩開了林紹遠，說道：「現在蘇姊姊都要嫁人了，我說什麼還重要嗎？」

林紹遠這會兒臉上的神情很複雜，看著林莫瑤氣呼呼的小臉，林紹遠乾脆鬆開她，改拽著司北就往外走，匆匆對身後的人說道：「娘，我出去一趟！」

「哎，表少爺，您拽我去哪兒啊？」司北被拉著往外跑，一邊叫喚，一邊跟林莫瑤使眼色。

林莫瑤挑了挑眉。看著他被林紹遠拽出了門，這才哼哼了兩聲，露出笑容。

林方氏連忙上來拉著林莫瑤，紅著眼睛問：「阿瑤，蘇小姐真要嫁人了？」她還準備去縣衙提親的，現在可咋辦啊？

「沒有。」林莫瑤擺了擺手，說：「我騙大哥的。」

林氏和其他人聞言，皆鬆了一口氣。

林莫瑤接著道：「不過，盧家去縣衙提親是真的。」

這下，林方氏等人的心又提了起來。「你們說，大郎這一去，能成嗎？」林方氏看著大開的門，有些擔心。

林莫瑤也看著大門。蘇安伶是喜歡林紹遠的，只要這次林紹遠不犯渾，基本上這事就能成。「不管他了，正事要緊。」林莫瑤收回目光說道。

林方氏還是看著大門，這會兒在她眼裡，正事就是兒子的婚事。

林莫瑤也不管她，直接去醃製鹹鴨蛋的罈子裡拿了兩個出來，交給林氏。「娘，您去把這兩個煮熟。」

林氏把鴨蛋煮熟後切開，白色的蛋白包裹著金黃色的蛋黃，周圍還慢慢的往外滲著黃油。

林莫瑤先是觀察了一下，然後用筷子輕輕地挾了一塊蛋白放到嘴裡，鹹淡適中，但還不是特別的鹹。她隨即又嚐了嚐蛋黃。口感倒是不錯，就是鹹味還有些不足。

放下筷子，林莫瑤看向滿眼期盼的林家眾人，開口說道：「時間還不夠，過十天再開一罈試試。」

眾人一聽，臉上的神情有些失望。

林莫瑤見狀也不過多解釋，只讓他們不用擔心，醃製得很成功，只是或許時間短了，鹹味不是很重。

林家眾人一聽林莫瑤後面的話，臉上那失落的表情立即就消失了。不過就是多等幾天而已，只要不是失敗就好。

而這次開罈的，除了煮熟的這些留下來他們自己家人吃，剩下的又原封不動的封好，放回倉庫裡，等待十天以後再次開封。

林紹遠拽著司北，讓他趕車往縣衙去，兩人剛到縣衙旁的巷子，就瞧見縣衙的後門開了，兩個少女走了出來，正是蘇安伶和巧兒，在兩人身後，跟著一個男人，滿臉的討好和諂媚。

坐在車轅上的林紹遠瞬間坐直了身子，差點就衝了過去，幸好司北一把將人給拽了回來。

「表少爺，您幹什麼？」司北問。

「我去跟蘇小姐解釋。」林紹遠試圖掙脫司北的箝制往前。

「等等，您沒看見蘇小姐身旁跟了個人嗎？」司北指著那邊說道。

「一看就不像好人！不行，我得過去。」林紹遠黑著臉說了一句。

司北心中無語。大少爺，人家那位公子雖說笑得諂媚了一些，但也算是模樣周正的翩翩公子一枚啊！怎麼到了你這裡，就變成不像好人了？

「表少爺，我可不能讓您過去。二小姐說了，您如果不想清楚自己要什麼，就不要去壞人家蘇小姐的姻緣了。」司北說道。

「什麼？」林紹遠突然呆住了，問道：「那個臭丫頭到底是誰家的？」

司北撇撇嘴說：「人是您自己氣走的，跟我家二小姐可沒關係。」

林紹遠頓時無話可說。確實是他自己跟蘇安伶說他們之間不適合、沒有可能的，現在把人氣走了，自己能怪誰？

看著那邊幾人開始上街，林紹遠不掙扎了，看著司北，問：「你就讓我這麼看著？」

「那表少爺可得想好了，您要是壞了蘇小姐的姻緣，你就得負責。」司北不嫌事大地說道。

看著人越走越遠，林紹遠的心莫名煩躁得不行，特別是看到那個男人使勁往蘇安伶的跟前湊，他就很想上前把人給弄開。

「行行行，我負責！你還不趕緊追啊？都走遠了！」

司北嘿嘿一笑，記住幾人離開的方向，掉轉馬車去了另外一邊。

林紹遠急了，說：「我讓你追他們，你怎麼往這邊走了？」

「我把馬車送到蘇記，不然那邊都是鬧市，表少爺難道還想駕著馬車在鬧市裡轉悠？」司北笑道。

林紹遠頓時又不說話了。

兩人放好馬車，司北又帶著林紹遠找了兩條街，總算在一家首飾店前面找到蘇安伶幾人，看樣子，蘇安伶正準備進去。

巧兒最先發現林紹遠，拉了拉蘇安伶的手，說：「小姐，是林公子。」

蘇安伶的身子瞬間僵硬，看向那個自己日思夜想的人，發現他正定定地看著自己，蘇安伶突然覺得有些心酸，眼眶也紅了。強忍著不讓自己落淚，蘇安伶對一旁的盧陽說道：「盧公子，我們進去吧。」

盧陽的眼睛一刻也沒離開過蘇安伶，那眼神恨不得透過帷幔，直接看向裡面的妙人兒。聽了蘇安伶的話，連忙點頭。「好好好，咱們進去看看，蘇小姐喜歡什麼，我都送給妳！」

蘇安伶聽了他的話，沒什麼反應，只是淡淡地回了一句。「多謝盧公子了，我就隨便逛逛。」

盧陽也不介意蘇安伶的冷淡，繼續討好，陪著蘇安伶就要進首飾鋪。

林紹遠就這樣站在對面看著，雖然蘇安伶戴著帷帽，可他就是能看出來她人憔悴了不少，看著都瘦了。林紹遠頓時有些自責。這都怪他，想到這裡，他扭頭想讓司北跟他一起上前，可卻發現司北不見了。

眼看蘇安伶要進去，林紹遠也不管司北了，直接抬腳跑了過去，喊道：「蘇小姐！」

蘇安伶腳步一頓，繼續往前。

林紹遠又開口喊道：「伶兒！」

這下，蘇安伶不動了，回過頭看著他，但有帷帽擋著，看不清她的表情。

「哪裡來的叫花子？趕緊給我滾！」盧陽也發現了林紹遠，看對方的眼睛一眨也不眨地盯著蘇安伶，他心中莫名的就有一股火。

林紹遠不為所動，只是看著蘇安伶，眼中滿是愧疚和自責。

「妳聽我說……」

林紹遠剛一開口，盧陽就氣急了。這人明顯跟蘇安伶是認識的，他好不容易把蘇安伶給約出來，就是為了討好她，讓她答應與自己的婚事，怎麼能讓這個不知道哪裡來的野小子給攪和了？盧陽乾脆帶著人下了臺階，站在林紹遠的面前，怒道：「哪裡來的狗東西，這裡也是你能來的地方嗎？還不快滾！」

林紹遠根本不理會盧陽，直接越過他，看向店鋪門口的蘇安伶。蘇安伶這會兒已經轉身直接進了鋪子，林紹遠腳下一動就要跟過去。

盧陽一愣，隨即和家丁們對視一眼，收起手中的摺扇，對著林紹遠點了點，怒道：「好啊，膽子不小，敢無視本少爺？給我打！」

家丁們得了自家少爺的命令，一窩蜂的就朝著林紹遠撲了過去。

躲藏在一旁的司北看見林紹遠挨打，本想出去，可瞥見首飾鋪裡出來的身影，司北又停住了。

「住手！你們在幹什麼？」蘇安伶尖叫一聲，快步走下階梯。

林紹遠本想還手的，聽見蘇安伶的聲音就站著不動，被盧家的家丁一拳打在臉上，瞬間就青了，而其他人的手腳也很快，林紹遠身上瞬間挨了不少拳頭。

「你們幹什麼？趕緊住手！盧陽，讓你的人住手！」蘇安伶眼睜睜看著林紹遠挨打，卻沒辦法阻止，只能朝盧陽發怒。

盧陽見蘇安伶生氣了，立刻讓家丁停下來。

蘇安伶毫不猶豫地跑了過去，查看林紹遠的傷勢，語氣哽咽。「你怎麼樣？」

林紹遠這會兒躺在地上，蘇安伶一低頭，他就能看見她的臉了。見她滿臉的擔憂，眼眶也紅了，林紹遠突然覺得自己這頓打挨得值了。

「我沒事。」林紹遠強撐著開口。蘇安伶拿著手絹要為他擦去嘴角的血跡，卻被林紹遠抓住了手。「我為之前說的話向妳道歉。」

蘇安伶一個忍不住，眼淚落下，滴到了林紹遠的手背上。

林紹遠莫名的心疼，低聲說：「我只是個窮小子，我怕妳跟著我吃苦。」

「我什麼時候怕過吃苦？」蘇安伶哽咽著回道，語調中滿是嗔怪。

林紹遠突然就笑了。是啊，一個千金大小姐，本該高高在上的身分，卻能跟著她爹下地看糧食，又能放下身分和他們這樣的農家來往，蘇安伶從來就不是一個矯情的人啊！

「從前是我想岔了。」林紹遠愧疚地說道。

蘇安伶用手絹輕輕擦著他的嘴角，問：「你一個人來的？」

林紹遠搖搖頭。「跟司北一起來的，也不知道他去哪兒了，剛剛還看見他的。」不過，他這會兒倒是慶幸司北沒跟來。挨一頓打，把媳婦追回來了，值！

蘇安伶和巧兒合力將林紹遠從地上扶了起來。

「蘇小姐！」一旁的盧陽看傻了，忙喊了一聲。

蘇安伶看向他，語氣恢復了冷淡，說：「盧公子，我今天還有事情，就不陪你逛了。」說完，便和巧兒一左一右扶著林紹遠離開了。

盧陽呆愣在當場，看著離開的三人，氣道：「這……氣死我了，竟然這麼不將小爺放在眼裡！來人，去給我查清楚這小子是哪裡冒出來的？」

盧陽一聲令下，立刻有人跑去查探了。

只是這人還沒走多遠，就被司北攔了下來，一頓好打，連盧陽和剩下的幾個家丁都未能倖免。

收拾完了這些人，司北才慢吞吞地往縣衙去。林紹遠的傷已經被處理過了，司北瞧著他和蘇小姐的樣子，看來誤會已經解開。「表少爺，咱們是不是得回去了？」司北問道。

林紹遠有些依依不捨地看著蘇安伶。

司北見狀，又道：「表少爺，您得趕緊回去跟舅夫人他們說清楚，讓人上門提親啊！不然那姓盧的再來怎麼辦？」

林紹遠這會兒已經知道，蘇安伶並沒有答應盧家的提親，只是盧陽一直纏著她罷了，哪裡還不明白林莫瑤這是故意的？瞧著司北的模樣，應該也是個知情的。

縱使生氣這兩人騙了自己，可他卻一句責怪的話也說不出口。

林紹遠一身傷的從城裡回來，可把林方氏給嚇壞了，只是幾人瞧著林紹遠的表情，一點兒也不像是剛被人打過，那臉上的笑容，真是一點都抑制不住。

「大郎，你這是怎麼了？」林方氏擔心地問道。不會是被人打傻了吧？

司北一聽，噗哧一聲就笑了出來，將城裡發生的事情都說了，末了，對林方氏說道：「舅夫人，我覺得您現在得抓緊時間找媒婆去提親，不然誰知道還有沒有什麼阿貓阿狗的惦記著蘇小姐呢！」

林方氏一聽，頓時也不關心林紹遠的傷勢了。「司北說得對，我這就找媒婆去！」說著，就要往外走。

林莫瑤忙拉住她，笑道：「大舅母，這都什麼時辰了，等您到城裡天都黑了，不如明天再去好了。」

林方氏一拍腦門。她真是著急過頭了！這個時候，她才想起來教訓司北。「你就看著大郎被人打嗎？」

司北嘿嘿一笑，說：「這不是有蘇小姐在嘛，表少爺不會有事的。」

林方氏笑著瞪了司北一眼，看兒子去了。司北說得對，兒媳婦反正追回來了，兒子這頓打……挨就挨吧！

第五十四章 親事

第二天，林方氏一大早就起身，讓司北趕上馬車，和林劉氏進城找了媒婆，當天就去了縣衙，將林紹遠和蘇安伶的婚事定了下來。

又過九日，鹹鴨蛋再次開封，這次煮出來的鹹鴨蛋，味道明顯比之前的更濃，蛋黃上的黃油也比之前的多。

林莫瑤一看就知道成了，當天便讓林紹遠帶著司北，分別裝了兩罈鹹鴨蛋去了興州府，交給了蘇鴻博和孫超，至於雙方是怎麼談的，林莫瑤沒有過問。她既然說了將作坊的事交給林紹遠，就不會多問。

到了蘇家和孫家來拉貨的日子時，蘇鴻博和孫超竟然跟著來了。

林劉氏親自帶著全家到門口迎接兩人。

蘇鴻博和林家是老熟人了，每次林劉氏都這麼大排場的迎接他，總覺得有些不好意思，再加上現在蘇、林兩家可不再只是合作關係這麼簡單了。

林劉氏給蘇鴻博行禮，卻被蘇鴻博搶先扶了起來，說道：「老夫人，如今我們兩家的關係，理應是我給您行禮才是，您這樣倒是讓小輩當不起了。」

蘇洪安和蘇鴻博是本家，也算是遠親，按照輩分，蘇安伶得喊蘇鴻博一聲二叔。有了林家在中間的關係，蘇洪安和蘇鴻博兩家來往也更加密切，感情漸漸好了起來。

林劉氏也不跟他客氣，將兩人引進了屋裡。

林紹遠本來在地裡跟著林泰華幹活，聽林紹傑說蘇鴻博和孫超來了，連忙跑回了家，衣服都還沒來得及換，就去見禮。

「東家、孫大官人。」林紹遠行禮道。跟在蘇掌櫃身邊的時間長了，他現在見到蘇鴻博也總是習慣叫東家。

蘇鴻博笑了笑，說：「如今你已經出師回家幫忙，就不用再喊我東家了，而且你和伶兒的婚事我已經知道，以後你就隨她叫我一聲二叔吧！」

林紹遠聽到蘇安伶的名字，面上一紅，隨即再次躬身行了個晚輩禮，開口喚了一聲。

「二叔。」

蘇鴻博高興地笑了笑，又和林劉氏等人閒話了幾句，這才和林紹遠去書房談起了正事。

一切談妥，蘇、孫二人又在林家吃過午飯，這才隨著拉貨的車一起回興州府。

路上二人聊天，孫超頗有些感嘆地說道：「這林家大郎著實能幹，只可惜我女兒前年已經許了人家，不然這小子倒是個適合的女婿人選。」

蘇鴻博一聽便笑了，說道：「你啊，就別想了，這小子現在可是蘇家的女婿。」

孫超失笑，說：「你也真是，咱們倆好歹也認識這麼多年，這種喜事也不通知我一聲，好讓我來送份賀禮啊！」

蘇鴻博擺擺手，道：「這事剛剛定下，兩家也沒想張揚，你要真想送禮，等以後他倆成親的時候，你再一併送了吧！」

「也行。」孫超點點頭，說：「你到時候別忘了告訴我就行了。」

「那是自然。」蘇鴻博一笑。

聊起這個話題，孫超就想起了另外一件事，低聲問道：「我上次聽說，林家大姑娘的親事黃了？」

蘇鴻博微微蹙眉。林莫琪已經及笄這麼久，彭家那邊也不見動靜，這退婚的事就瞞不住了。也幸好林莫瑤家現在今非昔比，那些人即使好奇，也不好在背後多議論什麼。蘇鴻博奇怪地看著孫超。這人怎麼突然問起這個了？

孫超繼續道：「也不知道現在有沒有找到適合的人家？」

蘇鴻博拿水袋的手一頓，問：「你打聽這個做什麼？」

孫超也知道蘇鴻博和林家的關係比自己要更深一些，便笑道：「我夫人娘家有個姪子，年歲和林家大姑娘相差無幾，這不是還沒說親事嘛！夫人那日跟我提了提，讓我留意咱們府城有沒有適合的姑娘家，給她大哥家的孩子相看相看，你剛才一說，我就想起來了，林家大姑娘不是還待字閨中嘛！」

蘇鴻博眼珠子轉了轉，隨即問道：「你夫人家的姪子？我記得那小子今年不是才十五嗎？比大姑娘可還小了一歲呢！」

孫超失笑，無奈道：「是啊，我也說太早了，可我夫人她們就是著急，我也沒辦法。」

聽了他的話，蘇鴻博陷入了沈思，不知在想什麼，兩人一路上也極少再說話。

一路搖晃到了府城，進城之後，因為貨物都裝在一輛馬車上，便交代了車夫分別將東西送到兩家酒樓，二人這才在岔路道了別，各自歸家。

回了家，蘇鴻博直接去了後院，正好趕上吃飯時間，等蘇鴻博一落坐，蘇夫人便吩咐下人開始上菜。

吃過飯，蘇鴻博將鹹鴨蛋的事情跟蘇老爺子彙報了一下，便看向那邊帶著蘇兮月玩耍的蘇飛揚，低聲跟一旁的蘇老爺子問道：「爹，大郎今年十七了吧？」

蘇老爺子不知道兒子怎麼會突然之間問起大孫子的年紀，想了想便點頭，道：「嗯，是十七整了。」

蘇鴻博又道：「嗯，也到了該說親的年紀了。」

蘇老爺子聞言一愣，隨即扭頭看向了蘇鴻博，見他嘴上噙著一抹笑容，看著在那邊玩耍的兩人，似乎在盤算著什麼，蘇老爺子就問道：「可是有適合的人家了？」

蘇鴻博看了那邊一眼，朗聲道：「大郎，你帶妹妹去院子裡消消食。」

蘇飛揚點點頭，牽起蘇兮月的手去了院子裡。

二人一走，蘇鴻博便說道：「爹覺得林家大姑娘如何？」

蘇老爺子回想了一番，道：「你是說阿瑤那丫頭的姊姊？去年剛及笄那個？她不是定了親嗎？」

蘇鴻博便將彭家的事說了一下。

聽完蘇鴻博所言，蘇老爺便感嘆了一聲，道：「這麼好的姑娘，真是好事多磨啊！」

蘇鴻博點點頭，隨後問道：「爹，那您看這事……」

蘇老爺子嘆息一聲，回道：「這事你和媳婦看著辦吧，你大哥大嫂都不在了，這孩子也是你們倆看著長大的，你們替他作主就行，我老了，這些事就不操心了。不過，這件事定下來之前，還是先問過孩子們的意思，如今兩家的關係，若是我們盲婚啞嫁地替他們安排，將來成了親有了怨，那我們就不是結親，而是結仇了。」

聽了蘇老爺子的話，蘇鴻博點了點頭。「兒子知道，爹放心吧。」如今司南、司北兩人還留在林家，就說明少將軍和阿瑤的事情十有八九能有結果，若他們能和林家結親，以後便是一家人，那將軍府這棵大樹也就能抱得更緊了。

可若是孩子們不願意，他也不會強逼，畢竟，這是關係到他們一輩子的事情。

到了夜裡，房間裡只剩下夫妻二人時，蘇鴻博摟著妻子，輕聲說道：「夫人覺得林家大姑娘如何？」

蘇夫人看向夫君，笑道：「自然是好的，可惜是個苦命的。」幾番接觸，蘇夫人是很喜歡林莫瑤姊妹倆的。

蘇鴻博自然知道，自家夫人對林莫瑤姊妹倆是喜愛的，便笑道：「大郎今年也十七了，該說親了。」

蘇夫人愣了一下，隨即明白過來蘇鴻博這話的意思，眉頭挑了挑，笑道：「你是說林家大姑娘？」

蘇鴻博笑著點頭。

蘇夫人想了想，也覺得二人挺般配的，就問：「那爹的意思？」

「爹答應了，說這事交給我們自己處理，只有個條件，得讓孩子們自己決定，我們不能盲婚啞嫁。」蘇鴻博說。

蘇夫人道：「那是自然。既然爹說了，那我明天就去問問大郎的意思，這林家大姑娘，大郎也是見過好幾次了，喜不喜歡，一問便知。」

蘇鴻博也笑，道：「也是，這還真是連相看都給省了。」

夫妻二人商定之後，便上了床睡覺。

第二天上午，蘇夫人便叫來了蘇飛揚，詢問他的意思。

蘇夫人提到要給他定親娶媳婦的時候，蘇飛揚還有些害羞和不自在，當詢問他對於林家大姑娘的印象時，蘇飛揚腦子裡自然而然就浮現出那抹溫婉的身影，臉更紅了。

就在蘇夫人以為蘇飛揚不滿意這樁親事時，蘇飛揚卻聲若蚊蚋地開口了。

「全憑嬸嬸作主。」

這模樣，分明就是滿意的！蘇夫人心中鬆了一大口氣，笑道：「我家大郎如此風姿，自是要找一個與之般配的人才好，這樣才能琴瑟和鳴，相愛一生。」

這下，蘇飛揚的腦袋垂得更低了。

蘇夫人瞧著他的樣子，笑著叫來了管家，吩咐管家去準備上門的禮物。若要去提親，她總不能空手而去。

林家今天可熱鬧了，除了遠在府城琳琅書院的林紹安，其他人都來了，大家守在院子裡，等著林莫瑤之前說的那個什麼松花蛋開罈。

在眾人的目光中，林莫瑤拿了幾個松花蛋敲開，剝乾淨擺在桌上的盤子裡。

眾人隨即圍了過來，瞧著已經變黑、裡面還開出花來的雞蛋，大家都有些慌。這難道是壞了？

林莫瑤剝完最後一個，放在鼻子下聞了聞，熟悉的味道撲面而來，她挑了挑眉——成了！

在林家眾人震驚和不解的目光下，林莫瑤做了皮蛋豆腐、皮蛋瘦肉粥和皮蛋冬瓜湯，隨後和其他的飯菜一起擺上了桌。
「嚐嚐吧。」林莫瑤說道。
大家這才拿著筷子試探著嚐了嚐。獨特的味道入口，一開始有些不適應，但是越吃就越覺得好吃。
「好吃！」眾人發出感嘆。
林莫瑤就向眾人解釋了一下，這些和皮蛋有關的菜色。
「阿瑤，什麼是辣椒啊？」林紹平突然放下筷子問道。
林莫瑤一愣，這才後知後覺。原來自己剛才解說皮蛋豆腐的時候，一個不小心把辣椒給說出來了！見林紹平認真地看著自己，等待自己的解答，林莫瑤就是想糊弄也糊弄不過去了。
反正現在對於她知道這麼多東西一事，林家人都已經習以為常，林莫瑤乾脆就跟林紹平解釋道：「其實我們所生活的這個世界，有許多東西是我們還沒有開發或見過的，就像我們興州府有的許多東西，在其他地方未必有，而其他許多地方有的東西，我們興州府也未必會有，這是一樣的道理。大千世界無奇不有，這都要靠我們自己去尋找和發掘，這個辣椒就是其中一種。新鮮的辣椒可以做菜，風乾的辣椒磨成粉末還可以做調料，有了它，做出來的菜滋味便會大大不同。」
林莫瑤說完，林紹平就陷入了沈思，過了一會兒，他才重新抬起頭，看向林莫瑤問道：

「阿瑤，妳說這個世界，真的很大嗎？真的還有許多我們沒有發現的東西？」

聽了他的問題，林莫瑤想也不想的就回道：「這是當然的，我大齊浩瀚無邊的國土，地大物博，上面有數不清的未知等著我們去探索。」

林莫瑤只顧著回話，絲毫沒有注意到林紹平斂下的雙眼中，閃過的那一抹嚮往之色。

再次抬起頭來時，林紹平神色如常地端著碗筷，笑道：「以後找個時間一定要出去看看。」

林莫瑤抬起頭看向他。遊學嗎？這個她是支持的。「對，出去看看總是好的，俗話說得好，讀萬卷書不如行萬里路嘛！」林莫瑤笑。

林紹平回以一笑，沒有接話了，只是慢慢把頭低下，吃著碗裡的飯菜，不知道在想什麼？

吃過飯，一家子圍坐在一起，林莫瑤看了看眾人，開口詢問：「外婆、二爺爺，你們覺得這個松花蛋，我們定價多少適合？」

林家眾人你看看我、我看看你，這個他們還真的不知道該如何定價？這製作松花蛋的東西極為簡單，雞蛋更是便宜，一文錢兩個，剩下的草木灰、石灰等東西也非常低廉，但是這松花蛋，不說在興州府，就是在整個大齊說不定都是獨一份，所以，這價格還真的不好定。

「這……我們也不知道。阿瑤，這價格的事情，妳自己看著辦吧。」最後，大家一致同意讓林莫瑤來定這個價。

林莫瑤沒有應，而是看向林紹遠，問道：「大哥，你說呢？」

林紹遠低著頭思考了一番，最後開口道：「我覺得，價格不能低於五文，卻不能高過十文。」

林莫瑤挑了挑眉，問道：「為何？」

林紹遠又思考了一下，開口說：「我且問你們，我們家的這個松花蛋，以後的方向如何？是只打算做富人的生意，還是準備賣到整個興州府，甚至賣到大齊的其他地方？」

林莫瑤揚了楊眉，對林紹遠提出的這個反問很是滿意。

他問完之後，林家眾人便開始竊竊私語，隨後，以林泰華為代表，開口道：「當然是賣到整個興州府，若是能賣到大齊的其他地方，那自然是最好的了。」

林紹遠微笑著，點了點頭，繼續道：「爹說得對，咱們既然要將松花蛋賣到整個大齊，若是將價格定得太高，那如何能賣遍整個大齊呢？而且，說句實話，我們家收購石灰、在村裡收購稻草並不是什麼秘密，有心人舉一反三，不出一段時間，肯定會有人跟著做，相比之下，我們價格就更不能定得高了。」最後，林紹遠總結道：「所以，第一，我們的價格不能太高，至少要讓普通人家都消費得起；再者，我們是只賣給蘇、孫兩家，讓他們對外銷售，還是我們自己開個鋪子來賣，這個得先確定下來；第三嘛，就是咱家的松花蛋得有個名字。」

幾人對視一眼，奇怪道：「名字？」

林紹遠點點頭。

林莫瑤接話，解釋道：「對，就像鎮上的珍寶閣、素食齋這種，我們家的松花蛋也得有個它自己的名號，這樣以後賣出去，就算有了其他家的松花蛋出來，我們家的始終還是第一批，在別人眼裡就會是老字號。」林莫瑤又看向林紹遠，說：「大哥所說的三點，除了第二點之外都說得很對。我不建議我們現在自己開鋪子，畢竟我們家只有鹹鴨蛋和松花蛋兩種，為這個專門開個店鋪不划算，等到有了一定的家底和資本之後，再考慮開店的事。再者，蘇、孫兩家都是開酒樓的，這松花蛋要想賣出去，就得先讓人們知道它該如何吃？所以，最開始，我們只銷往酒樓，等到松花蛋的吃法普及了之後，我們再考慮開店的事也不遲。」

最後，經過一家人的再三討論，松花蛋的價格定在了五文錢一個，暫時只做酒樓的生意，而且只接長期訂單，凡是購買松花蛋的，一律都送松花蛋的製作食譜，等到松花蛋的吃法普及了，再做一些小商小販的生意。

至於名字，大家提了好幾個，最終定下「林福記」，以後凡是他們家出去的東西，不管是雞鴨魚肉，還是鹹蛋、松花蛋，都冠上一個名字——林福記。

事情定下後，林紹遠挑了個時間，就直接去找了蘇鴻博和孫超，他相信這兩人絕對不會錯過這次的合作機會。

第五十五章 提親

那邊林紹遠才剛走，蘇夫人就帶著人上門了。

被人迎進院子裡，蘇夫人便四處看了看，沒看見林莫琪的身影。「大姑娘不在？」蘇夫人狀似無意的問道。

林氏沒看出蘇夫人的異樣，笑著說道：「去她舅舅家幫忙了，這段時間作坊裡比較忙。」

蘇夫人聞言一笑，道：「這樣啊！那日大郎送去的鹹鴨蛋我也嚐了，鹹淡適宜，很好吃。」

林氏牽著蘇夫人的手，把人帶到房間榻上坐好，吩咐木蘭下去準備點心和茶水，這才笑道：「都是孩子們自己瞎搗鼓出來的。對了，夫人今天怎的有空來了？呵呵，說來也巧了，我家大郎帶著司北，出門上府城找蘇大官人去了。」

「喔？什麼時候的事？」蘇夫人問道。

「早上才走的，想來應該是你們在路上錯開了。」林氏回道。

二人妳一言、我一語的，又說了一些別的話題，林氏總算發現了，蘇夫人今天說話有些欲言又止的，她不由得問道：「蘇夫人可是有什麼事要說？」

蘇夫人輕笑，說：「不是什麼大事。」

這就是有事嘍！林氏笑了笑，說：「夫人若是有事儘管開口，只要我能幫上忙的，就一定幫。」蘇家曾給過他們幫助，當初若不是蘇鴻博願意和他們家合作，如今也不可能發展到今天這樣。

蘇夫人也不客氣了，點頭道：「是有件事情想找姊姊商量。」

林氏見狀，就等著她的下文。

蘇夫人繼續道：「不知道……大姑娘的親事可有著落了？」

提起長女，林氏有些難過，嘆息一聲道：「唉，還沒呢！倒是有幾家上門提親的，只是我看著都不大適合，阿琪自己也不喜歡，就作罷了。」

蘇夫人面上一喜，問：「姊姊，咱們兩家也算是老相識，妳覺得，我家大郎如何？」

「蘇公子？」林氏有些意外。「蘇公子一表人才，又明理懂事，自然是極好的。」

林氏的評價讓蘇夫人更高興了，說：「我聽我家相公說，你們家大郎和伶兒那孩子的婚事定下了？」

提起林紹遠和蘇安伶的親事，林氏也是非常高興，笑著點了點頭，回道：「嗯，只等忙過了這段時間，就把定親宴給辦了。」

話到這裡，蘇夫人就不好再繞下去，直接說道：「姊姊，既然咱們兩家都快成親家了，不如親上加親吧？」

「什麼意思？」林氏一呆。

蘇夫人神秘一笑，湊了過來低聲說道：「我也不瞞姊姊了，今天我來啊，是受了我家老太爺和老爺的囑託，來幫我家大郎提親的。」

林氏一驚，問：「給阿琪？」

「自然是大姑娘。」這二姑娘跟少將軍的事，她是聽蘇鴻博說過的，可不敢跟將軍府搶人。

蘇夫人說完，見林氏皺眉，心中就咯噔了一下。難道林氏不願意？「姊姊，咱們兩家認識這麼多年，我家大郎妳也見過幾次，這小子是個老實本分的，若是大姑娘嫁到我家，我這個做嬸嬸的必然不會讓她受了委屈。」

林氏看著蘇夫人一張一合的嘴，想到那個少年，自己也見過幾次，溫文有禮，一副謙謙君子的模樣，長得也是俊俏，說實話，若是林莫琪能嫁給這樣的人，她心裡是高興的。而且這蘇家在整個興州府算得上是大戶了，林莫琪若是嫁過去，日子想必能過得不錯。

「姊姊可是有什麼不滿意的？」蘇夫人試著開口，語氣忐忑。

林氏見蘇夫人這樣，連忙解釋道：「不，夫人不要誤會，我不是不同意，只是……夫人也知道，我家阿琪曾經定過親。」這定了親又退親的姑娘，就怕蘇家這樣的門第會嫌棄。

蘇夫人握住了林氏的手，由衷地說道：「姊姊，若是我家在意這個，我就不會在這裡了。」

林氏這會兒心裡其實是很開心的，聽了蘇夫人的話，就更高興了。

「這樣的話，可真是太好了！」林氏高興不已。自己最頭疼的便是大女兒的親事，如今總算有一個她滿意的人選上門了，怎麼能不高興呢？不過，她也得問問林莫琪的意思。「夫人若是不急，就等我問過阿琪的意思再給妳回覆可好？」

蘇夫人也覺得還是問一下的好，畢竟是兩個孩子的事，以後日子也是他們過，若是林莫琪不喜歡她家大郎，那這門親事即使定下了，對兩人的未來也不見得好。

「當然，那我就等姊姊的消息。」蘇夫人笑道。

蘇夫人一走，林氏就把林劉氏給叫到了旁邊，兩人說了好久的話，隨後又把林莫琪給叫過來詢問，就見林莫琪一臉嬌羞。

林莫瑤這才知道，原來蘇夫人今天是來提親的，此時，她腦子裡一些比較模糊的記憶頓時就清晰了起來。

蘇家，蘇飛揚！

林莫瑤終於想起來了，為什麼當初見到蘇飛揚和聽聞他的名字時，她會有種熟悉感，這人不就是林莫琪前世喜歡的男人嘛！

當年她棒打鴛鴦，為了幫李響奪位，將林莫琪嫁給了另外一個人，導致她最終被虐待而死，而蘇飛揚更是被自己的人打成重傷。

一想到這件事，林莫瑤內心的那股愧疚之情立即就浮現出來。當時的她得有多蠢，才會生生將姊姊和心愛之人拆散？幸好，一切還來得及。

「那我就恭喜姊姊嘍！」林莫瑤高興地說道。

今生，她斷不會讓林莫琪再受一絲委屈，她要讓林莫琪風風光光地嫁給蘇飛揚。

有了蘇、孫兩家的推崇，松花蛋在興州府很快就變成了家喻戶曉的美食，並且也在慢慢的向著周邊城鎮推廣開來。

有了這個基礎，林家開始接下除了蘇、孫兩家以外的訂單，作坊也從林泰華家的西廂房，搬到了外面新蓋的作坊裡。

生意越來越好，訂單也越來越多，只單單靠他們幾家人已經忙不過來了，林莫瑤就建議從外面招工。只是，林家眾人又擔心，招來的工人會把製作方法給洩漏出去，雖說他們可以把比例抓在手裡，也可以把所有的粉末全部混到一起，讓人分不出裡面究竟有些什麼，卻也耐不住有心人仔細去研究，到時候就得不償失。

這段時間，眼看訂單越來越多，林家人都恨不得一個人當兩個人用，林泰華和林泰業兄弟倆白天要去地裡，到了晚上還得幫著幹活；林二老爺和林二奶奶、林劉氏也加入了；就連小小的寶兒，現在都能手腳嫻熟地把雞蛋放到拌好的石灰漿裡滾一圈，然後放到罈子裡。儘管這樣，人手依然不夠，再這樣下去，只怕幾人的身體要熬壞。

只是林家人執拗，怕洩漏秘方而不肯招工，林莫瑤只能提出去找老金買幾個專門做苦力的下人。現在家裡也不是沒有錢，若是熬壞了身子就不值當。

林莫瑤發愁這個工人的事時，卻發現司南好像有心事。

「司南，你有心事？」林莫瑤發現，司南自從從文州回來之後，就一直都是一副心事重重的模樣。

司南看了林莫瑤一眼，眼中有著糾結，最後，終於鼓起了勇氣，抱拳半跪在地上，對林莫瑤說道：「二小姐，屬下有一事相求。」

司南自從留在林家，已經很長一段時間沒有給林莫瑤行過這麼大的禮了，這可把林莫瑤給嚇壞，連忙走上前把人拉了起來，驚道：「你這是幹什麼？有事用說的就好。」

司南站了起來，低頭看著這個還不到自己胸口的少女，發現在不知不覺中，她已經從之前的小女孩漸漸長開，有了少女的模樣。

既然要開口，司南也不打算扭捏了，直言道：「二小姐，您想招工，又想要口風嚴實的，屬下倒是有些好的建議。」

林莫瑤眼前一亮，問：「說來聽聽。」

「其實，每年軍營裡都會有不少老兵和傷兵退下來，他們雖有朝廷給的撫卹金，可許多人都已經是無處可去，而且他們老的老、殘的殘，已經失去基本的謀生能力，就連出去做工都沒有人要，現在，都是大將軍自掏腰包養著他們。」

林莫瑤似乎想到了什麼。「你繼續說。」

司南原本只是想試著開口求一求林莫瑤，畢竟這段時間他也看出來了，做松花蛋不需要太大的勞力，坐在那裡就可以完成，見林莫瑤為工人的事情發愁，司南就想到了那些退伍老兵和傷兵。

有了勇氣，司南就繼續道：「二小姐，屬下不求二小姐給他們工錢，只要能讓他們有個地方住、有口飯吃就行。這些人都曾為了保家衛國出生入死，最後卻落了這麼個下場，屬下有些於心不忍；而且，要論口風嚴實，誰能比得過紀律嚴明的軍隊中人？」

司南看似冷酷無情，實際上，他的內心比任何人都要柔軟。或許是因為從小失去雙親，帶著弟弟相依為命，後來又被大將軍收養，看慣了世間冷暖的他，最不忍心的，便是看到那些曾經衝殺在前線的人老無所依。

聽了司南的話，林莫瑤對這些老兵和傷兵也有了同情，而且這些人確實比起外面的人要可靠得多。只是，文州有那麼多的老兵和傷兵，她又能幫得了多少？

「司南，你也看到了，我們家的作坊是需要人，先不說現在的規模還不是很大，就算是要人，也用不了多少；即便我現在擴大了作坊，最多也就只能容納百人。」林莫瑤說道，話中的意思不言而喻。

司南本以為林莫瑤會拒絕，此時懸著的心終於放下，說道：「二小姐願意幫忙，屬下已經感激不盡了。」

林莫瑤嘆了口氣。這個時代的醫藥條件跟不上，一些重度傷殘的人根本就活不下來，能夠活下來的，無非就是瘸腿或者斷手，最嚴重的是瞎了、聾了或者啞了，說實話，除了瞎了的有所影響之外，其他都沒什麼；而且這些人都是經過訓練的老兵，即使有了缺陷，身體機能也不是普通人能夠比得上的。

林莫瑤微微嘆了口氣，看向司南，問道：「現在還有多少這樣的人？」

「殘兵還有近五百人，老兵還能動的有上千人，不過這些人現在大多數都在城外的莊子上種地，要嘛就是在酒坊裡做工，留在城裡的還有兩百人左右。」

林莫瑤眉頭輕蹙。七百多個人，她這裡不可能安排下的。

不過，很快的林莫瑤就有主意了。她從凳子上站了起來，逕直往屋裡走，示意司南跟上，一邊走，一邊對司南說道：「我們家的作坊擴大，最多也只能容納百人。這樣吧，我寫一封信，你親自跑一趟文州，將信交給大將軍，把安排傷兵和老兵的事跟他說了，具體的安排我會在信裡寫明，你這次去跟大將軍稟報了之後，就把人帶回來吧。對了，順便問問他們，若是願意將戶籍一併遷過來的，就這次讓大將軍一併批了帶過來。」

司南跟上，問道：「全部遷過來？那蘇大人和村長那裡……」

林莫瑤擺了擺手，道：「這事我去跟他們說，你不用擔心，我自有辦法說服他們。」

「是。」

林莫瑤回了房間，立即到書桌前提筆寫了一封信交給司南，信中，林莫瑤表示她願意幫大將軍一起分擔照顧傷兵、老兵的責任，給他們安排事做、安排住處，負責贍養他們歸老。

林莫瑤還給大將軍提了個建議，這些人雖然身殘，可是只要志不殘，便能充分利用起來，可以在文州城內找好的工匠和手藝人，負責教授這些人一些手藝，到時候，再派人將做出來的東西拿去賣，文州賣不掉，就賣到其他地方。路是人走出來的，生意也是人做出來的，和活命比起來，那該死的「士不從商」，就讓它見鬼去吧！

另外，和信一起送到文州的，還有鹹鴨蛋和松花蛋的醃製方法。

當司南看到林莫瑤把配方和寫滿醃製方法、時間及注意事項的紙，一起裝進信封的時候，著實震驚了。

他跟在林莫瑤身邊這麼長時間，很清楚松花蛋帶來的利益有多大，而此刻林莫瑤就這樣把配方送給了大將軍，絲毫不帶猶豫！莫名的，司南對林莫瑤的尊敬之心，又多了一分。

「這封信務必親自交到大將軍手裡，有了這個，那些留下的人，也能多一條活路了。」林莫瑤將信封遞給司南，再次叮囑了一句。

「是。」司南恭敬應道。

林莫瑤揉了揉眉心，無奈道：「你現在就出發吧，早去早回，作坊裡真的是忙不過來了。」

「好，那我走了。」司南點點頭，將信貼身放好就離開了。

第五十六章 一百個人

送走了司南，林莫瑤去了作坊，見家人都在忙碌，就說道：「娘，叫大夥兒先歇一歇吧，我有事跟你們說。」

林氏不明所以，卻還是聽林莫瑤的，放下了手裡的活，把林家的其他人都叫了過來。一家人坐在作坊的院子裡。這個院子是新蓋的，林泰華買地的時候，村長毫不猶豫的就把他家旁邊這一大片都賣給他了，並且價格還很公道，這讓林家眾人很是感激。地契一拿到，林泰華就立即找人蓋起了房子，這作坊蓋起來可比蓋住的房子簡單多了，不過半月的時間就蓋好。

不過他們家人少，做工的地方就這麼點大，林泰華乾脆讓人暫時砌了一道圍牆，將蓋好的這幾間屋子圈了起來，這樣一來，外面的人也看不到裡面的情況。

林家村的人也知道林家的這個作坊掙錢，也有人來打聽過，不過林家的人嘴都嚴得不行，根本打聽不出來什麼，院牆又高，就更不可能知道他們在幹什麼了。

也幸好林家村的人被村長叮囑過，林家不管做什麼都是人家的事，他們已經幫了村子裡不少忙，斷不許村子裡的人再打作坊的主意。

有了村長這個話，加上現在時常有人巡邏，村裡的一些人就是有心來窺視，也不敢了。

這就是為什麼林莫瑤敢大膽召集一家人，就在院子裡說這件事的原因。

林莫瑤看著圍坐在一起的一家人。既然要告訴他們老兵和傷兵的事，自然就得向他們坦誠赫連軒逸的真實身分，只是，林莫瑤不知道林家眾人能不能接受這個事實？

林莫瑤忐忑地將情況說了，坦白了赫連軒逸的身分，當她抬頭看向林家眾人的時候，除了事先知情的林氏和林莫琪，沒什麼太大反應之外，其他人的臉上滿是震驚。

林二老爺吧嗒吧嗒地抽了幾口旱煙，第一個表態道：「阿瑤，這事妳做得對，就像司南說的，他們那些人都是衝鋒陷陣、保家衛國的好漢，沒有他們，哪有我們如今的安寧？這事，我沒意見。」

林莫瑤感激地看著他。

隨著林二老爺開口，林家其他人紛紛都表示支持林莫瑤的做法。不過是百人而已，大不了多蓋幾間房子給他們住就是，正好林泰華當初買下的這塊地也夠大。

林莫瑤知道林家眾人需要時間消化這件事情，也已經做好了準備，只是沒想到，他們會接受得這麼快。

一家人又商量了一番這些人到來後的安置問題，便又回到各自的工作崗位。還有許多訂單沒有完成呢，還是先幹活吧！雖然司南去找人回來幫忙，但來回最快也要半月的時間，這半個月只能靠他們自己了。

解決了林家人，剩下的就是村長和蘇洪安那裡。林莫瑤索性叫來司北，讓他陪著林紹遠去找蘇洪安，並讓司北直接表明身分，和蘇洪安商談好接收傷兵、老兵戶籍的事。

另外一邊，林泰華陪著林莫瑤直接去了村長家，畢竟這一百多人將來是要在林家村落戶的，這件事必須要通過村長和族長同意才行。

對於林莫瑤和林泰華的到訪，村長和族長很是歡迎，畢竟林家村如今的繁華多虧了這兩個人，只是，當林莫瑤說明來意之後，兩人的臉色就不怎麼好了。

「一百個人？」村長皺眉道。

林莫瑤一看他這樣，就知道村長怕是不大樂意，但為了那一百個老兵和傷兵，林莫瑤也只能硬著頭皮上了。

「對。兩位舅公，雖說有百人，但他們來了之後，確實吃住都在我家作坊裡，絕不會影響到村子裡的人，他們不過是戶籍落在林家村罷了。」林莫瑤繼續道。

村長皺眉沈默了會兒，回道：「妳讓我想想。」一百個人，這可不是一件小事啊！如今林家村的土地只有這麼多，已經沒有多餘的地給這一百個人安家落戶了！雖然林莫瑤說了，他們這一百人來了之後吃住都在作坊裡，但萬一有人在這邊娶妻生子呢？這不就需要地方安置了？

他也不是鐵石心腸、恩將仇報的人，林家想安置這些老兵、傷兵也是好意，若不是這些人，他們何來的安寧可言？可是，一想到這關係到土地的事，村長就又猶豫了。

林莫瑤看村長一會兒皺眉，一會兒鬆開的，猜測他是不是有什麼難言之隱，便直言道：「舅公，若是有什麼難處，您可以說出來，我們一起商量看看。」

聞言，村長看向林莫瑤，嘆了口氣說道：「阿瑤啊，不是舅公不幫妳，只是，咱們村子就這麼大，現在村子裡的地都已經分出去了，剩下的地方也劃進了養殖場，再沒有餘下的土地來安置新來的人了啊！雖然說，他們吃住都在妳家的作坊，但萬一有人要在這裡成親生子呢？那該如何是好？村子裡實在拿不出多的地來分給他們啊！」

聽了村長的話，林莫瑤愣了一下，這個倒是她沒有想過。村長說的這些事也不是沒有可能，這些退伍下來的老兵、殘兵，都是一些無家可歸的獨身之人，老兵就不說了，那些個傷兵中，也有年輕力壯的，說句僥倖的話，若是跟哪家姑娘看對眼，要在這裡安家落戶，土地和房子確實是個大問題，這倒是林莫瑤沒有考慮周全了。想到這裡，林莫瑤突然眼珠子一轉，有了主意。

「舅公，我記得河對岸那一片地好像不屬於咱們村子，也不屬於隔壁村吧？」那片地林莫瑤之前看過，只是中間橫了一條河，林莫瑤覺得不方便，就作罷了。

村長一聽，回想了一下便點頭道：「嗯。」

林莫瑤嘴角上揚，笑道：「這就簡單了！我去找蘇大人，既然要安置一百人落戶，那怎麼的也得給咱們村再劃一片土地過來吧，不然怎麼安置這些人？」

村長一聽，眼睛也亮了起來。那塊地方雖然說種東西不怎麼樣，但用來蓋房子住人還是可以的，最主要的是足夠大啊，上千畝呢！若是林莫瑤能把那塊地要過來，那把這一百個人安置在他們村裡也不是不行，只不過……

「大人能答應？」說到底，村長還是擔心蘇洪安想安置人卻不肯給地，就麻煩了。

林莫瑤笑道：「這個舅公就不用擔心，你們等我消息吧，我自有辦法說服蘇大人。」

村長和族長也知道，如今林莫瑤家和縣太爺家的關係已經不比以前，那縣太爺的千金將來可是要嫁給林家大郎的，林莫瑤既然說能說服蘇大人，那就應該沒問題了。

想到這裡，村長便鬆了口，道：「既然這樣，阿瑤，只要妳能說服蘇大人把那一片土地都劃給咱們林家村，那這一百個人我就同意他們落戶在咱們村子，不管他們從前是哪裡人、從哪裡來，以後，他們都是我們林家村的一份子了。」

「好！」

不久之後，當這一百多人救了整個林家村時，村長才萬般慶幸，當初他沒有拒絕林莫瑤的要求，幸好，他收下了那一百個人。這是後話。

等出了村長家的門，林泰華才擔心地問向林莫瑤。「阿瑤，這事蘇大人能答應？」要知道，那一片地方可不小啊！

林莫瑤神秘一笑，道：「山人自有妙計，大舅，您就放心吧！」

林紹遠陪著司北到了縣衙，直接求見蘇洪安。

蘇洪安聽下人稟報林紹遠來了，還以為是這未來女婿找他有什麼事，結果等他到了會客廳才發現，竟然是司北找他。

要辦正事的時候，司北就收起了那副嬉皮笑臉的模樣，正經起來的他看著和司南還真是沒什麼區別。

兩人也沒有廢話，直接切入了主題，說明來意。

當蘇洪安聽說司北是文州大將軍府的人時，整個人都驚呆了。

赫連大將軍，大齊國的戰神，誰人不知、誰人不曉？他也是蘇洪安一生當中最為敬佩的幾人之一，沒想到，現在他竟然也有機會和大將軍結識，這如何能讓蘇洪安不激動？

當司北說明來意，表示那一百人到了這裡之後，需要將戶籍落在緬縣，落在林家村，蘇洪安二話不說，直接就答應了。

對於蘇洪安的果斷，司北是心懷感激的。一般若是碰到這種情況，地方官都會給他們這些武將一些為難，至少也要大將軍府出一點血才行，沒想到到了蘇洪安這裡會這麼順利。

從前，蘇洪安不知道司北的身分，只當他是林莫瑤的隨從跟班，如今知曉了，便客氣了許多，這倒是讓司北有些不好意思，正事一說完，就恢復了那副什麼時候都笑嘻嘻的模樣。三人又說了一些話，倒是讓氛圍緩解不少。

早在半月前，林家就請了媒婆正式上門提親，交換了庚帖，只是因為林家作坊太過忙碌，一時半會兒也忙不過來，定親宴只能往後推。有了文州那邊過來的一百人，全都安排到作坊裡的話，林紹遠一家就不會這麼忙，兩人的定親宴也能提上日程，這也是蘇洪安私心裡應下這要求的原因之一，算是為了他的女兒。

司南快馬加鞭的趕往文州，七、八天的路程，五天就走完了。

近幾年，胡人忌憚將軍府的威名，不敢來犯，只是偶爾有些小戰，倒是能應付得過來；而赫連澤這段時間因為有公務要處理，正好都在府裡，沒在軍營。司南趕到的時候，赫連澤正在後院練武，聽到門房稟報說司南來了，赫連澤還意外了一下，心裡琢磨著，逸兒的那個小媳婦又給他送什麼來了？

「見過將軍。」司南跟隨門房進了後院的練武場，來到赫連澤面前，直接抱拳單膝跪了下去。

赫連澤笑著伸出雙手，一把就將人拉了起來，說道：「你這小子，說了多少次，讓你不用每次都下跪，就是不聽！」

司南重恩，在他心中，赫連澤就是他和司北的救命恩人、再生父母，地位是任何人都不能撼動的，對赫連澤的敬重，司南從不敢怠慢半分。

對於赫連澤的話，司南也只當沒聽見，抱拳彎腰回道：「大將軍，二小姐有信讓屬下交給您。」

「喔？那丫頭又給我準備了什麼東西？」赫連澤接過下人遞過來的巾帕，擦了擦頭上的汗，這才帶著司南往書房的方向走。

司南跟在赫連澤的身後，低聲說道：「將軍，二小姐這次沒給將軍捎東西。」

赫連澤腳步一頓，回頭看了他一眼，隨後說道：「喔，好吧，那你說，那丫頭又要做什麼了？」之前那丫頭倒是讓司南他們捎了不少吃的、喝的過來，不光是送吃的，還直接把方子送來了，赫連澤不得不感嘆那丫頭的心細。

那丫頭先前來信阻止他在文州推行冬小麥，看她信中言辭誠懇，又有理有據的，他也覺得，若是拿大家的口糧來和老天爺賭實在太不值了，便打消了種冬小麥的念頭。雖然如此，赫連澤可是一天也沒有忘記那丫頭許下的諾言——定會想辦法幫著文州改善生活條件。

這會兒司南來了，赫連澤不禁在心中猜測，那丫頭是不是有什麼主意了？

兩人到了書房，赫連澤在書桌後面坐下，隨後便有人奉上茶水。司南站在下首，赫連澤喊他坐下說話，司南仍是站著不動，赫連澤便不勉強了，問道：「信呢？」

司南往前兩步，雙手奉上林莫瑤的親筆信。

赫連澤打開信封，只看了第一張就笑了起來，抬起頭，眼含笑意地看了司南一眼，隨即對守在門口的下人說道：「去，把郭軍師叫來！」

吩咐完，赫連澤抬起手笑著隔空對司南點了點，笑道：「你這小子，這些事，是你跟她說的吧？」

司南垂首，正經回道：「屬下只是想幫將軍分憂。」

赫連澤知道這小子話少，也不說了，嘆息一聲便繼續看信，越看，赫連澤的心情就越好。他這個未來兒媳婦，還真是個妙人。

跟隨下人過來的郭軍師一進門就看見了司南，笑道：「司南回來了啊？站著幹什麼？坐啊！」

司南抱拳行禮，喚道：「軍師。」

郭康笑了笑，對坐在書桌後面的赫連澤笑道：「將軍，不是我說你，司南好不容易回來一趟，你有什麼事不能讓人坐下說嗎？」

赫連澤繼續看信，頭也不抬地回了一句。「你何時見過這小子在你我二人面前坐下過？行了，別管他了，我找你有事。」

郭康作為赫連澤的軍師，跟著他在文州一待就是十幾年，家中女眷和赫連夫人她們一樣，被留在了京城，平時他和赫連澤同出同進，這個將軍府，也就只有他們兩個主子罷了。和赫連澤相識這麼多年，他只需要一眼就知道赫連澤高興與否，這會兒看赫連澤臉上神情飛揚，喜悅之情溢於言表，便知道定是碰上什麼好事。

「呵呵，這是怎麼了，什麼事情讓你高興成這樣？」郭康走上前，毫不客氣地站到了赫連澤的身後，看向他手中拿著的信。

赫連澤也毫不在意郭康未經他的同意就看他手上的信。這麼多年了，他們二人已經培養了一定的默契，若是不能讓對方看的信，第一時間對方就會知道了。

赫連澤笑了笑，抬手將手中的信遞給身後的郭康，朗聲笑道：「沒想到逸兒的這個小媳婦還真是不錯！」

郭康挑了挑眉。他知道赫連軒逸早年被一個農女所救，然後兩人莫名其妙的就私定了終身，他還聽說，那年那個丫頭才八歲。

不過，那個小女娃是真不錯，這些年有好吃好喝的都會想著他們，甚至還弄出來個什麼冬小麥，雖說他們文州不能種，但能造福其他地方的百姓也是好的。

也不知這次那個小丫頭又給他們帶來什麼驚喜了？

郭康拿過信慢慢看了起來，越往後臉上的表情越複雜，待他將最後一行字看完，再看了看另外兩張附在信紙後面的配方，真是不知道該說什麼好了？

「這丫頭真是……有意思，太有意思了！有女如此，乃少將軍之福啊！」看完整封信，郭康的嘴角便浮起大大的笑容。這是不是剛想瞌睡了就有人送來枕頭？

赫連澤呵呵一笑，沒有接他的話，倒是提起了另外一件事情。「這丫頭說的事情，你意下如何？」赫連澤所指的是一百個傷兵和老兵的事。

郭康幾乎毫不猶豫的就道：「這是好事啊！將軍你想，我們雖有酒廠和城外的莊子，但是隨著戰事的發生，退下來的兵卒也越來越多，如今林二小姐主動提出幫我們安排一部分的老兵和傷兵，豈不妙哉？」說完，郭康拿來兩個配方，指著上面寫的東西繼續道：「而且，這丫頭說的也沒錯，這些人可以讓他們選擇學一門手藝，至少能自己養活自己。大將軍，我們再多鋪子和莊子賺來的錢，都填不完這個大窟窿啊，我看這丫頭說的方法可行。再說了，她這不是還送來了兩個配方嗎？咱們也自己開個作坊，反正這雞蛋也不是什麼稀罕物，文州這麼多百姓家裡都有養雞，我們派人到各個村落去收就是，到時候價格公道，還省得那些百姓走遠路來賣。」

赫連澤依然沈默，似在考慮，過了一會兒，他看向司南，問道：「司南，你跟在林二小姐身邊許久，這方子上所寫的兩樣東西，可盈利？」

司南抱拳回道：「回將軍，鹹鴨蛋因為鹽的限量，銷量都是固定的，二小姐給鹹鴨蛋的定價是三文錢一個；而另外一個松花蛋卻是林家獨有。也就是說，當今世上會做這個松花蛋的，除了二小姐的家人之外，就只有大將軍和軍師了。」話外之音就是——這松花蛋才是賺錢的大頭！

赫連澤一聽來了興致，挑了挑眉問道：「價格幾何？」

「松花蛋的定價是五文錢一個，這個價格是二小姐和表少爺商量之後定下的。如今整個興州府都開始時興吃松花蛋，林家正因為訂單過多想著擴大作坊，屬下也是趁著這個機會跟二小姐提了讓她招工採用老兵、傷兵的。」司南說道。

赫連澤聞言輕輕點了點頭，隨即用手在桌上輕輕地敲著，過了半晌才開口道：「照你這麼說，這松花蛋很賺錢，而且也不怕沒人買，是嗎？」

「是。」司南不知道赫連澤為何會這麼問，但是依然老實的回答了。

「行了，我知道了，後面的事你就不用操心，現在先去休息，明天一早，我讓人陪你去貧民窟那裡，你自己挑選百人跟你回去。問過他們後，願意將戶籍落到緬縣去的，明天離開之前就去州府縣衙把文書辦了，我會跟州府大人打招呼的。」赫連澤說道。

司南點點頭，應了一聲「是」，便跟著門外等候的小廝下去休息了。他得養好精神，明天帶上人，抓緊時間趕回去。

等到司南一走，赫連澤就看向郭康，問道：「你覺得這丫頭說的可行嗎？」

第五十七章　老弱殘兵

郭康笑了，說道：「你自己不是有主意了嗎，為何還來問我？」

赫連澤嗤笑一聲，道：「你啊！唉，其實我早就想讓他們學門手藝了，至少能養活自己，可是我這心裡始終對他們有種愧疚之情。不過，如今被這丫頭一說，這心思倒是開明了不少。就按照她說的辦吧，明日司南去挑人的時候，你也跟著過去，詢問他們的意見，若是想學手藝，我便派人尋師傅教他們。」赫連澤一頓，又說：「另外，你看看那松花蛋能不能做？能做，咱們就也開個作坊，正好讓那些老兵和傷兵有點事做。鹹鴨蛋就不要考慮了，咱們的軍餉有限，朝廷每年撥下來的鹽還不夠軍隊用的，倒是這松花蛋可以試試。我記得城外有座山上好像有許多石灰石，那玩意兒就是專門用來燒石灰的吧？」

郭康略微回憶一下，便點了點頭，道：「嗯，是有這麼一座山。」

赫連澤點點頭，大手一揮，說道：「行吧，那我待會兒就去找州府大人，想辦法把那座山的開採權要過來，咱們也開個作坊。這生意上的事情就交給你了，我大老粗一個，不懂這些，你看著安排吧。但是有一點要記住，這丫頭既然說了這松花蛋是獨一份，這配方和做法就不能從我們這裡洩漏出去。」

「這我知道，將軍放心吧。」郭康應道。

赫連澤抬起手拍了拍他的肩膀，笑道：「你辦事，我放心。走吧，咱們現在就去會會我們的州府大人！」

第二天一早，司南在郭康的陪同下，直接騎了馬去城北的貧民窟，挑了一百人，連夜往興州府去了。

而早早就收到消息的林家村眾人，紛紛站在路邊翹首以盼。他們在村長的通知下已經知道即將會有一百個退伍軍人到他們村子落戶，大家紛紛好奇，但是更多的是同情。因為村長說了，這些人都是老兵、傷兵，都是在戰場上受了傷而退下來的。

不管什麼時候、什麼年代，老百姓對這些保家衛國的人都是抱持著敬畏之心，所以，即使這些人還沒到，林家村半數的人就已經等在小樹林那裡了。

今日胡氏的攤子不對外營業，此時有不少的婆子、媳婦在忙活，都是林莫瑤家請來幫忙做飯的，為的就是讓這些人到了之後，能吃上一口熱食。

「來了！」突然，官道上響起了一個喊聲，只見那人一邊喊，一邊往人群跑，在他身後，司南騎著馬走在前面，後方則跟著十來輛馬車，慢慢朝著林家村駛來。

一直等隊伍到了近前，車上的人各自拿了自己的包袱下車來，這才發現小樹林那邊站了不少林家村的人，饒是這些上慣了戰場的人，被這麼多人看著，也有些不好意思。

林家眾人站在路口，司南下了馬車，直接上前給林莫瑤等人行禮，並叫來了趙虎。

「二小姐，這是趙虎，這次隊伍就是他整理的，在退下來之前，他曾在軍營裡擔任小旗。」司南向林莫瑤和林家眾人解釋。

趙虎等到司南介紹完，才上前一步，抱拳就要給林家眾人下跪。

林泰華眼疾手快地扶住了，道：「趙小旗不用多禮！」

趙虎道：「不敢當，小人如今已經不在軍隊了，大爺叫小人一聲趙虎就行。」

林泰華還是有些不習慣人家叫他大爺，只能岔開話題，給趙虎等人介紹村長和族長，畢竟他們百人除了給自家作坊做工之外，還要在林家村落戶。

村長一直站在林家眾人後面，看著浩浩蕩蕩的車隊前來，再看了看這些從車上下來的人，整齊劃一地站成了一個方隊，畢竟都是上過戰場殺過人的，就算是殘了、老了，那身上的肅殺之氣依然還在，他一個小小的村長何時見過這種陣仗？費了好大的勁才平靜下來。

「這是咱們村子的村長，我已經跟村長說過，以後你們的戶籍就落在我們村子。現在大家都是孤家寡人，暫時就住在我家的作坊裡，等到以後如果你們想要成親生子了，就從作坊裡搬出來，在外面蓋上房子，成家立業。」林泰華說道。

林泰華的話，讓這些人心中動容。他們本想著，能活下去就足夠了，沒想到，這新的主家竟然還替他們考慮到了結婚生子、成家立業。儘管他們這些人當中，大多數的人都已經過了成親的年紀，可是，這暖心的安排還是讓他們心中激動。

「多謝村長！」以趙虎為首，身後百人齊聲跟村長道謝。

整齊劃一又充滿氣勢的聲音，把村長給嚇了一跳，他哆嗦了下，勉強扯了扯嘴角，笑道：「沒事沒事，以後你們就是村子裡的一員了，大家有什麼事就多互相關照一下。喏，我身後這些都是村子裡的村民。」說完，還指了指身後圍觀的林家村眾人。

被村長點名，身後站著的人，也紛紛對剛剛到來的百人露出善意的微笑。

原本，他們還以為這百人到了村子裡，也要和他們分養殖場的分成，許多人還不樂意。後來知道這百人是林家作坊請來做工的退伍老兵和傷兵，只是戶籍落在村子裡，並不會和他們分養殖場；而且這些人也不和他們住一起，而是住在林家的作坊，如果以後要出來安家，房子也是蓋在河對岸，和他們並不衝突，這樣一來，林家村眾人對這些外來的人也就沒有那麼排斥了。

林二奶奶和林劉氏站在一起，看著這些個和自己兒子差不多大的大好男兒們，卻因為守護他們而落下殘疾，心中不免感觸，也有些心疼。見大家趕了一天的路，還整齊地站著，就對眾人說了一句。「好了好了，他們都趕了一天的路，先讓他們歇一會兒，吃點飯吧！司南啊，你也趕緊回家換身衣服。」說完，林劉氏又對一旁的村長和族長笑道：「村長、族長，家裡也準備了飯菜，今天就到我家吃吧？你們跟老二一起，兄弟三個好好喝兩杯。」

林二老爺立即會意，主動拉著村長就往林家方向走，一邊走，一邊喊族長一起。「走吧走吧，這邊交給大嫂他們就行，我們兄弟三個去喝兩杯！大華啊，這裡就交給你了，我帶你叔他們先回去了。」

「知道了二叔，你們去吧。」林泰華笑著應道。

村長被林二老爺拉著走，正好他也不想在這兒待著，這些個從軍的太嚇人了。走下了小路，壓力小了一些，村長便和林二老爺並排，一邊說話，一邊走遠了。

林二老爺帶著村長和族長走了，這邊圍觀來看熱鬧的人也散得七七八八，林劉氏和林二奶奶便一邊指揮著來幫忙的婆子、媳婦，把做好的小菜、肉包子和饅頭端上來，一邊讓林莫瑤她們先回家。畢竟都是外男，而且還這麼多人，她們這些小姑娘還是不要在這裡的好。

正好，司南也有事情要跟林莫瑤回報，於是交代了趙虎一聲，有事可以直接找林泰華或者林紹遠，便跟著林莫瑤離開了。

回到家裡，林莫瑤便去了書房，司南言簡意賅地把文州的事告訴了林莫瑤；另外，又替赫連澤轉達了一下謝意。

二人又說了一些細節上的事情，就聽見紫苑在門口稟報——

「二小姐，遠少爺帶著那個叫趙虎的過來了。」

林莫瑤正低頭畫東西，聽見她的話，頭也不抬地回道：「帶他們過來。」

「是。」紫苑應聲離開。

不過一會兒，林莫瑤就聽見幾人的腳步聲，待聲音進了書房的門，她才停下手中的筆，抬頭看向來人，甜甜地笑了一下，喊道：「大哥，你來了。」

林紹遠點點頭，隨後將身後跟著的趙虎讓了出來，對林莫瑤說道：「趙虎問了一下他們這幫人的安置問題，我想，這事還是妳來說吧，就把他帶過來了。」

林莫瑤點點頭，說道：「嗯，那大哥你們先到那邊坐一會兒，我這邊馬上就好。紫苑，上茶。」說完，也不管幾人，又繼續低頭畫畫去了。

林紹遠往她那邊掃了一眼便沒再多問，招呼趙虎坐在廳內的椅子上。

紫苑給二人上了茶之後便退下去，在上茶的時候，為了照顧趙虎斷了的左手，紫苑還特意將他的茶杯放到右手邊。

差不多半盞茶的工夫，林莫瑤終於停下手中的畫筆，動了動痠痛的脖子，抬起頭來，笑著對坐著的二人說道：「畫好了。」

聽見林莫瑤的聲音，林紹遠從椅子上站了起來，走到書桌前面看了一眼林莫瑤畫的東西，笑道：「看妳忙活半天，到底在畫什——」話還沒說完，他臉上的表情就凝結了。看了一會兒後，林紹遠終於笑了，寵溺地看了林莫瑤一眼，抬起手想去摸她的腦袋，卻發現隔著桌子他碰不到，便順勢直接伸過去，改為拿起圖紙，笑道：「還是妳想得周到。」

林莫瑤嘿嘿笑了一聲，隨即看向有些手足無措的趙虎道：「趙小旗，你也看看吧。」

趙虎連忙彎腰行禮，回道：「小姐喚我趙虎就行，小人早已不是小旗。」

林莫瑤點點頭，又指了指林紹遠手上的圖，說道：「好吧，趙大叔，你看看這張圖，若是沒有其他問題，我就要找人來給你們蓋房子了。」

趙虎沒想到林莫瑤會直接喊他趙大叔，還沒反應過來，就聽見林莫瑤讓他看圖紙，而且……他們住的房子？趙虎懷著好奇，接過林紹遠遞過來的圖紙，當看清上面所畫的院子房舍時，他一時有些反應不過來。「這……」趙虎愣了一下，看向林莫瑤。

林莫瑤隨即說道：「你看，這塊地被我分成兩半，這半邊就是作坊，以後你們白日裡做工就在這裡，而這邊，就是給你們居住的房舍。原本我想建兩間大屋，反正都是男的，睡在一起也沒什麼，不過後來想想，大家有時難免有個隱私什麼的，就稍微改了一下，改成這樣一間間的小屋，一間屋子住四個人，總共二十五間。另外，每五間房屋單獨成一個院子，裡面都配備小廚房和淨房，這樣你們平時休息時，自己做點小菜或燒個熱水洗澡也方便一些，只是，這片地方不好打井，你們若是要用水，就得從作坊這邊挑水回去。」說完，林莫瑤似乎覺得解釋得還不夠清楚，就從書桌後面走了出來，站在趙虎旁邊，指著圖紙上的幾個地方，說道：「這間屋子是食堂，我會請兩個人來給你們做飯，平時你們在作坊做工時，就在食堂吃飯，每日兩頓，不管早飯。你們如果要吃早飯的話，就自己做，或者去胡嬸那裡買一些來吃。」

一番解說下來，趙虎整個人都是愣的，眼神隨著林莫瑤的手指移動，心中滿是震驚。這和他們預想當中的比起來，簡直好太多了！這些房子，甚至比他們當初從軍之前的房子來得好，就是比文州貧民窟的房子都要好，居然還有單獨的院子。而且剛才林莫瑤說了什麼？每日管他們兩頓飯？這是他們從前想都不敢想的！

突然，趙虎想到了什麼，愣愣地問道：「小姐，您剛才說休息的時候，我們能自己做飯吃……我們還能有休息時間？」

這也是林莫瑤後來想到的，是參照後世的做法。雖說現在的勞動力廉價，但林莫瑤還是做不出那種死勁壓榨的事，便定下了每六天可以休息一天的工作時間。

「嗯，以後你們辰時出工，到午時有兩刻鐘的時間休息吃飯，晚上做工到戌時結束，吃晚飯，後面的時間就是你們的自由時間了。至於休息的日子，你們自己安排，每日休息的人不得超過十人。工錢的部分，既然已經管吃管住了，自然不能開得太高，每月給你們一百文，若是曠工或者偷懶耍滑就會扣工錢，當然，生病和休息不會扣工錢的。」林莫瑤說道。

隨著林莫瑤的話說完，幾人只聽見撲通一聲，隨即就看見趙虎手握圖紙，直接跪在林莫瑤的面前。

趙虎重重地磕了個頭。「小姐的大恩大德，小人無以為報，只能給小姐磕頭了！」

「哎呀，你這是幹什麼？快起來！」林莫瑤後知後覺的跳開，連忙喊趙虎起身。

趙虎又感激地給林莫瑤磕了兩個頭，這才在林紹遠的攙扶下站了起來。

林莫瑤一抬頭，就看見他略有些發紅的眼眶，心中不免感觸良多。這些人，都是在第一線衝鋒陷陣、保家衛國的人啊！儘管當中有許多的身不由己，但不能否定他們就是在保護百姓、保護這個國家，然而現在，堂堂的七尺男兒卻因為她的一些安排而紅了眼眶，莫名的，林莫瑤也覺得有些心酸。

「好了，我家不時興跪來跪去的。你以前在軍營裡是做小旗的，那以後這百人就交給你管理了，以後你就是作坊的管事，我相信你一定能安排好他們，有什麼事找司南或者找我大哥就行。」林莫瑤說道。

「是！」趙虎深深鞠了個躬，感激地應了一聲，語氣有些哽咽。

林莫瑤最見不得這種場面了，連忙轉移了話題。「不過，圖紙我是畫出來了，可這段時間我們家人都在忙，房子還沒來得及蓋，得委屈你們暫時先搭棚子住著，等到房子蓋好。」

林莫瑤也有些無奈。這半個月來，他們真的是忙死了，根本就沒法休息，都這樣了，也還有好多訂單沒能按時交上，林紹遠為這事可沒少奔波。

趙虎一聽，連忙擺手，道：「不委屈，小人聽小姐的安排。有棚子住就不錯了，當初我們行軍的時候，睡在野外的都有，而且現在天氣涼爽，打地鋪、住棚子沒什麼不好的。對了，我們也能幫忙蓋房子，我們這夥人雖說都有些不便，但是搬搬東西還是行的。」

林莫瑤一聽，覺得這樣也行，便說道：「那行，這樣吧，你待會兒回去就安排一下，今天休息一天，明天開始，一半的人進作坊開始幹活，一半的人準備蓋房子。」說完，林莫瑤又扭頭看向林紹遠，繼續說道：「大哥，後面的事就交給你安排了。分去作坊的人先安排跟著大舅母她們做一遍，等到上手了就好。另外，讓大舅去跟之前找好的蓋房子的人說一聲，可以動工了。」

林紹遠微微一笑，點頭道：「嗯，我會安排好的，妳放心吧！」

第五十八章　安頓

林紹遠和司南忙前忙後的安頓這一百人，另外一邊，遠在京城的赫連軒逸也收到林莫瑤送來的信。

兩年多沒見，兩人只靠著寫信和司南、司北的傳話聯繫到現在，說實在的，赫連軒逸腦子裡的那個小女孩，也僅剩一些模糊的印象了，況且他離開的時候，她不過才十歲不到，如今過去這麼久，也不知道她是否變了模樣？

信上，林莫瑤除了跟赫連軒逸說了安頓老兵和傷兵的事之外，還交代了自己已經將松花蛋的製作配方送到文州，交到了大將軍手裡。至於大將軍會如何處理，這個她猜不到，多半也會跟她一樣開個作坊吧。另外，又跟他說了一些關於生意上，和她對作坊未來的打算等事，最後，才抱怨一般地對赫連軒逸提及現在銀錢使用上的不便。每次出門大錢雖說有金，可帶得更多的卻是銅錢。

赫連軒逸看到這裡，便笑了起來。如今兩年多過去，十四歲的少年也出落得越發俊朗了，稜角分明的臉已經漸漸長開，甚至連說話的聲音都有些變，褪去了稚嫩，多了絲成熟。或許是因為赫連軒逸自幼習武，十四歲的年紀，竟已經快趕上成人的身量。

收起信件，赫連軒逸叫來門外候著的隨從吩咐道：「備馬，我們去沈太傅府上轉轉。」

自從司南和司北留在林莫瑤身邊之後，赫連軒逸回到京城，徐氏就重新在他身邊安排了一個隨從，名叫四喜。

雖說四喜的身手不如司南和司北，但是他辦事機靈、反應靈敏，跟在赫連軒逸身邊倒是幫著他做了不少事情。

四喜聽了赫連軒逸的吩咐，便交代下面的人趕緊去準備馬匹，自己則跟在赫連軒逸的身後，笑道：「少將軍，可要派人先去沈太傅府上說一聲？」

赫連軒逸想了想，道：「算了，我們直接過去就行。對了，今日可是太子出宮的日子？」

四喜聞言點點頭，回道：「是，今兒個正好是太子爺出宮到沈太傅府上的日子。昨天沈爺還派人來問了少將軍，今日要不要過去呢？但少將軍說懶得出門，便回掉了。」

赫連軒逸點點頭。昨天沈康平確實派了小廝過來問他今天要不要去太傅府？不過他昨天有些不大舒服，就給回掉了，今天看到林莫瑤的來信之後，他突然又想去了。

「少將軍可是碰到什麼好事了？」四喜見一路上赫連軒逸都在笑，便調侃著問了一句。

赫連軒逸扭頭看了他一眼，笑道：「這都能看出來？」

四喜連忙點頭，笑著說道：「少將軍的嘴角都快咧到耳根了，讓奴才想不看出來都難啊！」

赫連軒逸不語，只是「呵呵」地笑了一聲，便背著手邁出了大門，門口已經有下人牽了馬匹出來候著。

赫連軒逸一個翻身上了馬，對站在一旁候著的門房說道：「告訴我母親，我今日在沈太傅府上用飯，讓她不用等我。」

「是。」

隨後，赫連軒逸將馬鞭一揚，直接奔了出去。

四喜連忙爬上馬跟上。

當赫連軒逸出現在沈府門前的時候，沈府的門房只略微愣了一下，留了個人在這裡等著，便跑進府裡報信去了。

赫連軒逸下了馬，也沒等通報的人回來，就直接大步走進了沈家，徑直朝著後院沈康平的院子走去。每次太子出宮都會在沈府待上半天，吃過午飯之後，下午若沒有其他安排，就會回宮；若有，就會在宮外待到日落，宮門落鑰之前回去。

還沒等赫連軒逸走到沈康平的院子，就看見他的隨從跟著門房迎了出來。

「少將軍。」沈康平的隨從名喚飛羽，打小就跟在沈康平身邊，對赫連軒逸也是極為尊敬。

「你家少爺呢？」赫連軒逸腳步不停地往前走，嘴裡問道。

飛羽和四喜並排走在一起，回道：「大少爺正陪著太子殿下在後院花園的涼亭，特地派奴才來接少將軍。」

「喔，走吧。」赫連軒逸淡淡地應了一聲，腳下一偏，直接換了個方向，朝著花園而去。

赫連軒逸到花園的時候，沈康平正陪著李賦坐在涼亭裡喝茶說話，見他來了，兩人停下手裡的動作，紛紛看向他。

赫連軒逸走到涼亭下，躬身行禮。「見過太子殿下。」

李賦笑了笑，嗔怪道：「這裡又沒有外人，你就不要裝了！」

赫連軒逸聳了聳肩，沒等李賦說免禮便直起身，徑直鑽進涼亭找了個位置坐下來，毫不客氣地給自己倒了杯茶。

沈康平和李賦見他這樣，只是微微笑了笑，便擺手讓飛羽帶著四喜下去了，涼亭裡頓時只剩下三人。

李賦看著他，笑道：「不是說身子不適不出門嗎，怎麼又來了？」

赫連軒逸放下茶杯，淡淡地回了一句。「在家閒著無事，過來跟你們說說話。」

沈康平和李賦對視一眼，兩人眼中紛紛寫滿了不信。

沈康平更是紙扇一打，笑道：「說吧，是不是有什麼事？」

赫連軒逸也不否認，看向李賦，直言道：「你之前不是準備提銀錢改革的事？打算什麼時候提？」

李賦眉頭一挑，看向赫連軒逸，笑道：「你怎麼好好的，關心起這件事來了？」

年前一次偶然的機會，李賦知道了民間許多商戶之間的金錢轉換，除了平時所用的銅錢和金之外，還加入了銀子，按照比例，一吊錢等於一兩銀子，十兩銀子等於一兩金子。不過，這也只是私下的操作罷了，並沒有經過戶部的認可。

李賦想做的，就是將這件事上報戶部，然後全國通行，這樣一來，就能減少許多不便，首要的，就是解決了人們出門必須攜帶大量銅錢的麻煩。

不過，這件事情他只和赫連軒逸、沈康平商量過，就是沈太傅那裡也只是略微的提了一下，並沒有真正的實行，畢竟，他現在才剛剛開始接觸朝堂政事，若是太過反而不好，這銀錢改革可是件大事。

讓李賦覺得有意思的是，一向對政事不感興趣的赫連軒逸，竟然主動提起了這件事，很是讓他意外啊！

面對兩人的調侃，赫連軒逸面不改色地回道：「沒什麼，只是突然想到罷了。」

「喔？是嗎？」李賦挑了挑眉，笑著看向赫連軒逸。他們三人從小一起長大，自己還能不知道他？「說吧，是不是有什麼事刺激到你了？」

心思被李賦戳穿，赫連軒逸臉上的神情都變得有些不自然。面對兩位好友，他也沒什麼好隱瞞的，當即把林莫瑤的來信內容挑了一些能說的跟兩人說了。

當赫連軒逸提及林莫瑤是如何幫著大將軍府安頓老兵和傷兵之時，沈康平和李賦紛紛露出了驚訝的神色。

二人對視了一眼，隨後看向赫連軒逸，驚訝道：「嘖嘖嘖，你這是走了什麼狗屎運了？被人撿回家，還能撿個這麼識大體，還沒進門就替將軍府做事的媳婦回來？有這麼懂事的兒媳婦，赫連將軍想來作夢都笑醒了吧？」

赫連軒逸聽了二人的調侃，也不惱，只說道：「阿瑤說了，現在的貨幣流通實在太不方便了，所以我就想到上次太子殿下提到的事，若是能將銀子也作為貨幣的一種，那是不是能省下許多麻煩？」

李賦聽了，直接笑了，說道：「搞了半天，你是為了你那個小媳婦的幾句抱怨之語，才跑來讓我重提貨幣改革的事？」

赫連軒逸說道：「改革有什麼不好？難不成你高興每次出門都揣上一大堆銅板？」

李賦被噎了一下。他出門從不擔心銀錢之事，反正都有隨從太監替他付錢，而且他哪次出門帶的不是金，怎麼可能會為了這種事情煩惱？但轉念一想，李賦想到自己之前和沈康平、赫連軒逸一起微服私訪的時候，看到民間百姓，有些甚至用背簍揹著錢出來買東西，確實讓他覺得，如今的貨幣在使用上實在太不便民了。

只是，自己認同是一回事，提出來實行又是另外一回事了。李賦收起笑容，微微嘆了口氣，無奈道：「怕只怕我提出來，父皇未必會同意。」

「為什麼？這是利國利民的好事，皇上他為什麼會不同意？」這次提出疑問的人換成了沈康平。

李賦自嘲地笑了笑。「這段時間，父皇越來越聽秦相的話，秦相現如今支持的人是二弟，若由我提出來，他未必會贊成。按照他們這段時間想方設法打壓我的情況來看，秦相必定會站在反對面。」

李賦話音落下，沈康平和赫連軒逸都陷入了沈默。

之前赫連軒逸從文州回來時，就差點著了秦相的道，在京城待了這兩年多，赫連軒逸自然很清楚，秦相是站在二皇子李響那邊，幫著他打壓太子的。

若不是太子占了個長子，又是從小定下的太子之位，有皇太后護著，且太子自身也有實力和魄力，以秦相如今隻手遮天的實力，想要扳倒太子、扶持二皇子李響上位，簡直太容易了。

如今李賦所說的也不是沒有道理，若是秦相站在他們的對立面，那這件事情還真的不好辦。

三人在涼亭裡商量無果，最終只能求助沈太傅。

沈太傅作為太子的老師，自然希望太子將來能夠做一個心繫萬民的好皇帝，貨幣流通這件事情，太子之前跟他提過一次，當時沈太傅便極為贊成。將銀子歸入貨幣流通，確實於朝廷、於商於民，都是利大於弊。

只是當時李賦並沒有多說，而他看李賦也不是特別堅持的樣子，便未多言。如今李賦再次提起，沈太傅便乘機跟他分析了一些其中的利弊關係。

不得不說，沈太傅看得比他們三人透澈多了。

最終，按照沈太傅的提議，決定先針對現今貨幣的使用情況進行全方面的考察，待手中有足夠的資本能夠說服皇帝、說服文武百官，再當著眾臣的面提議此事，勢必要讓秦相無話反駁。

李賦苦笑一聲應下。話雖如此，可他心裡很清楚，要走到這一步何其艱難？為了萬民，他只能盡自己最大的努力了。

而作為好兄弟的沈康平和赫連軒逸，則紛紛表示將會無條件的支援他。

讓幾人沒有想到的是，當李賦準備好一切，在朝堂上當眾提出貨幣改革的提議時，第一個站出來表態支持的人，竟然就是他們一直以來擔心會作對的秦相，這簡直就是打了太子黨眾人一個措手不及！如今這件事情被擺在了明面上，而皇帝也當場就准了，將這件事交給太子和戶部辦理。

可以說，整件事情有了秦相的支援，竟然破天荒的順利。

當朝廷下達的貨幣改革的文書到達各個州縣時，赫連軒逸給林莫瑤的回信也到了她的手裡。

當得知赫連軒逸為了自己的一句抱怨，讓太子提前將貨幣改革搬上了檯面，林莫瑤內心是極為感動的。這個男人，不論前世還是今生都在為她著想。當她看到赫連軒逸說，秦相竟然破天荒的沒有和他們作對時，她的嘴角不自覺地浮起了一絲冷笑。

別人或許不知道秦相為什麼會這麼支持這件事，她可是清楚得很，只因為秦相的手裡可是握著一座很大的銀礦呢！只是這些年，這些被開採出的銀礦都是做成了首飾賣往各個地方，最後換成金子，進了秦相自己的腰包。

前世時，貨幣改革一事其實不是由李賦提出的，而且比現在要晚了好幾年。當時，提出這件事的人是李響，也是因為此事讓皇帝對李響刮目相看，繼而奠定了他後來在奪位之路上的基礎，而造成這一切的始作俑者——就是自己。是她給李響出的主意，借此事引起皇帝的重視，因為她很清楚，在後來時代演變之中，銀子作為主要的流通貨幣是必然的發展。

林莫瑤冷笑。沒想到，今生的貨幣改革，竟也還是因為她，只是，結果卻完全反了過來。想來這時候的秦相和李響，肯定很後悔沒有早些想到這個辦法，將銀子作為貨幣，光明正大地拿出來吧？

一想到他們會悔得腸子都青了，林莫瑤心裡就莫名的高興。

有了司南帶回來的一百個人，作坊很快就重新運作了起來，那些欠下的貨也能慢慢的交上了，林家眾人更是不用再在作坊裡忙得昏天暗地，而林紹遠這也才有空開始和那些商人周旋，趕赴各種邀約。

為了方便林紹遠出去赴宴，林莫瑤暫時讓司北跟在他的身邊，亦一邊幫著林紹遠尋找適合的隨從。

而林劉氏和林方氏空下來之後，便開始一門心思地忙著準備林紹遠和蘇安伶的定親宴、忙著準備聘禮，幾乎每天都要拉著林氏上街去買東西，生怕不夠。反正現在家裡也富裕了，對方又是縣令的千金，自然不能委屈人家。

看著三人樂此不疲的樣子，林莫瑤也懶得過問，只是交代趙虎在作坊裡找了一個手腳靈活又會趕馬車、比較穩妥的人跟著她們，再加上有木蘭和黃氏跟著，倒是讓人放心。

第五十九章　攔路的婦人

眼看兩家定下來的定親宴日子越來越近，林紹遠也開始漸漸減少赴宴的次數，將空出時間陪著蘇安伶逛街遊玩，不然就是帶著司北四處閒逛，搜尋一些女孩子比較喜歡的東西送給蘇安伶。

這日，林紹遠帶著司北在蘇記酒樓裡，會見一個從其他縣城趕過來的商人，兩人談了一些合作上的事，又一起吃過午飯，林紹遠交代蔡掌櫃招呼好貴客，就帶著司北出了蘇記的門，他還要去一趟城裡的首飾店。

前段時間他拜託林莫瑤給蘇安伶設計了一套頭面，特意找了縣城最好的首飾店給蘇安伶訂做，今天正好是出貨日，他便約了蘇安伶在首飾店一起取貨。

出了蘇記的門，林紹遠在司北的陪同下，疾步向首飾店走去。

距離兩人不遠處，站著一個年紀不大的少婦，她頭上梳了婦人的髮髻，可身上的衣服卻十分豔麗，猶如未出閣的少女一般，再加上那張臉長得也頗有姿色，往那裡一站，倒是吸引了不少路過行人的目光。

只是，年輕婦人對這些恍若不見，只是目不轉睛地盯著從蘇記出來的林紹遠和司北。她的目光落在為首那身穿長袍的男子身上，手上的手絹不知不覺被扭絞成了一團，而她的眼中，滿滿的都是不甘。

這個漂亮的年輕婦人，便是之前和林紹遠有過婚約的張燕。

自從前段時間家人重提她和林紹遠的婚事之後，她心裡就一直像火燒一般不能平靜，心心念念的都是那個俊俏的男子。如今見他身穿錦緞，出行有隨從跟著，哪裡還有從前那個窮酸小子的身影？若不是那張臉沒有變化，張燕真要以為自己認錯人了。

想到自己的遭遇，張燕越想越不甘。她原本可以嫁給林紹遠做少奶奶的，可這一切都因為林家當初不肯多掏那點聘禮錢而毀了！她此刻更加堅信，當時林家根本不是拿不出錢來，而是想找個藉口毀婚罷了！越想，張燕心中越恨。

但是，現在不是想這個的時候，她必須重新把林紹遠的心抓回來，只有這樣，自己才能回去過那種衣食無憂、有專人伺候的日子，她可不想再次被家裡那兩個老東西賣掉了。

想到這裡，張燕的眼中燃起了希望，心中更是自信滿滿。憑藉她的姿色，再加上練就的一身好手段，只要讓林紹遠嚐過一次滋味，他就一定離不開她。

打定主意後，張燕的嘴角浮起一絲勢在必得的笑容，毫不猶豫地轉身鑽入巷子，離開的方向和林紹遠相同。

林紹遠和司北一路上有說有笑的。剛剛談成了一筆生意，再加上馬上就能見到心愛之人，讓他心情非常的好。

兩人走著走著，卻發現前面的路被人擋住，於是停下說笑，抬起頭看向前方。

當看清面前站著的人時，林紹遠的眉頭慢慢皺了起來。

「遠哥！」張燕嬌滴滴的聲音響起。

跟在林紹遠身後的司北渾身起了雞皮疙瘩，而林紹遠更是因為她的這一聲叫喚，沈了臉色。

「妳有事嗎？」林紹遠語氣不悅地開口。

司北一聽就知道，他們這位大少爺不高興了。趁著這個空檔，司北悄悄打量了一番面前攔著路的小婦人。只見她長得還算標緻，但是見慣了京城那些鶯鶯燕燕，再加上林家的三姊妹都長得還不錯，相比之下，張燕就顯得有些姿色平平了。

或許是林紹遠的語氣太過冰冷，張燕愣了一下，隨即眼中便蓄滿了淚水，那模樣真是我見猶憐。

周圍開始漸漸的有人似有若無地看過來，這讓林紹遠的臉色更是難看，但張燕就擋在他的面前，讓他就是想避開她都不行。一想到蘇安伶還在前面的首飾店等自己，林紹遠的耐心就沒了。

「這位夫人，麻煩妳讓讓！」林紹遠不悅地說道。

張燕在聽到林紹遠的那一聲「夫人」時，整個人都愣住了，滿是不可置信地看著他，眼神裡寫滿了委屈、不甘和控訴。

林紹遠見她這副樣子，更加不耐煩，沈著臉色，冷聲道：「妳到底想幹什麼？不說話我就先走了，我還有事。」說完，帶著司北往後退了一步，準備從張燕旁邊繞過去。

張燕並不打算就這樣簡單的放他走，見林紹遠剛剛挪動腳步，張燕便像瘋了一般，竟直接張開雙手，攔在林紹遠的面前！

若不是司北及時一把抓著林紹遠的衣服，將他往後拉了一下，只怕這會兒兩個人就要在大街上撞在一起，到時候林紹遠便是有嘴也說不清了。

這下，司北怒了，直接將林紹遠護在身後，目光凶狠地盯著張燕喝斥道：「哪裡來的瘋子，竟敢擋著我們少爺的路？還不快讓開！」

司北的聲音洪亮，且猛地喝斥一聲，倒是讓張燕嚇了一跳，同時，也吸引了周圍人們的注意，大家紛紛將目光落在站在路中央的三人。

反應過來的張燕，只一瞬間眼淚就落了下來，一雙眼睛柔情似水地看向林紹遠，哽咽道：「遠哥，我就是想跟你單獨說幾句話也不行嗎？咱們這麼多年的情分，你難道都忘了？」

眼看路上圍觀的人越來越多，林紹遠的臉色更加難看。這裡距離首飾店不遠，若是這邊的動靜鬧大了，搞不好會把蘇安伶引過來，到時候萬一她誤會，就麻煩了。

想到這裡，林紹遠直接低聲在司北身後說了一句。「這是從前和我定親的張家女兒。」聲音不大，只有兩人能夠聽見。

話。

司北恍然大悟，再次審視張燕的目光就變了，眼神中的鄙夷絲毫不帶掩飾。

張燕被司北盯得難受，卻只能硬著頭皮站在那裡，試圖越過司北，和他身後的林紹遠說話。

「遠哥……」一聲音婉轉，滿是柔情，若不是時間、地點和裝扮不對，還真會讓人聯想到一點郎情妾意的情事出來。

得知了對方的身分，司北就不打算再客氣。這張家的所作所為，當初他剛知道的時候，可是氣了好一會兒呢！

「呸！哪裡來的瘋婆子，我家少爺的名字也是妳叫的？趕緊滾開！」

司北如此侮辱的話，張燕心中惱怒卻知道不能在這裡發作，只是看向林紹遠控訴道：「遠哥，你就任憑下人如此羞辱我嗎？」

林紹遠本就不悅，在聽到張燕一口一個下人的時候，更加心煩。眼看約好的時辰要到了，林紹遠索性轉身，直接走向旁邊的巷子，隨即對司北說道：「我們走這邊繞過去。」

司北一聽，對著張燕冷哼一聲，隨即轉身跟在林紹遠的身後，鑽進了一旁的巷子。

兩人沒有想到的是，張燕見兩人走了，竟絲毫不退縮，反倒直接跟了上來！兩人無法，只能加快腳步。可他們快，張燕比他們更快，三兩步的就緊追了過來。

「你就這樣不想見到我嗎？當初……當初我也是身不由己，是我爹娘逼我的啊！我也不想這樣對你的，大郎！」張燕一邊腳下如風地追，一邊在林紹遠的身後哭訴。

林紹遠雖然眉頭越皺越緊，可腳步卻停了下來。就在剛才，他突然想到，這張家的人如此糾纏，若是不處理好，怕是會影響到他和蘇安伶的婚事，畢竟張、林兩家從前確實有過婚約。

見林紹遠突然停下來，張燕認為是自己的哭訴發揮作用，哭得更凶了，三步併兩步地走到林紹遠面前，仰著頭，滿是愛慕地看著他，柔聲說道：「大郎，如今我已經不再被我爹娘控制了，他們現在也管不到我，我們重新開始好不好？我知道，你這麼多年都還沒娶親，甚至連親事都還沒說。大郎，你心裡還是有我的，對不對？」

林紹遠震驚地瞪大了雙眼。他沒想到，自己只是停下來準備和這個女人說清楚，居然也能被她理解成這個意思！

林紹遠毫不客氣地退離張燕兩步遠，冷聲說道：「這位夫人，飯可以亂吃，話可不能亂說！對，我們兩家從前是有過婚約，可那門親事早已經退了，如今我們兩家沒有任何關係，還希望夫人不要糾纏的好！」林紹遠甚至連她的名字都懶得叫。

張燕不為所動。在她看來，林紹遠能在聽到她那句話後停下來，這人心裡就肯定是有自己的！只要再努力一下，姿態放低點，好好地說幾句好話哄著他，他自然就會原諒自己了。之後她再使些手段，讓林紹遠嘗過自己的滋味，這樣他就離不開，到時候搓圓捏扁不還是由著她嗎？

想到這裡，張燕的姿態放得極低，哭著哭著，便往地上跪。「大郎，如今你都二十了還沒成親，我知道你心裡怪著我，我給你認錯還不行嗎？這些年我也想明白了，什麼富貴不富貴、有錢沒錢的都不重要，我心裡，想的、念的依然是你啊！只要你肯原諒我，我們重新開始，你讓我做什麼都行！」

張燕這一跪，可把林紹遠和司北給嚇壞了，兩人連忙躲到旁邊，避開了張燕的一跪，而且又退離了她一步。

張燕期盼林紹遠來扶她，可他並沒有，反而對面的兩人還特意退了一步，離自己更遠，一時間，張燕一口銀牙都快要咬碎，卻不得不繼續演下去。

她抬起頭，我見猶憐地看著林紹遠。此時真是無聲勝有聲啊！

就在林紹遠和司北頭疼怎麼處理這個女人的時候，巷子的另外一頭，響起了一道陰陽怪氣的聲音——

「喲喲喲，這是哪家的小婦人，竟然跑到這裡來私會情郎了，也不怕人撞見！」隨即，腳步聲傳了過來。

林紹遠在這道聲音響起時，心裡咯噔了一下。這聲音一聽就是巧兒，而且聽腳步聲，明顯是兩個人！

林紹遠立即轉身，果然看到巧兒扶著蘇安伶正朝著他們走來，他頓時換了一張笑臉迎了上去，一邊走，一邊關心地說道：「妳怎麼到這裡來了？不是讓妳在首飾店等著我嗎？」話說完，人已經到了蘇安伶的身邊，臉上帶著寵溺和討好的笑。

跪在地上的張燕看見兩個女子走過來，內心一開始還是高興的，想著有人撞見她和林紹遠在這裡，這樣等到回去後，她再散播一些風言風語，這林家就是不娶她也不行！

只是，還沒等她高興太久，就聽見林紹遠的聲音響起，語氣是她從未見過的溫柔，隨即又看見他快步朝著那個華服少女走去，臉上帶著一副討好的笑容，讓她恨不得衝上去將那個華服少女給撕成碎片！

巧兒扶著蘇安伶慢慢踱步而來，當林紹遠走到二人身邊時，巧兒還適時地冷哼一聲，將頭給撇到一邊去。

林紹遠笑得無奈，低聲對蘇安伶急切地解釋道：「我也不知道怎麼會碰上她，這人便是之前與我有過婚約的張氏，只是如今看她梳了婦人髮髻，想來是嫁人了。我不知為何她今天會突然在街上纏上我，妳可以問司北，我說的都是真的！」

看著林紹遠這副著急又小心翼翼的模樣，蘇安伶溫和地笑了笑，淡淡地掃了一眼那邊的張燕，溫聲回道：「我信你。我只是等了半天不見你來，這才想著出來尋你，誰知一出門就看見你往這邊巷子走了，所以便帶著巧兒過來迎你。」

林紹遠見蘇安伶不像是著惱的樣子，悄悄鬆了口氣，可是儘管這樣，他也仍不敢放鬆警惕。誰知道蘇安伶會不會秋後算帳啊！

蘇安伶回以林紹遠一個稍安勿躁的眼神，便帶著巧兒往前走了兩步，輕聲對巧兒說道：「巧兒，還不快將這位夫人扶起來，若是讓人瞧見，免不得落人口實，說我們大郎欺負人家呢！」

巧兒隨即配合地揚聲應道：「是，小姐！」說完，便大步走到張燕身邊，儼然一副施捨的表情，將她從地上扶了起來——說是扶，還不如說是拽來得貼切。

張燕被巧兒一把從地上拉了起來，堪堪穩住身子，便聽到巧兒繼續說道——

「這位夫人瞧著好生委屈，莫不是我家姑爺欺負妳了？若真是這樣，夫人不妨直接說出來，今天我家小姐也在這裡，定會還夫人一個公道！」

張燕還處在愣神當中，就被巧兒的這句「姑爺」和「小姐」給弄懵了，她滿眼不敢置信地看著面前的華服少女，腦中不停迴盪著巧兒的話。這個丫鬟叫林紹遠姑爺，又叫這個華服少女小姐……他定親了？什麼時候？她怎麼不知道？

其實這也不能怪張燕，如今的林家村已經和從前大不相同，村子裡的人也得了村長的交代，不許胡亂議論林家的是非，否則到時候得罪了人，就別怪他翻臉無情。

那些和娘家來往的婦人們回去時，也會對這邊的事情三緘其口，最多就是現在日子好過了，會貼補娘家一些。

再加上林紹遠和蘇安伶定親的事情，除了村子裡幾個德高望重的人和村長、族長知道之外，其他人是不知道的，所以，也不怪張燕在聽到這個消息後，會這麼震驚了。

自己在這邊演了半天的戲，結果人家根本就沒把她當回事！但是，一想到林家如今的好日子……張燕咬咬牙。就算不能當正室，能做個妾也是好的！只要自己能抓住林紹遠的心，還怕鬥不過正室嗎？

打定主意，張燕瞬間變臉，剛剛還驚愕的神情，頓時轉變成震驚和不敢置信，還有絲絲的委屈。她身子踉蹌了一下，甚至還往後退了一步，隨後抬手捂上了胸口，一副受傷的模樣看著林紹遠，哽咽道：「遠哥，你……你真的定親了？」

一聲「遠哥」出口，林紹遠的臉色就變了，連忙往前一步拉住蘇安伶，生怕她誤會。

蘇安伶淡然一笑，抬起手，輕輕拍了拍林紹遠的手，示意他不要擔心，這才淡淡地開口。「原來是族中的妹妹，大郎，你也真是的，怎麼客人都到了這裡，也不請她到我家裡去坐坐？」

蘇安伶話音剛落，司北就適時地啐了一口，嫌棄道：「蘇小姐，這可不是我家少爺的哪門子族親！也不知道是哪裡來的瘋婆子，徑直擋了我家少爺的去路不說，還在這裡胡亂說話，想壞我家少爺的名聲，嘖嘖，真是好不要臉！」

蘇安伶和司北一唱一和，讓張燕的臉色變了又變，最後終於忍不住，爆發了，指著司北，怒道：「你不過是個奴才，有什麼資格對我指手畫腳的！」

這是張燕第二次開口貶低司北的身分了。下人？奴才？他雖說是赫連軒逸的隨從，可是，整個文州從未有人將他當作下人看待過，就是赫連軒逸和林莫瑤都沒有。

林紹遠的臉色變了兩變。自從林莫瑤和他們說了赫連軒逸的身分之後，司南、司北就已經被蓋上了大將軍府的印記，如今卻被一個市井小婦指著鼻子罵奴才，這怎能讓人不怒？

只是，沒等林紹遠發火，眾人只聽見「啪」的一聲，就見張燕猝不及防地被搧了一耳光，整個人摔到了地上！

第六十章 收拾張燕

司北齜了齜牙，往後縮了縮，在林紹遠的身後低聲感嘆道：「這聲音，聽著就疼啊！」

巧兒得了蘇安伶的暗示，在張燕出口羞辱司北時，就直接上前動手了。雖說巧兒不曾動手打過人，但這些該學的東西，夫人身邊的老嬤嬤可沒少教她，所以，她很清楚該怎麼下手打人最疼，而且還不會傷到自己的手。

「好妳個小蹄子！我家小姐以為妳是姑爺族中的親戚才對妳百般客氣，沒想到竟是這樣不知檢點的女人！大街之上公然勾引男人，我呸！真是好不要臉，也不看看我家姑爺什麼身分，妳一個不知道哪裡來的野蹄子，竟然還敢勾引我家姑爺？看我不打死妳！」巧兒一邊罵，一邊又上前「啪啪」兩個耳光招呼過去，直接把張燕給打懵了，都來不及反應。

等到張燕反應過來的時候，巧兒已經打完退回到蘇安伶的身邊，一臉得意地看著她。

張燕何時受過這種羞辱？臉上的疼痛和內心的屈辱，讓她頓時怒火中燒，看著面前站著的幾人，「啊」的一聲尖叫，緊跟著大哭起來。

殺豬般的叫聲成功吸引了旁人的注意，也不知是誰竟然跑去找了巡邏的官差，不一會兒，巷子口就堵滿了人。

只是幾人站的位置正好處在巷子中間，所以，兩邊雖然有人圍觀，卻沒有人進來，等到巡邏的官差來了，巷子口的人這才讓開一條道讓官差進去。

巡邏的官差剛剛鑽進巷口，就看到了筆直站在那裡的蘇安伶；再看看坐在地上鬼哭狼嚎、毫無形象的張燕，頓時愣了一下。他們這位小姐平時可是出了名的好脾氣，人又溫柔和氣，怎麼能扯出這樣的事來？

幾人也猜不出個所以然來，便直接走了過去。張燕是背對幾個官差的，所以並沒有看到幾人給蘇安伶行禮的樣子，蘇安伶只是淡淡地擺了擺手，幾人會意。

為首之人這才大聲喝斥道：「出什麼事了？」

突然出現的聲音讓張燕嚇了一跳，身子都不自覺的哆嗦了下，她一轉身，才看到站在自己身後的幾個官差。

她原本只是想用哭聲和叫聲引來周圍的街坊鄰居，讓人看到她挨打受委屈，好讓林紹遠和這個華服少女下不來台，沒想到，周圍的人沒引來，卻引來了官差，不過，官差來了更好！

張燕自認為有了官差撐腰，便開始一邊哭，一邊控訴林紹遠幾人的罪狀，愣是把自己給塑造成一個受盡委屈的小媳婦。

官差們聽得一個個傻了。若是按照這個小婦人所說，那他們大小姐豈不是成了欺凌弱女的大惡人了？他們姑爺還是負心漢嘍？幾個官差心中同時呵呵了兩聲，然後統一地做出結論——這個女人一看就不是什麼好人，一定是在撒謊！

張燕哭得唏哩嘩啦的，還說了一大通話，等到話都說完，也沒見幾個官差表態，於是便狀似柔弱、我見猶憐地抬起頭看向對方。

只是，幾個官差根本就不理她，而是看向另外幾人，問道：「諸位，這位夫人說的可屬實？」

巧兒立即配合地呸了一聲，張口就把張燕如何攔著林紹遠，又如何追到這裡來的經過給說了一遍，然後又說了自己動手打她的原因。等到巧兒說完，幾個官差看張燕的眼神都變了。敢搶他們大小姐的未來夫君？不想混了吧！

只是，幾人得了蘇安伶的暗示，儘管心中對張燕已經鄙視不已，臉上卻還是沒有表情，看著幾人說道：「這件事情你們各說各有理，既然這樣，那就都跟我們去縣衙走一趟吧！」

張燕傻了，沒想到這還要去縣衙，她現在這個樣子去縣衙，若是讓認識的人看到，那她還怎麼回村子去？不行，不能去縣衙！想到這裡，張燕便委屈地開口道：「各位官爺，小婦人和這位公子從前也是有過婚約的，這在街上遇到了，便想親自問問他，當初為何要退了這門親事？只是這位小姐的婢女突然動手打了小婦人，這口氣，小婦人實在難以下嚥。不過，若是他們能給小婦人道歉，這事小婦人便能當作沒發生過。」說完，便委屈地低聲抽泣起來。

幾個官差聞言，震驚地看向林紹遠，紛紛投去了指責的目光。搞了半天，竟然還有這樣的事！這樣的姑爺，他們小姐如何能嫁？

林紹遠被幾個官差看得頭疼，張了張嘴想要解釋，卻被蘇安伶攔下。

蘇安伶說道：「既然這位夫人都這麼說了，那這件事情就這樣算了吧。她糾纏我未婚夫固然不對，可我的婢女也確實打了她，這事說到底也是我們的錯。這樣吧，我這裡有些碎錢，就當給夫人壓驚了。」

蘇安伶說完，巧兒便扶著她，雙雙來到張燕的面前。蘇安伶微微福了福身，隨後將自己腰上的錢袋取下，放到了張燕的手上。

張燕本以為他們會糾纏不休，腦子裡還不停地想著解決辦法，沒想到華服少女竟然就這樣妥協了，還要給她錢？

直到手心一沈，張燕才回神。手中拿著錢袋，她本能的就打開，往裡頭看了一眼。只一眼，就讓張燕愣住。只見錢袋裡除了幾個零散的銅板之外，還有兩錠新出來的銀元寶並三張金葉子，看到這些，張燕的眼睛頓時就亮了。

「這……這真是給我的？」張燕問道。

蘇安伶微笑著點點頭，略帶歉意地說道：「是我的婢女衝動了。這會兒也有官差在一旁作證，這些錢就給了夫人，這事便作罷吧？不然的話，鬧上公堂，妳我面上都不好看。」

聽了蘇安伶的話，張燕眼珠子又轉了轉，這才一副勉強答應的樣子。「那好吧。」說完，又回過身對幾個官差說道：「幾位差大哥，你們也看到了，既然這位小姐已經賠了禮，這事就這樣算了，給你們添麻煩了。」

幾個官差知道蘇安伶不會無緣無故這麼做，便睜一隻眼、閉一隻眼，回道：「那好吧，既然沒事，就散了吧，平白耽誤了我們的時間！」最後，還表現出一副特別不耐煩的樣子，帶著人離開了。

張燕看幾人一走，回頭深深地看了一眼林紹遠，也跟著離開了。

等到人都離開，林紹遠這才不顧場合，著急地抓住蘇安伶的手解釋道：「伶兒，我和她早就沒有關係了，妳不要誤會！今天真的是巧合，我也不知道她怎麼會突然跑來攔住我的！」

林紹遠和蘇安伶確定關係後，對她可謂是呵護有加，生怕自己有一點點做得不好，讓她傷心難過，蘇安伶也很享受他這般小心翼翼的呵護。只是，看著他這會兒著急的樣子，她有些不忍心，便笑著寬慰道：「我自是相信大郎的。」

林紹遠見她不似作假，這才慢慢鬆了口氣。

隨後，幾人一起走出巷子，剛剛出來，便有幾個人等在那裡。

「大小姐、姑爺。」

竟是剛剛離開的幾個官差。

蘇安伶笑著朝幾人點了點頭，便扭頭看向巧兒。

巧兒會心一笑，往前一步對幾名官差說道：「今天我陪小姐出來逛街，可小姐的錢袋竟被人偷了，今天近過小姐身的統共就那麼幾個人，你們可得好好查查啊！」

為首的官差聽了巧兒的話，隨即了然地點了點頭，對蘇安伶行了一禮。「大小姐放心，小的一定幫小姐把錢袋找回來。」說完，帶著身後的幾人對蘇安伶和林紹遠又行了一禮，這才轉身離開。

等到幾名官差走遠，林紹遠都還有些愣愣的，似沒有回過神來。

蘇安伶見狀，略微有些忐忑。也不知這樣做會不會引起林紹遠的反感？但是，她並不覺得自己這樣做有錯。她好不容易才得來的感情，不想就這樣被人給破壞，這才逼不得已地使上了些手段，而且，她只是想給那張燕一個教訓，並不是真的想對她怎麼樣。

蘇安伶不知道林紹遠如今會如何看待她，但這件事情卻不能瞞著他做，否則日後他若是知道了，指不定誤會更深，所以，蘇安伶這才讓巧兒當著他的面，讓官差藉口去抓人。

「大郎會不會怪我太過狠毒？」蘇安伶的聲音帶了絲小心翼翼。

剛剛巧兒在和官差說話的時候，林紹遠只是一時間沒有反應過來，不過，現在他略微思考一番之後，便知道蘇安伶剛才為何會主動低頭了。原來，是留了後手。

這樣也好，省得將來不清不楚的，平白讓蘇安伶多心。想到這裡，林紹遠看見蘇安伶這副不安的樣子時，便主動握住了她的手，溫聲說道：「無妨，我知道伶兒也是為了我好。只是，給她個教訓就好，若是做得太過，難免讓人說妳閒話。」

蘇安伶見林紹遠並不反對，而且隱隱當中還有些支持自己的做法，之前的憂心瞬間都沒了。低頭正好看見被林紹遠握在手裡的手，她想著抽出來，只是，抽了兩下都沒抽動。

「大街上這麼多人呢，讓人瞧見了不好。」蘇安伶頗有些不好意思地說道。

林紹遠一笑，道：「妳是我未過門的妻子，就是讓人瞧見了又何妨？我願意這般寵著妳、捧著妳，別人管不著。」

一番話說得蘇安伶臉紅彤彤的，心中懊惱。從前怎麼不知道這人說起甜言蜜語來竟是一套一套的？

蘇安伶被林紹遠鬧了個大紅臉，想抽回手也抽不回來，便任憑他握著了。反正這條路上人本就少，倒不怕被人看見了。

林紹遠見她不反抗了，索性就這樣大大方方地牽著她，朝著首飾店走去。

第六十一章　得罪的人是誰

當天下午，張燕紅著一張臉回到張家，一回家就徑直鑽進自己的房間裡，打開了蘇安伶給她的錢袋，裡面五兩的銀錠有兩個，一兩的金葉子有三片，另外還有零零散散的碎銀和銅板，加起來足足有四十八兩並二十文錢！

看著這些錢，張燕暫時拋下了今天在街上所受的屈辱，腦子裡想著該如何把錢藏起來而不被張家二老發現？

張燕一邊盤算著，一邊思考著自己未來的路。

如今她總算是知道了，林紹遠心裡是根本沒有她，今天那個華服少女，一看就不是好惹的人，她如果貿然衝上前，怕是要吃虧。看來，想要重新挽回林紹遠的心，還得從長計議才行。

第二天一早，張燕還在睡夢中，就聽見外面傳來吵鬧的聲音，不過半刻工夫，她的房門就被人直接從外面踹開，緊跟著，幾個身穿官服的人衝了進來，開始到處翻。

其中一個更是直接走到她的面前，把她身上用來遮蓋的被子一把就拽到了地上。

感覺到身上傳來的涼意，張燕這才反應過來，一張嘴就發出了尖叫。

張家一大家子跟在幾個官差的後面，一邊哭，一邊求，不停地追問：「官爺，這是怎麼了啊？這是我閨女的房間，你們不能這樣亂闖啊！」

此時的張燕早已經被嚇傻，胡亂地抓了放在床頭的一件衣服套在身上。只是，剛才官差衝進來的時候她毫無防備，被子被扯掉的當下她也反應不及，沒有遮擋，這會兒該看的、不該看的，都已經被人看光了！

為首的官差看著她這副樣子，冷笑了一聲，隨即對跟在身後的張家人，和已經跑到門口看熱鬧的其他村民，大聲說道：「我們縣太爺的千金昨天出府遊玩，結果身上的錢袋被人偷走了，昨天靠近過縣令千金身邊的人裡，就有這個女人，其他人那裡都已經搜過，只剩這裡了。給我搜仔細一點，一定要找到大小姐的錢袋，裡面可是放了上面剛剛發下來的兩錠官銀，馬虎不得！」

「是！」眾官差應道。

張家眾人和張燕回神，立刻跪在地上求道：「官爺，冤枉，冤枉啊！我們一家都是老實巴交的農民，怎麼會去偷小姐的錢袋呢？這肯定是有人故意冤枉我們的啊，官爺！」

為首的官差冷笑了一聲，說道：「這我可管不著，有什麼話，留著跟我們縣太爺說吧！」

就在張家眾人不停喊冤，張燕自己也不停地說自己冤枉的時候，那幾個搜查的官差在張燕床上的一個暗格裡，找到了蘇安伶的錢袋。

「頭，找到了！」

張燕眼睜睜地看著那人從暗格中把錢袋拿出來，頓時就撲了過去，嘴裡喊道：「那是我的，你們不能拿走！」

「妳的？這分明就是我們大小姐的錢袋！來人，給我把人帶走，交給大人審問！」錢袋已經拿在手裡，這帶頭的官差怎麼可能讓她有機會再拿走？

官差們領命，便要去拉張家的人和張燕。

只是張家人哪裡肯這樣就範？嘴裡不停地喊著冤枉，身子也不停地掙扎。

這邊這樣大的動靜，很快就把張家村的村長給招來了。

村長一進院子就直奔張燕的房間，看見屋裡的情況，臉色大變，連忙走到為首官差的身旁陪笑道：「趙捕頭，這是不是有什麼誤會啊？他們一家都是老實巴交的農民，怎麼可能會做出這樣的事啊！」

趙捕頭對村長客氣地笑了笑，隨即說道：「村長，誤會不誤會的我不知道，我只知道，我們大小姐的錢袋是在這家的屋子裡搜出來的。」說完，還指了指剛才搜到錢袋的床，道：「喏，就是從那裡拿出來的，在場這麼多人都看見了呢！」

村長的臉唰的一下就白了。

張家人看到村長替他們說話，頓時看到了希望，連滾帶爬地爬到村長腳邊，抱著他的腿，不停地哭喊道：「村長救命啊！我們沒有啊，我們真的是冤枉的啊！我們也不知道那個錢袋怎麼會在燕兒的屋裡啊！」

村長低頭看著跪在地上的人，再看看那邊已經呆若木雞的張燕，頓時一個頭兩個大。

一時間，哭喊聲、求饒聲充滿了整個院子。

突然，已經呈呆滯狀態的張燕終於回過神來，猛地一下撲到了趙捕頭的面前，跪在地上，急道：「不是，不是我偷的！官爺，昨天你也在的，我記得你！昨天就是官爺你在街上的巷子裡啊！這個錢袋，是那個打了我的女人她們給我的，官爺，你要替我作證啊！不是我，不是我偷的，是她，一定是那個女人，是她偷了錢袋嫁禍給我的！」張燕慌亂地說著，甚至想直接撲上去抱住趙捕頭的腿求情，只是人都還沒碰到，就被趙捕頭毫不客氣的一腳踢開了。

趙捕頭冷聲道：「哼，本捕頭昨天連縣衙的門都沒有出過，何來的在街上看到妳？我看妳這婦人是想推卸責任想瘋了吧？來人，給我帶走！」

隨著趙捕頭一聲令下，立刻就有官差上來抓住張燕。

張燕被人拖著走，嘴裡依然不停地解釋。「不是我、不是我！我是冤枉的，爹、娘，救我，救我啊……」

趙捕頭不管張家人的哭喊求饒，把人一拷，直接帶走了。

最後，張燕因為找不到人替她作證，那個錢袋是蘇安伶自己給她的，被蘇洪安一紙判決書給送進了大牢。只是，一想到這件事畢竟是女兒算計了人家，蘇洪安就把時間縮短了一些，判了半個月的監禁，以示警告。

張燕也是在公堂之上對峙時才知道，原來那個華服少女，就是他們縣太爺的千金。這時張燕也不再替自己辯解了，而是整個人癱在地上，直到後面畫押簽字，甚至被送進大牢，都是神情呆滯、生無可戀的樣子。到了這個時候她才明白，自己得罪的人到底是誰。

張燕的下場，蘇安伶找了個機會告訴林紹遠，林紹遠只是「喔」了一聲，表示知道了，之後便跟蘇安伶說起了別的事情。

蘇安伶見他對這女人不願多談，心底最深處的那抹擔憂總算是放下了。

——未完，待續，請看文創風648《起手有回小女子》3

2018年6月出版

換個良人嫁

文創風 642～645

翩翩如玉的心上人依舊，
一見鍾情、再見傾心卻未如前世搬演，
反倒多了個「福星」經常助她逢凶化吉，
難不成今生歸屬，老天已另有安排？

覓得良配，緣定今生／水暖

「世上只有娘親好，有娘的孩子像個寶～～」
偏偏在她宋嘉禾身上卻是逆著行，
堂堂名門嫡女委屈得猶如二等庶女，真真是何必呢！
兩世為人，母女緣薄她已拎得清，
但是與前世未婚夫緣淺，倒讓她始料未及。
橫豎舊愛已去，她若執著於當初反而多折磨，
不如好好活在當下，重展不留憾恨的人生，
何況老天爺還給了她「福星」時常於左右幫襯；
這名叫魏闕的表哥，見義勇為、救死扶傷猶如他的天職，
每當她遇上壞事總能逢他三番兩次出手相助，
本以為是親戚間兄妹情深、互相照料，
哪曉得隨著見面日多，這關係便漸漸走了味兒，
她也不知不覺傾心於這才能卓絕的好男兒……

5月 PUPPY 輕鬆遇見愛

DoghouseXPUPPY

BOSS愛不愛

職場領域內，沒有犯錯的籌碼，
只有老闆說得是；
愛情國度裡，誰先愛上誰稱臣，
只有愛神說了算……

NO／519

我的惡魔老闆 著 溫芯

這次空降公司的新任總編輯徐東毅真是個狠角色！
笑起來溫文儒雅，出場不到十分鐘就收服人心，
只有她誤以為他是新來的助理，還熱心地要教導他……

NO／520

我的魔髮老闆 著 米琪

為了圓夢，舒琦真決定參加藍爵髮型的設計大賽，
誰知她居然抽到霸王籤，要幫藍爵大惡魔設計髮型?!
一想到得跟在他身邊兩個星期，她就忍不住心慌慌……

NO／521

搞定野蠻大老闆 著 夏喬恩

奉行「有錢當賺直須賺，莫待無錢空嘆息」的花內喬，
只要不犯法、不危險、不傷人害己的工作都難不倒她，
但眼前這個男人，無疑是她這輩子最大的挑戰……

NO／522

使喚小老闆 著 忻彤

為了當服裝設計師，他故意打混想逼父親放棄找他接班，
誰知父親居然找了能力超強、打扮古板的女特助來治他！
她不僅敢跟他大小聲，還敢使喚他做事，簡直造反啦！

Hi-Life

5/20 到 萊爾富 大聲說「520」 單本49元

為流浪貓狗加油 和貓寶貝 狗寶貝 廝守終生(一定要終生喔！)的幸福機會

對人來說，貓寶貝狗寶貝只是生活的一部分，但妳（你）對牠們來說，卻是生活的全部，領養前請一定要考慮清楚——

▲ 恬然又獨立的女孩 JOJO

性　別：女生
品　種：米克斯
年　紀：約1歲多
個　性：較含蓄，但很親人。
健康狀況：已按時接種疫苗。
目前住所：台中市霧峰區

『JOJO』的故事：

中途是經朋友轉達才知道JOJO，並去援助的。

中途表示，JOJO在流浪時出了車禍，牠的腿不幸被撞斷，當中途的朋友發現時，牠正拖著腳，很努力在艱辛的處境下，想辦法生存。經朋友的告知及後續的協助，中途順利救援了JOJO，並立即送往醫院治療。經過一段時日的休養後，中途才將JOJO帶回狗園繼續照顧。

中途進一步談到，JOJO當時因為受了傷，所以一開始與牠接觸時，牠顯得相當膽小，甚至會畏懼人的觸摸；然而，經歷一段時間的相處及適應，且跟著狗園裡其他活潑的狗兒姐妹們一起玩耍後，也漸漸受到影響，變得親人起來。

現在已經是成犬的JOJO，腳早已好了，恢復得跟一般的狗兒沒有兩樣，仍可以奔跑、跳躍。JOJO現在有了健康的身體，有了能無憂無懼的棲身之處，還有能一起玩的夥伴。牠在狗園裡，撐起了自己的一小片天空，將自己的小日子過得有滋有味，但是，這樣安好的牠，卻少了能全心全意愛牠的家人……如果您憐愛JOJO，願意成為牠的家人，歡迎來信leader1998@gmail.com（陳小姐），或傳Line：leader1998，或是私訊臉書專頁：狗狗山-Gougoushan。

認養資格：

1. 認養者須年滿20歲，有穩定經濟能力，並獲得全家人的同意。
2. 須同意簽認養寵物切結書，並讓中途瞭解JOJO以後的生活環境。
3. 同意送養人日後之追蹤探訪，對待JOJO 不離不棄。
4. 同意讓JOJO絕育，且不可長期關、綁著JOJO，亦不可隨意放養。
5. 為讓中途對您有更深入的瞭解，中途會先有份線上問卷請您填寫。

來信請說明：

a. 個人基本資料：姓名、性別、年齡、家庭狀況、職業與經濟來源等。
b. 想認養JOJO的理由。
c. 過去養寵物的經驗，及簡介一下您的飼養環境。
d. 若未來有結婚、懷孕、出國或搬家等計劃，將如何安置JOJO？

文創風
647

起手有回小女子 2

國家圖書館出版品預行編目資料

起手有回小女子 / 笙歌著. --
初版. -- 臺北市 : 狗屋, 2018.06-
冊 ; 公分. --（文創風）
ISBN 978-986-328-876-3（第2冊：平裝）. --

857.7 107005729

著作者 笙歌
編輯 黃淑珍
校對 黃亭蓁 簡郁珊
發行所 狗屋出版社有限公司
地址 台北市104中山區龍江路71巷15號1樓
電話 02-2776-5889～0
發行字號 局版台業字845號
法律顧問 蕭雄淋律師
總經銷 知遠文化事業有限公司
電話 02-2664-8800
初版 2018年6月
國際書碼 ISBN-13 978-986-328-876-3

本著作物由廣州阿里巴巴文學信息技術有限公司授權出版

定價250元
狗屋劃撥帳號：19001626
網址：love.doghouse.com.tw E-mail：love@doghouse.com.tw

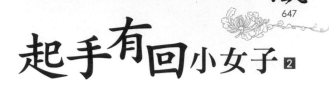